LA DEMOISELLE AUX FLEURS SAUVAGES

Gérard Georges

LA DEMOISELLE AUX FLEURS SAUVAGES

Roman

PRESSES DE LA CITÉ

Production Jeannine Balland

ISBN 978-2-258-07359-3

A Natalie
... et à notre jardin

« J'aime le luxe, et même la mollesse,
Tous les plaisirs, les arts de toute espèce,
La propreté, le goût, les ornements :
Tout honnête homme a de tels sentiments. »

Voltaire, *Le Mondain*

« Nous sommes sous la puissance de l'Etre éternel comme les astres et les éléments ; il fait tout en nous, nous sommes de petites roues de la machine immense dont il est l'âme. »

Voltaire, *L'Ingénu*

1

Château de Portabéraud, avril 1752

Le soleil venait de se lever. Ses rayons obliques transperçaient la tonnelle de vigne vierge dont les jeunes pousses d'un vert tendre commençaient à poindre. L'homme sortit sur le perron et huma l'air. De constitution robuste, il mesurait bien ses cinq pieds huit pouces. Des épaules carrées, serrées dans un habit de ratine bleu barbeau, donnaient de lui une impression de force maîtrisée.

Il descendit les marches et fit quelques pas dans l'allée de gravier qui débouchait sur l'entrée principale, au milieu de deux rangées de rosiers du Bengale.

— Ce ne sera pas encore pour aujourd'hui, grogna-t-il en posant une main sur son chapeau galonné, posé de travers sur sa tête.

Le vent, qui avait forci avec le jour, soulevait des poussières ocre. A l'aplomb d'un grand hêtre, un merle se mit à entonner une aubade. Plus haut dans les branches, deux tourterelles faisaient assaut de roucoulades. Au loin, du côté de l'Ambène, c'était le coucou dénicheur qui y allait de ses deux notes mille fois répétées : « Coucou ! Coucou ! »

— Coucou ! Coucou ! répéta l'homme, les mains en porte-voix.

— C'est-y que Gabriel Mercier, seigneur de Portabéraud, parlerait le langage des oiseaux ? fit une voix derrière lui.

Il sursauta. A sa gauche, le missel sous un bras, le curé Beauparland venait de déboucher d'une allée de buis et le regardait en souriant.

— Monsieur le curé ! gronda Mercier d'une voix de stentor. Pour de vrai, vous m'auriez presque fait peur. Mais ça n'est pas très charitable de se moquer ainsi des amis !

— Pardonnez-moi. C'était sans mauvaise intention.

Le prélat de Saint-Martin-lès-Riom s'efforça de montrer bonne figure mais se sentit rosir sous le regard appuyé du châtelain qui détaillait sans vergogne sa soutane usagée, luisante de crasse au col et aux manches, et dont le bas était crotté de toute la boue des chemins. Il était plutôt petit, arborait un visage poupin et une tête chenue, apanage de ses années. Sa bedaine proéminente trahissait le trop grand amour que ce quinquagénaire continuait d'avoir pour la bonne chère, et tout particulièrement à l'égard des cochonnailles, dont il était gourmand.

— Où alliez-vous d'un si bon pas et de si bon matin, curé ? reprit Gabriel Mercier.

L'autre retrouva un semblant d'assurance.

— J'allais vérifier auprès de Ferrebœuf, votre talentueux cuisinier, qu'il n'avait pas oublié de me livrer mon vin de messe. Les réserves de l'église abbatiale s'épuisent, savez-vous ?

— Etes-vous bien sûr que le vin que je vous octroie deux fois l'an n'est pas surtout destiné à l'usage qu'en fait personnellement le fidèle serviteur du bon Dieu que vous êtes, mon cher curé ?

— Monsieur le baron ! s'insurgea Beauparland, dont le visage cramoisi disait assez que le seigneur de Portaberaud avait visé juste. Monsieur le baron, vous me faites chagrin !

— Allons, mon ami, reprit le maître des lieux en ricanant. Partez donc voir ce brave Ferrebœuf et dites-lui que je donne l'autorisation de raccourcir le délai de livraison pour votre vin de messe. Mais n'en abusez pas à la sacristie, n'est-ce pas ? Ce serait préjudiciable à votre santé et vous m'en verriez fort marri.

Gabriel Mercier tourna le dos au prêtre et poursuivit sa marche. Comme chaque matin, ses pas le conduisirent aux écuries. Quel que fût le temps, il aimait chevaucher une bonne heure. Broussegoutte, le palefrenier, lui préparait soit Zéphyr, rapide comme le vent, ainsi que l'indiquait son nom, soit Bellissima, la jument baie, plus pacifique, voire indolente ou franchement musarde en chemin.

Quelle monture élirait-il ce jour ? Encore indécis, il s'apprêtait à s'en remettre au bon choix de Broussegoutte quand soudain sa pensée se fixa de nouveau sur ce qui l'avait tracassé au moment où il avait mis le nez dehors. Une fois encore, il articula :

— Non, ça ne sera pas pour aujourd'hui.

Une voix rauque, presque gutturale, s'éleva près de lui.

— Qu'est-ce qui ne sera pas pour aujourd'hui, Monsieur ?

— Ah ! Tu es là, mon brave Broussegoutte. Je ne t'avais point vu.

Il dévisagea le vieux serviteur, accoutré d'une souquenille de serge à la couleur indéterminée. L'homme se tenait en retrait à côté de la grande entrée des écuries. Il avait un museau de renard ; ses yeux plissés auraient paru morts, n'eût été cette petite lueur chafouine qui les animait par instants.

— Eh bien, Broussegoutte, sache, mon bon, que ma tendre Jeanne, mon épouse, devrait enfin arriver à terme et donner le jour à notre héritier. Malheureusement, quand je l'ai quittée à l'aube, nul signe ne laissait présager sa prochaine délivrance, et tu m'en vois contrit au plus haut point.

— Prenez patience, Monsieur. A rien ne sert de vouloir contrarier Dame Nature.

— Tu as mille fois raison et tes paroles sont empreintes de sagesse. Il me siérait tant, néanmoins, de pouvoir ouïr les premiers cris de mon enfant.

Gabriel Mercier traça de la pointe de sa botte un trait rageur sur le sol, signe évident chez lui d'une nervosité extrême.

— Quel cheval m'as-tu préparé ? rugit-il soudain.

— Bellissima, si tel est votre désir. La jument me paraît tout indiquée pour apaiser les états d'âme de Monsieur.

— Eh bien, je n'en veux pas. Selle-moi immédiatement Zéphyr.

— Mais enfin, je...

— Ne discute pas ! Je veux Zéphyr, un point c'est tout. C'est un ordre, ventrebleu !

C'est ainsi que Broussegoutte vit son seigneur disparaître, à francs étriers, tout au bout de l'allée du château de Portabéraud.

En vérité, Portabéraud était davantage une demeure de maître qu'un château. La bâtisse se dressait au nord de la propriété sur trois étages de quatre travées. Le rez-de-jardin s'ouvrait sur le perron par une grande baie vitrée, face au parc. A l'opposé, en direction du sud-ouest, et immédiatement avant les écuries, étaient encore visibles les fondations d'un bâtiment plus ancien, vestiges d'un château fort médiéval dont la mission avait été de protéger l'abbaye royale clunisienne de Mozac, située à proximité.

Le baron Gabriel Mercier avait fait serment de construire un pavillon d'agrément sur les ruines de cet ouvrage militaire.

« Sitôt que ma bonne Jeanne m'aura fait don d'un héritier, clamait-il partout, vous verrez s'ériger sur cet emplacement l'œuvre de ma vie, une petite folie [1] qui portera le prénom de mon enfant. »

Le seigneur de Portabéraud était le dernier rejeton de la famille Mercier, dont les membres exerçaient la charge de procureur au Présidial de la ville de Riom depuis le XVIe siècle. Il avait vu le jour le 4 novembre 1716, neuf ans avant qu'une charge de secrétaire du roi, acquise par Michel, son père, permît à la famille d'être anoblie.

Gabriel était épicurien dans l'âme. A la mort de son

1. La « folie » était aux XVIIe et XVIIIe siècles un pavillon construit pour le seul plaisir de son commanditaire. Elle symbolisait l'art de vivre galant en vogue à cette époque et célébrait la gaieté, le divertissement, la frivolité.

géniteur, il revendit sa charge auprès du Présidial et se dit qu'il vivrait désormais de ses rentes, à savoir de la colossale fortune amassée par ses aïeux ainsi que du revenu de ses terres.

Il usa – et parfois même abusa – de toutes les bonnes choses que lui offrait la vie. Des repas gargantuesques eurent lieu au château. L'on y mangea et l'on y but comme jamais auparavant. Rien n'était trop beau, aucun mets fin ne devait faire défaut à sa table, aucun vin capiteux n'avait le droit d'être négligé par le sommelier sous peine de graves représailles.

Le beau sexe n'était pas non plus oublié du baron Gabriel. Soubrettes ou dames de haute lignée, peu importait le rang, pourvu qu'il eût l'ivresse.

Cette existence de délices dura des années. Mais un matin...

Il avait gelé à pierre fendre en ce 10 janvier 1743. Figées par un manchon de givre, les herbes du chemin craquaient sous les pas. La terre, dure comme une enclume, était gercée d'ornières, au fond desquelles une glace épaisse de deux pouces n'était pas près de fondre. La bise avait chaussé ses bottes de sept lieues, volait avec des miaulements de chatte en maraude au-dessus des ramures, puis s'engouffrait comme une furie sous les frondaisons en accrochant des échardes méchantes. Une traîne de flocons lui faisait escorte, des duvets presque immatériels qui n'atterrissaient jamais nulle part, véritable armée en déroute.

Comme chaque jour, le palefrenier Broussegoutte se voulait, au château, le premier à l'ouvrage. Il sortit des communs, leva le nez, puis évalua la direction et la force du vent.

— Vent du nord, énonça-t-il tout haut.

Puis, se rappelant un vieux dicton :

— Vent du nord est vent qui mord, ajouta-t-il.

Il alla soulager sa vessie près d'une souche. Son regard fut soudain attiré par un paquet bizarre, une sorte de couffin, qui se trouvait dans un renfoncement, sur la droite du perron.

— Tudieu ! jura-t-il à la vue d'un nourrisson qui dormait, bien emmitouflé, sans avoir l'air de se préoccuper outre mesure du froid polaire.

Un papier était posé entre deux plis de couverture. Broussegoutte s'en empara. Il ne savait pas lire et décida de porter illico le gamin et la lettre à son seigneur et maître.

— Que se passe-t-il, l'ami ? tonna Gabriel Mercier de sa belle voix de baryton.

— Voyez ce que j'ai trouvé dehors, Monsieur.

— Qui est cet enfant ?

— Peut-être l'apprendrez-vous en lisant ce billet.

Le baron décacheta le pli. Tout à coup, ses traits se figèrent et son visage pâlit.

— Ventrebleu ! jura-t-il.

Il se frotta les yeux et, de nouveau, il regarda le nourrisson puis relut la missive. Celle-ci était rédigée de la sorte :

« Monsieur,

« Voici le fruit de nos trop brèves étreintes. Parti faire la guerre, mon époux n'eût pas compris sans doute qu'à son retour ce petit être lui échût. Alors, je le confie à votre garde et votre bon vouloir. Prenez-en grand soin et tenez secrète notre intimité.

« Je forme bien sûr des vœux pour qu'on puisse se retrouver dans la douceur de nos draps de satin. Peut-être sera-ce lors d'une prochaine campagne militaire ?

« Cet enfant n'a pas de nom. Je laisse à votre entendement l'agrément de lui en trouver un. »

— Ventrebleu et palsambleu ! fit le baron. Si je m'attendais !

Il se tourna vers Broussegoutte.

— Quel jour sommes-nous, mon ami ? interrogea-t-il.

— Nous sommes le 10 janvier, Monsieur, jour de saint Guillaume.

— Eh bien, ce petit homme s'appellera donc Guillaume. Va quérir Muguette pour qu'elle s'en occupe. Entends-tu comme il commence à crier ? Ce sera un braillard !

Debout sur les étriers, le baron Gabriel galopait sur Zéphyr et repensait à ce jour où Guillaume était apparu dans sa vie. Le garçon était le fruit de ses amours avec la duchesse de... mais non, sur son honneur, il ne pouvait dévoiler l'identité de cette personne de haut rang. Cela aurait été une trahison indigne de lui.

Et voici que neuf ans plus tard, en cet avril de l'année 1752, allait lui être donné un fils ou une fille. Un enfant tout ce qu'il y aurait de plus légitime, que sa chère Jeanne avait porté pendant neuf mois et que l'un et l'autre attendaient comme le Messie.

De lui-même, Zéphyr se remit au trot.

— Aurais-je réussi à te fatiguer, mon bel étalon ? lui murmura Gabriel dans le creux de l'oreille.

Il lui flatta l'encolure puis se laissa bercer par le rythme cadencé de l'animal. L'équipage passa près de l'Ambène. Le ruisseau, issu de la montagne d'Enval, coulait clairet entre des rangées d'aulnes et de noisetiers. Des moulins se dressaient çà et là. Arrivé à hauteur de l'abbaye de Mozac, Zéphyr ralentit encore l'allure, si bien que le baron eut tout le temps d'admirer la minoterie Cheminat, avec sa roue à aube qui tournait lentement.

Le vieux Cheminat est en train de faire sa farine, pensa-t-il.

Il arrêta sa monture près de l'entrée de l'église abbatiale, dont il admira la façade. En avait-il vu, des événements, le vieil édifice roman dont les fondations dataient de l'époque mérovingienne ! Des tremblements de terre successifs au XVe siècle avaient même endommagé le chœur, qui s'était écroulé et qu'on avait dû rebâtir. L'ensemble était pourtant de toute beauté et Gabriel ne se lassait pas d'en contempler l'harmonie.

De l'abbaye jusqu'à Portabéraud, il n'y avait plus que quelques pas de cheval. Zéphyr les accomplit en trottinant, puis se dirigea droit vers les écuries.

— Toi, tu as envie que Broussegoutte t'étrille et te bouchonne, fit Gabriel en mettant pied à terre.

Il tendit les rênes au palefrenier et lui confia sa cravache.

— Zéphyr n'était pas très nerveux aujourd'hui, lui dit-il. Est-ce que tu lui donnes toujours sa ration d'avoine ?

L'homme parut s'indigner que le baron osât mettre en doute les soins qu'il portait à l'animal.

— Rien de changé, Monsieur ! Il a son picotin tous les matins et un autre le soir. Comme il a toujours eu, du reste.

Mais Gabriel Mercier était loin déjà et se dirigeait vers le corps d'habitation. Au moment où il s'apprêtait à pousser la porte d'entrée, il croisa le père Beauparland qui revenait des cuisines.

— Alors, curé, est-ce que Ferrebœuf vous livrera bientôt votre vin de messe ?

— Il me l'a promis pour le début de la semaine prochaine, mon cher baron, et je crois qu'il est homme de parole.

— Voilà qui me rassure ! ricana Gabriel. Qu'y a-t-il de plus triste au monde pour un serviteur de Dieu que de ne plus avoir de vin à mettre dans ses burettes ?

— Monsieur !

— Ah ! ah ! ah !

Le rire de Gabriel Mercier tomba comme une averse de grêle dans le vestibule. Muguette, la servante, ouvrit une porte, l'air égarée.

— Monsieur ! Monsieur ! souffla-t-elle. Doucement, je vous prie. Madame a commencé son travail ! Il lui faut du calme pour que l'enfant se présente dans les meilleures conditions.

— Oh, pardon ! fit Gabriel.

Il pensa soudain que, peut-être, « cela » serait pour aujourd'hui. Puis, sur la pointe des pieds, il grimpa à l'étage pour endosser des habits de ville. Voilà qu'enfin il allait être père. Il avait envie de danser.

Jeanne Catherine, qui connaissait ce jour les premières douleurs de l'enfantement, était née le 23 avril 1732. Elle était la fille de Georges Gabriel de Frétat, chevalier, seigneur de Recolle, ancien officier au régiment d'infanterie des Landes, et de Constance Sablon de la Rippe, dernière d'une lignée de hobereaux implantés depuis des lustres dans les Combrailles auvergnates.

Son enfance avait été paisible, rythmée par les leçons quotidiennes de sa préceptrice et des travaux d'aiguille auprès de sa mère et d'une grand-tante taciturne. Devenue jeune fille, elle avait pratiqué l'équitation jusqu'au jour où, désarçonnée par une jument trop fougueuse, elle avait juré de ne plus jamais « monter » de sa vie. Alors, elle joua du téorbe et pratiqua le chant. Son professeur, jeune homme timide, lui devint vite indispensable. Il faut dire qu'il était bien fait de sa personne. A tel point, d'ailleurs, qu'elle en tomba amoureuse.

« Il est hors de question que Jeanne continue de voir ce garçon ! » gronda Constance, sa mère, sur les instances de la vieille tante, dont l'œil était inquisiteur.

Alors, elle délaissa le téorbe pour le piano, le jeune professeur pour un autre d'un âge certain et qui n'avait que trois cheveux sur la tête. Rêveusement, entre deux leçons, elle s'installait au salon et contemplait le papier verni composé de panneaux aux dessins de fleurs et de fruits. Puis elle s'asseyait sur le rebord d'une bergère dont elle caressait le velours bouclé. Lassée de ne rien faire, elle soupirait, jetait un œil sur les jardins, écartait la tenture à festons pour mieux voir, repartait s'asseoir, soupirait de nouveau. Les flammes, surtout, la fascinaient. Elle était capable de rester des heures immobile face à la cheminée en marbre de Carrare. Les langues de feu dansaient devant ses yeux qu'une larme, bientôt, emperlait. Non, elle ne reverrait plus jamais ce séduisant professeur de musique, son prince charmant. La vie était injuste.

Devant les langueurs qui affectaient sa fille, le chevalier jugea opportun de la distraire. Il était de ceux qui pensent qu'aucune peine ici-bas, fût-elle la plus profonde, ne mérite qu'on s'en rende malade. Alors, il décida de la sortir dans le monde.

Georges de Frétat avait eu pour vieil ami Michel Mercier, conseiller du roi en la sénéchaussée d'Auvergne. Par cette fonction, celui-ci s'était vu anobli et avait transmis à son fils le titre de baron. Epicurien dans l'âme, il avait longtemps donné, en sa demeure de Portabéraud, près de Riom, des soirées musicales et des raouts qui permettaient d'admirer les tenues les plus élégantes qui se vissent alors en cette contrée. Après sa mort, Gabriel, son fils, avait maintenu la tradition.

C'est ainsi qu'en ce jour du mois de mai 1748, tout juste âgée de seize ans, Jeanne fut conduite par son père, le chevalier Georges, à son premier bal. Elle était vêtue d'une robe bleue avec collerette à large ourlet sur laquelle elle avait jeté une mante en taffetas, elle-même relevée d'un bouton de rose pompon.

— Tu es belle comme un cœur, lui chuchota le chevalier dans le creux de l'oreille.

— Tâche de bien te tenir, fit Constance d'un air renfrogné.

Ils furent accueillis par Gabriel Mercier lui-même,

jeune homme à la belle stature et à l'élégance raffinée, mais qui semblait jeter sur le monde un air désabusé. Le baron, en habit mauve et culotte plus foncée, eut soudain le regard brillant à la vue de Jeanne.

— Ravi de vous recevoir, monsieur le chevalier, fit-il en serrant la main de Georges.

Puis, du bout de ses doigts qui dépassaient d'une manchette de dentelles, il s'empara de la main de Constance qu'il effleura des lèvres.

— Vous avez une fille ravissante, lui dit-il.

Jeanne se sentit rougir jusqu'au plus haut du front. C'était bien la première fois que pareil compliment lui était adressé. Alors, elle oublia son beau professeur de musique et redevint rêveuse en songeant au baron Gabriel.

Le chevalier de Frétat ne s'y trompa point.

— Madame mon épouse, dit-il un jour à Constance après s'être assuré que la vieille tante n'était pas dans les parages, madame mon épouse, je crois qu'il serait temps de marier notre Jeanne.

— Elle est si jeune !

— Vous l'étiez bien aussi quand j'ai demandé votre main à monsieur votre père !

L'argument était de poids, si bien que Constance de Frétat resta coite. Au bout d'un moment, ne pouvant plus résister à sa curiosité, elle reprit :

— Qui serait notre futur gendre ? Vous aurait-il déjà fait part de ses intentions ?

Georges ricana.

— Non, mais il est des regards qui ne trompent pas. Si vous m'en croyez, la demande sera faite avant six mois.

Gabriel Mercier, qui aimait à accomplir chaque jour de grandes chevauchées, s'arrêtait parfois au château de Frétat, bien que celui-ci se trouvât à six bonnes lieues de Portabéraud. Un chaud matin de la fin septembre, arrivé sur la place, il sauta de cheval et avança dans la cour à la rencontre de Georges.

— Monsieur le chevalier, lui dit-il, j'organise le 4 novembre prochain une petite festivité à l'occasion de mon anniversaire. Me feriez-vous l'honneur d'y être avec madame votre épouse et mademoiselle votre fille ?

Lorsqu'il fut reparti, Georges de Frétat se frotta les mains en se disant que ses prédictions allaient bientôt se révéler justes.

A cette fête, rien, à vrai dire, ne manqua. Le souper fut exquis, les vins suaves comme de l'hydromel et les musiques divines. Gabriel dansa une partie de la soirée avec Jeanne, ce que ne manquèrent d'ailleurs pas de remarquer la plupart des convives, qui connaissaient leur hôte généralement plus comme un libertin que comme un candidat au mariage.

Le surlendemain de ce jour mémorable, Gabriel, monté sur Zéphyr, s'en vint au château du chevalier.

— J'ai l'honneur de vous demander la main de votre fille Jeanne.

La requête, ainsi formulée, eut l'heur de ne point déplaire, ni à Georges de Frétat, ni à son épouse.

— Plaît-il ? fit la vieille tante, que personne, évidemment, n'avait consultée.

L'on se dispensa de son approbation et l'on fixa la date des fiançailles, puis celle des noces. Elles eurent lieu le 12 octobre 1750, avec tout l'apparat qu'exigeait une telle cérémonie entre personnes de haut rang.

Dans le parc du château de Frétat tombaient les feuilles mortes. Sous les pas des marcheurs, elles constituaient un tapis bruissant. Des quatre coins des Combrailles, de Clermont, de Riom, et même d'Ambert, arrivaient depuis le matin des tilburys, des landaus conduits par des postillons, des phaétons et des calèches. En descendaient des messieurs élégants et des dames dont on devinait qu'elles avaient dû passer des heures à leur toilette. Ainsi des habits azur avec gilet blanc à raies roses en côtoyaient-ils d'autres chamarrés de broderies dorées, des vestes rouges, des culottes safran, des robes de mousseline, des mantelets d'épaisses dentelles sur des jupes à grands ramages. Certaines femmes avaient dessiné au pinceau leur bouche vermeille. Elles arboraient, pour la plupart, une peau de satin blanc veinée du bleu de leur sang noble.

En livrée rose et argent, des domestiques prenaient tout ce beau monde en charge pour le faire entrer dans le vestibule situé dans l'alignement du perron. Le chevalier Georges, en qualité de maître de céans, accueillait avec grandiloquence les plus illustres de ses hôtes et plus simplement les invités de moindre rang. Lui-même était vêtu d'un habit brun à larges boutons d'écaille, que rehaussait une veste de brocart d'or sous un jabot de fine batiste.

Jeanne de Frétat n'apparut à la chapelle du château, au bras de son père, qu'à l'ultime minute. Elle était ravissante, mais si menue dans sa longue robe de soie blanche, serrée à la taille dans un corselet, une gaze claire recouvrant chastement sa gorge.

Gabriel Mercier vécut la bénédiction nuptiale comme dans un rêve. Le baron avait décidé de s'acheter une conduite et de mettre un terme à ses débordements de jouisseur épicurien. Le matin même, en quittant Portaberaud, il avait aperçu dans une allée le petit Guillaume, son fils hors mariage. L'enfant lui avait souri et fait un signe de la main. Plus tard, il lui faudrait dire à Jeanne qui était ce garçon. Sans doute accepterait-elle qu'il continuât de vivre au château, dans leur entourage immédiat.

Après la cérémonie religieuse vinrent les agapes. Les invités se gavèrent de truites, d'ombles chevaliers et de brochets que l'on servit copieusement, accompagnés de fèves, de haricots et de choux, avant que les gibiers du domaine – faisans, perdreaux, chevreuils et sangliers – ne fussent présentés, dégoulinants de jus, sur la table.

Gabriel et Jeanne, tout entiers à leur nouveau bonheur, goûtèrent fort peu de chaque mets. Lorsque, enfin, ils furent seuls, que le baron déposa sa jeune épousée sur le lit à baldaquin de la chambre à coucher et qu'il souffla la mèche de la veilleuse brûlant sur un guéridon, leur félicité fut intense.

— Jeanne, je vous aime, chuchota le marié.

Il ne vit pas les perles qui embuèrent les beaux yeux de sa dame de cœur. C'étaient des larmes de reconnaissance.

Alors, il pensa à son père et à sa mère qui n'étaient plus de ce monde, puis il se dit que Portabéraud s'agrandirait en même temps que croîtrait son amour pour Jeanne. Oui, des travaux rendraient le château plus avenant. Le nouvel édifice serait à la hauteur de ses sentiments. Il y mettrait toute son âme.

Et, en cet avril 1752, Jeanne allait donner le jour à un petit être qui assurerait leur lignée.

Gabriel Mercier, baron de Portabéraud, prêta l'oreille. Dans une chambre toute proche, le travail de la parturiente avait commencé. La tradition voulait que l'époux n'assistât point à la naissance de son enfant. Cela était le domaine réservé des femmes, l'homme n'avait rien à y faire. En aucun cas il ne devait voir s'écouler le sang des entrailles de la mère, cela eût été contraire à tous les usages.

Après avoir quitté sa tenue bleu barbeau de cavalier, Gabriel endossa une veste de piqué blanc sur un pantalon collant, de couleur claire lui aussi. Il voulait être présentable lorsque l'héritier ou l'héritière que Dieu allait lui accorder lui serait remis par l'une des matrones.

— Feu de Dieu, que c'est long ! jura-t-il après avoir fait quatre ou cinq fois, mains au dos, le tour de la pièce.

Il jeta un œil par la fenêtre à meneaux. Le printemps débutant éployait les fastes d'une végétation enrobant le pays d'un ourlet de verdure. Dans les ramures pirouettaient des mésanges, ne se tenant plus du bonheur d'avoir vaincu l'hiver et ses froidures. Au loin chantait un coq, un chien jeta deux abois sonores.

— Dieu, que c'est long quand on attend ! reprit Gabriel, qui en était venu à se ronger les ongles.

Soudain, une galopade dans le couloir des chambres l'avertit que peut-être sa patience allait enfin être récompensée.

— Monsieur ! Oh, Monsieur ! prononça le fin museau

de Muguette dans l'entrebâillement de la porte. Madame vient de donner le jour à une jolie demoiselle !

— Une fille ! s'exclama le baron. Diantre ! J'eusse préféré un mâle !

Il se reprit toutefois, sous le regard médusé de la domestique.

— Mais j'accepte avec plaisir, bien évidemment, que Dieu m'ait fait le don de cette petite pisseuse.

Il réfléchit un moment, et puis :

— Muguette, s'il te plaît, dit-il, va donc demander à Madame quand elle pourra me recevoir afin que je fasse la connaissance de ma fille.

— Madame sera bientôt prête, Monsieur. J'y cours à l'instant.

La demoiselle fut prénommée Victoire. Son père ne se lassait pas de la regarder.

— Comme tu es belle, ma mignonne, lui disait-il, tandis qu'elle suçait goulûment le lait au sein maternel sans se préoccuper d'autre chose au monde.

Gabriel ne savait ce qu'il devait le plus admirer : sa fille pendue au téton de Jeanne, ou Jeanne elle-même, rayonnante de joie dans sa posture de mère nourricière.

On baptisa Victoire à l'abbaye de Mozac. Tandis que le curé Beauparland oignait la petite et lui déposait un peu de sel bénit sur les lèvres, Gabriel, qui n'était pas très porté sur les choses de la religion, songeait aux travaux qu'il allait lui falloir entreprendre pour embellir Portabéraud, selon la promesse qu'il s'était faite.

— *Ego te baptiso*, ânonnait le prêtre. *In nomine Patris et Filii et Spiritus Sancti.*

L'on revint en cortège au château. Des paysans saluaient le maître et dame Jeanne. Obséquieux, la plupart soulevaient de vieux chapeaux racornis puis rentraient la tête dans leur sarrau de serge brune. Le curé avait été invité. Il fit honneur à tous les plats, mangea et but d'abondance pour enfin, le visage cramoisi, se lever de table et prendre congé de ses hôtes.

— Admirez donc le bel homme de Dieu que voilà ! ironisa le baron Gabriel, le voyant partir en titubant quelque peu. Heureusement que nous ne sommes point en période de carême !

Mais Victoire se moquait bien de tout cela. Elle poussait comme un champignon, au grand plaisir de Jeanne et de son mari. Celui-ci avisa un architecte. Il s'appelait Claude-François Legay et était aussi ingénieur de la ville de Riom.

— Je veux, ordonna Gabriel Mercier, que sans lésiner vous nous construisiez une folie.

— Une folie, monsieur ? interrogea l'homme de l'art, de l'air de quelqu'un qui ne parle pas le même langage.

— Parfaitement, une folie. Ne me dites pas que vous ne savez pas ce qu'est une folie !

— Oh que si, monsieur le baron, fit l'autre qui, pour de vrai, l'ignorait entièrement.

— Bien, vous le savez, mais je crois qu'il ne sera pas inutile que je vous le rappelle. Une folie, monsieur l'architecte, est un pavillon dédié aux plaisirs de la vie, à la légèreté, à l'amusement, à tous les brimborions qui font que l'on est heureux en ce bas monde.

Gabriel s'interrompit un instant et leva les yeux au ciel. Puis, soudain illuminé, il ajouta :

— Mais il ne s'agira pas de vouloir ériger un autre

château de Versailles. Non, mon pavillon à moi se voudra plus modeste. Il aura des dimensions réduites. Ce sera en quelque sorte une... une plus petite folie. Voilà, je veux que vous bâtissiez ici même, à Portabéraud, une petite folie. Je lui donnerai le beau prénom de ma fille qui vient de naître : la petite folie Victoire. Qu'en dites-vous, monsieur l'architecte ? Vous estimez-vous capable de mener à son terme ce projet ?

Le sieur Legay jugea qu'il se sentait apte à la chose et se mit immédiatement au travail. Il n'était encore qu'un tout jeune homme de vingt-quatre ans et il subodora que ce chantier pourrait lui apporter un début de renommée.

Deux mois plus tard, plans et esquisses en main, il se présenta de nouveau au château.

— Voici, monsieur le baron, le résultat de mes réflexions, fruit de longues nuits de veille pour vous satisfaire. Je veux croire que ce projet vous agréera.

Gabriel Mercier se pencha sur la paperasse que l'architecte avait étalée sur la table du salon. Durant une demi-heure, soufflant, grognant, rajustant sa perruque, soufflant encore, il vérifia chacun des documents, sans se préoccuper en aucune façon de l'homme de l'art. Celui-ci s'était rencogné près de la cheminée et s'attachait à observer les mimiques du seigneur, passant de l'espérance folle quand il voyait se dessiner un semblant de sourire sur ses lèvres à la crainte que ses plans ne fussent pas ceux escomptés lorsqu'un pli soudain s'en venait accabler son front.

Enfin, le maître releva la tête, chercha un instant des yeux Claude-François Legay, qui se faisait tout petit entre le portrait en pied d'un ancêtre Mercier, procureur de la sénéchaussée d'Auvergne, et celui de son épouse

Fleurdelys de Charenton, aussi avenante qu'une jument taciturne.

— J'ai bien tout examiné, monsieur le jeune architecte, finit-il par dire. Oui, j'ai tout vérifié et je dois dire que… comment pourrais-je exprimer cela ?

Le sieur Legay sentit la sueur dégouliner dans son cou.

— Oui, comment m'exprimer sans vous paraître sot ou vaniteux ? Eh bien, voilà, votre projet m'agrée et je vous demanderai d'en surveiller le chantier. Le plus tôt, bien sûr, sera le mieux.

Ainsi purent débuter les travaux de la petite folie Victoire.

Victoire qui continuait de pousser comme une belle plante et faisait l'admiration de son père et aussi de sa mère.

Victoire que, déjà, le baron adulait.

2

Château de Portabéraud, 1758-1770

La fillette eut bientôt six ans. Dieu, que le temps passait vite ! Et que de transformations durant ces six années à Portabéraud !

L'architecte avait beaucoup payé de sa personne. En tout début de chantier, il avait fallu mettre à bas les vestiges du château féodal dont certains pans, ainsi que des dents cariées, subsistaient au hasard d'une herbe clairsemée, à quelques pas de la bâtisse, maison d'habitation du baron Gabriel et des siens. L'on avait ensuite dû établir les fondations du nouveau corps de bâtiment. Ce serait une construction tout en longueur, s'étirant d'est en ouest, avec une façade principale tournée vers le sud. Dans le prolongement, une aile contiguë marquerait l'emplacement de la chapelle. Plus loin, à l'opposé de la cour d'honneur, se dresserait la ferme, contre laquelle s'adosseraient les écuries.

Les fondations terminées, on érigea les murs. Un escalier s'ouvrait sur une vaste terrasse, au pied de la façade méridionale. Sur trois niveaux, celle-ci présentait sept travées avec, en rez-de-jardin, des portes-fenêtres suffisamment larges pour faire entrer la lumière. A l'étage, sept autres fenêtres et, sur la corniche le couronnant, un toit en pente douce recouvert d'ardoise et percé de cinq œils-de-bœuf. Le côté oriental, aveugle, donnait accès à la chapelle que le maître de Portabéraud, pourtant peu versé dans les affaires du bon Dieu, avait tenu à mettre en valeur tout particulièrement. Un intérieur en stuc, avec des bois sculptés, et un autel polychrome, mélange de plusieurs marbres, donnaient une impression d'aisance, sinon de grande richesse.

La plus belle pièce du corps de logis était, selon le vœu de dame Jeanne, le salon de compagnie. Deux trumeaux avec glace encadraient une cheminée en marbre de Carrare. A l'aplomb, au-dessus d'une guirlande de roses, des feuilles d'acanthe reliaient deux chapiteaux de style corinthien. On retrouvait cette décoration sur le large plafonnier central et dans la bibliothèque, juste à côté. Très claire, celle-ci semblait avoir été conçue pour être propice à l'étude. Le meuble de rangement des livres occupait tout un mur en face duquel se situait une autre cheminée, de dimensions plus modestes. Deux larges baies vitrées s'ouvraient sur le parc, comme pour permettre à la pensée de prendre librement son essor. C'étaient d'ailleurs des portes-fenêtres de même envergure qui égayaient la salle à manger, dont un mur était mitoyen du rayonnage, et que l'on atteignait par un vestibule spacieux où le regard se perdait par des jeux de miroirs.

Il fallut ensuite meubler cette petite folie. La première des pièces, celle où Jeanne passerait le plus clair de son temps, fut le salon de compagnie. Elle y fit disposer un secrétaire en bois d'acajou, avec dessus en marbre, ainsi que trois petites tables à quadrille, un sofa, huit chaises paillées, une console sous un trumeau à glace, diverses tapisseries et des tableaux représentant des scènes pastorales. La bibliothèque fut pareillement pourvue de tables et de chaises, ainsi que d'une bergère en damas et de fauteuils cannés. Une peinture de grande dimension montrait Léda et le cygne, dont on savait qu'il était la forme prise par Zeus pour la séduire. Sur le mur d'en face en était une autre, avec les jumeaux Castor et Pollux, fruits de leurs amours. La salle à manger était munie d'un buffet, de deux consoles avec plateau en marbre et de chaises. Des estampes sous verre laissaient admirer des paysages maritimes, côtes déchiquetées et ports de pêche.

Les quatre chambres furent pourvues de lits et de commodes en marqueterie. Celle des époux était, évidemment, la plus spacieuse, avec trois fauteuils et une alcôve fermée par un rideau. Une tapisserie d'Aubusson était tendue sur toute la longueur d'un mur. L'on y voyait un cerf aux abois et une meute de chiens montrant les crocs, scène cruelle qui faisait souvent frémir la petite Victoire quand elle était admise au cénacle parental.

Gabriel et Jeanne Mercier prirent possession de leur nouveau domaine le 28 mai 1758. Sans déplaisir, ils quittèrent le vieux château que, de tout temps, l'on avait appelé « la Tour », et qui servit désormais de dépendance ainsi que de local pour quelques domestiques.

— Voilà ma petite folie Victoire ! s'exclama le baron en couvrant sa fille de baisers.

Il était tellement fier de son œuvre !

— Guillaume, aurais-tu oublié ta leçon d'escrime ? Cela fait plus d'un quart d'heure que le maître d'armes est à t'attendre dans la salle du bas.

Tout essoufflée pour avoir trop couru à chercher le garçon, Muguette ne pouvait cacher sa colère.

— Tu n'as pas plus de raison qu'un pinson, continua-t-elle en rajustant sa coiffure. Si cela continue, monsieur le baron ne voudra plus te garder au château, et cela sera tant pis pour toi.

Guillaume darda ses beaux yeux de jais vers Muguette et lui sourit. C'était un grand jeune homme de quinze ans, brun de cheveux, à la peau hâlée par sa vie au grand air et ses escapades dans la campagne environnante. Il s'approcha de la servante qu'il considérait un peu comme la mère qu'il n'avait jamais eue et, la soulevant par la taille, il la fit tourner en une ronde folle.

— Oh ! ma petite Mamette ! Il ne faut pas te mettre dans ces états pour si peu de chose ! Le maître d'armes ? Eh bien, il attendra !

— Lâche-moi, sacripant ! vociféra la femme que, par une étrange contraction de « maman » et de « Muguette », Guillaume avait toujours appelée « Mamette ».

De nouveau campée sur ses jambes, elle arrangea sa mise.

— Tu es plus polisson que lorsque tu étais petit, dit-elle en affectant un air sévère.

Le prenant par un bras, elle ordonna :

— Allons, maintenant, viens avec moi que je te conduise auprès de ton professeur.

Guillaume avait grandi au château de Portabéraud. Il avait neuf ans lorsque Victoire était née. Certes, tout le monde savait ici – sans en parler jamais qu'à demimot ! – qu'il était le fils naturel du baron Gabriel. Alors, bien sûr, il avait entendu des conversations dans son dos : « Comme il ressemble au maître ! » ; « C'est son portrait tout craché ! » ; « Pour de vrai, c'est un Mercier ! »

En outre, il était de notoriété que le garçon bénéficiait d'un régime tout à fait personnel dans la propriété. Grâce à un précepteur qui s'était occupé de lui dans son jeune âge, Guillaume savait lire, écrire et compter. Cela n'avait pas été sans mal, du reste, le gamin préférant à ces exercices intellectuels le plaisir de courir dans les bois, en dehors de toute contrainte, et celui de rêver au milieu des prés, des champs et des herbes folles.

« Je veux faire de toi un jardinier, petit Guillaume, lui avait confié un jour le baron. Jardinier au château de Portabéraud, cela t'agréerait-il ?

— Oh oui, monsieur, cela serait parfait.

— Eh bien, tu seras donc mon jardinier ! »

En attendant ce grand jour, il lui fallait pourtant s'armer de patience, continuer d'apprendre à lire, à écrire, à compter. Et aussi savoir manier l'épée et le sabre, car un jardinier n'en sait jamais trop quand il s'agit de défendre son domaine.

— Te dépêcheras-tu, chenapan ? s'égosillait Muguette, alors que Guillaume s'était de nouveau arrêté en chemin pour faire la causette à un merle qui sifflait au sommet d'un grand frêne.

Le baron Gabriel avait dû avouer à Jeanne qui était Guillaume et de quelle manière l'enfant avait été déposé dans un berceau à l'entrée du château.

« C'était avant de vous connaître, ma chère épouse ! » s'était-il empressé d'ajouter.

Le moment de surprise passé, Jeanne finit par se faire à l'idée que le fils naturel du baron vive sous son toit. Généreuse, ce fut elle qui alla jusqu'à suggérer qu'on lui donnât des leçons de calcul et de français :

« N'oubliez pas, mon ami, que c'est votre propre sang qui coule dans ses veines. Une parfaite éducation lui sera nécessaire dans la vie, car il est un peu vous-même. »

Plus ému qu'il n'eût souhaité le montrer, Gabriel Mercier avait fait diligence afin de trouver un précepteur à son fils, à qui s'adjoignit bientôt un maître d'armes. Plusieurs fois il se fâcha, car le garçon préférait aux études et à l'escrime les longues balades solitaires dans la campagne. C'est alors qu'il avait décidé d'en faire le jardinier de Portabéraud.

« Je te baillerai une rente annuelle de deux mille livres lorsque tu auras atteint ta vingtième année, lui avait-il promis. En attendant, sois studieux et ne néglige ni l'épée ni le sabre, qui pourront te servir plus tard pour te défendre. M'entends-tu, Guillaume ? »

Le garçon avait répondu qu'il entendait et avait compris. De temps en temps, il lui arrivait pourtant d'oublier ses devoirs. L'appel de la nature et l'attrait des grands espaces étaient si puissants !

Le jardinier en titre du château s'appelait Pierre Andrieux. C'était un bonhomme d'une cinquantaine d'années dont les traits ravinés trahissaient une vie de labeur au grand air, par tous les temps. Une moustache en balai lui mangeait une partie de la figure. Guillaume redoutait souvent de lui serrer la main. Il l'avait dure comme une vieille couenne, mais cela n'empêchait pas qu'il eût beaucoup de délicatesse envers les fleurs. Parfois, ses yeux couleur de tabac clair se fixaient sur le garçon et il lui parlait d'une voix étonnamment douce pour un être aussi rustique que lui.

« Je t'apprendrai les secrets des plantes, avait dit Pierre. Mais pour cela, il faudra que tu m'obéisses, car monsieur le baron exige que tu sois capable de me remplacer quand le bon Dieu décidera de me rappeler auprès de lui. Ce qui, vu mon âge, pourrait maintenant arriver assez vite. »

Guillaume pensa qu'il devait exagérer quelque peu.

« Vous n'êtes pas si vieux que cela, monsieur Pierre ! »

Le jardinier avait ébauché un faible sourire.

« Tu es bien brave de me le dire, fiston. La réalité est pourtant bien là, avec des douleurs qui me laissent à penser que la jeunesse est enfuie. Mais l'avenir, c'est toi. Aussi, à condition que tu veuilles suivre mes conseils, monsieur le baron ne pourra-t-il que se féliciter de t'avoir désigné comme mon successeur. »

L'homme avait remonté le col d'un bourgeron quasiment hors d'usage et commandé :

« Viens avec moi, on va s'occuper des parterres de roses. Mademoiselle Victoire est folle de ces fleurs. »

La fillette était un vrai bonheur. Grâce à elle, le château bruissait de vie et résonnait de rires, de jeux et de galopades dans les couloirs. Il n'était pas un seul membre du personnel qui ne la chérît au même titre que si elle avait été sa propre progéniture. Le baron Gabriel lui-même fût passé par un trou de souris si elle le lui avait demandé. Quant à Jeanne, elle était en adoration devant ce petit bout de femme qui eût pu, sans effort, mettre le monde entier à ses pieds.

Elle était d'une coquetterie sans pareille, changeant parfois deux ou trois fois de mise au cours de la même journée. Le matin la voyait vêtue d'une robe de mousseline portée sur des mules de satin. Vers midi, avant que l'on se mît à table, voici qu'elle arborait, le visage fleuri d'un large sourire, une petite jupe prune que recouvrait un corsage de soie. L'après-midi, suite à ses leçons de chant ou de piano, et selon le temps qu'il faisait, on l'habillait d'un fourreau de plumetis blanc ou d'un surplis de dentelle. De même, ses beaux cheveux blonds étaient, suivant l'humeur du moment, frisottés sur la nuque, retenus par un catogan de velours rose ou enfermés sous une sorte de chaperon qui la rendait plus espiègle encore.

Oh, la belle demoiselle qu'elle était ! Qui le savait, d'ailleurs !

Par on ne sait quel sortilège, on eût dit que Victoire avait pressenti l'appartenance de Guillaume à son clan. Souvent elle recherchait sa compagnie et partait à sa rencontre dans les allées du parc. De son côté, le garçon se prêtait volontiers à ce jeu. Il lui apprenait les noms des fleurs des champs et à reconnaître les aubades des oiseaux.

— Petite maîtresse, lui dit-il un matin, écoutez la mésange. Elle répète sans arrêt : « Petit gueux, petit gueux, petit gueux ! » Le merle est plus rieur et il siffle du matin au soir. Le rossignol, vous n'entendrez ses trilles que la nuit. Mais, bien sûr, cela ne vous sera pas possible puisque c'est le moment où les enfants dorment.

Elle fit un caprice, ce soir-là.

— Je ne veux pas aller au lit, Muguette. Je resterai debout toute la nuit pour écouter chanter le rossignol. C'est Guillaume qui me l'a dit.

— Oh, le vilain Guillaume ! s'emporta la servante.

Un soir de juin, lorsque les journées sont tellement longues que l'embrunir[1] n'en finit pas d'agoniser, Victoire disparut et demeura introuvable. Aux abois, Jeanne et le baron la firent chercher partout, de la cave jusqu'aux combles, de l'ancien bâtiment de la Tour aux écuries, sur les bords de l'Ambène et même à l'église abbatiale. Rien. Sous les rayons de lune, pas l'ombre d'une petite friponne. L'on interrogea Guillaume. Le garçon ne savait rien, la jeune maîtresse ne lui avait fait part d'aucune intention de fugue. Il fallut sortir les chiens et battre la campagne. Monté sur Zéphyr, Gabriel dirigeait les manœuvres. Il disposa ses hommes en quinconce, arpenta avec eux les prairies bordant Portabéraud puis, le cœur battant plus fort, les marécages qui les prolongeaient, en direction de Mozac.

— Elle est introuvable ! rugit Broussegoutte.

Le palefrenier connaissait pourtant la région comme sa poche pour avoir, dans sa jeunesse turbulente, souvent braconné sur les terres de feu Michel Mercier, le propre père du baron. Vers minuit, enfin, une voix s'éleva :

— Je l'ai repérée ! Approchez les lampions, les amis !

1. Le crépuscule, en ancien français.

C'était Pierre Andrieux, auprès duquel se trouvait Guillaume.

— Sacrédié ! tonna le jardinier en découvrant la fillette allongée au pied d'un chêne. La demoiselle dort comme un angelot !

On la ramena au château. Elle expliqua qu'elle avait voulu entendre chanter le rossignol. Puis elle fit comprendre à tous que c'était bien du tapage pour rien et qu'on était prié de la laisser se rendormir.

Chacun en fut quitte pour la peur et le baron tança Guillaume d'avoir mis ces folles idées dans la tête de Victoire. Le garçon eût voulu répliquer qu'il n'y était pour rien, mais il préféra se taire. Le maître, quoi qu'il arrivât, avait toujours raison et lui n'était qu'un pauvre apprenti jardinier, sans plus d'importance qu'un puceron sur un pétale de rose. Aussi se jura-t-il que désormais il prendrait garde à ses propos quand il s'adresserait à la fillette.

Les années passaient, Portabéraud embellissait.

Gabriel Mercier venait de se décider à porter tous ses efforts sur le parc. Son modèle fut un plan architectural dont il eut connaissance et qui concernait un projet de Donato d'Angelo, dit Bramante, au tout début du XVIe siècle, pour les jardins du Belvédère, au Vatican. Claude-François Legay, qui avait donné toute satisfaction quant à l'édification de la petite folie, fut prié de prendre en charge les nouveaux travaux.

Il tint compte des nivellements du terrain, ainsi qu'à Rome, pour aménager différentes terrasses communiquant par des escaliers monumentaux. Le jardin le plus éloigné du logis des maîtres était un quadrilatère divisé en quatre carrés de vingt mètres de côté et bordé sur son aile occidentale par une allée de charmilles. Le long d'un bosquet planté de tilleuls, on parvenait au verger central, que l'on traversait pour atteindre le potager.

Sur le devant de la grande façade du château s'étendait une terrasse avec, en son milieu, un miroir d'eau, d'où l'on pouvait à loisir contempler le paysage alentour.

Mais ce qui apportait surtout au charme de Portabéraud et fit connaître la petite folie à des lieues à la ronde, ce furent les statues en terre cuite du parc. La plus grande, située près du bassin central, représentait en pied et grandeur nature le baron Gabriel lui-même. A quelque distance de là, la petite Victoire, toute menue et tenant dans sa menotte un oiseau ressemblant fort à un rossignol. Plus loin encore, sept statues naines figurant un jardinier, une jardinière, une religieuse, un curé, une marquise, une vielleuse et une négrillonne.

Oh, que de promenades le baron accomplit-il en compagnie de Jeanne et de leur fillette ! C'était plaisir de les voir tous les trois arpenter leur domaine. Donnant la main à l'un et à l'autre, Victoire ressemblait à une petite princesse que ses parents, le roi et la reine, auraient eu plaisir à présenter à leurs sujets.

La drôlesse voulait tout savoir du monde des plantes ainsi que des animaux qui avaient élu domicile dans l'enceinte du château. Son professeur en la matière était Guillaume, bien sûr. En dépit de l'incident du rossignol, elle continuait de le fréquenter. Mais le garçon était devenu prudent et n'eût pas envisagé un seul instant de déplaire une fois encore à ses maîtres.

La vie coulait, paisible, simplement rythmée par

l'installation de nouvelles statues en terre cuite dans les allées du parc. Ainsi apparurent une nouvelle négrillonne, puis un palefrenier, un ferblantier, un salpêtrier et un tonnelier, autant de métiers que le baron Gabriel tenait en haute estime et qu'il voulait honorer au même titre que sa servante noire, venue des îles par on ne savait quel hasard, et qui se prénommait Eglantine, véritable fleur de là-bas.

Cette Eglantine avait su séduire Victoire. La demoiselle la demandait sans arrêt.

« Elle est où, ma Glantine ? » s'inquiétait-elle quand elle ne l'avait pas vue de trois heures.

Ou bien encore :

« Pourquoi Glantine n'est pas venue jouer avec moi aujourd'hui ? Je veux l'avoir près de moi tout de suite ! »

Lorsque Victoire disait « tout de suite », il convenait de ne pas la faire attendre, au risque de devoir subir ses foudres. Car elle avait du caractère, la petite maîtresse ! Mais nul ne se fût permis de prétendre qu'elle l'avait détestable !

L'année de ses huit ans, elle se découvrit une véritable passion pour le dessin. Tout lui était prétexte à représentation sur sa toile blanche : une fleur de pissenlit, un papillon, une feuille morte à l'automne, le beau cheval Zéphyr de son père, et jusqu'à Eglantine, dont elle ne se lassait pas de reproduire le visage d'ébène, avec ses lèvres charnues et ses cheveux crépus. Quels trésors de patience la négresse devait-elle déployer pour poser des heures durant au gré de ce tyran domestique qui ne lui tolérait aucun geste de lassitude !

« Lève la tête, Glantine. Plus haut ! Encore plus haut ! Et je t'interdis bien de bouger. Oh, mais entendez-la donc qui soupire ! Comme si c'était tellement difficile de rester immobile pendant deux minutes ! »

La chipie avait à l'évidence quelques dons pour les beaux-arts. D'ailleurs, tout un chacun dans la maison s'ébaudissait devant son coup de crayon, quelques-uns allant jusqu'à lui prédire une carrière artistique digne de Watteau et même de Chardin.

Victoire semblait précoce en tout domaine. Lorsqu'elle eut dix ans, son corps se transforma. Des petits seins pointèrent sous le tissu du corsage, ses hanches se cambrèrent, ses fesses devinrent plus rondes. Quand elle marchait, désormais, tout son être se dandinait et l'on eût dit qu'elle était en perpétuelle représentation théâtrale. Des langues acérées prétendirent qu'elle faisait des manières, d'autres qu'elle ne mettrait pas longtemps à trouver un parti – à trouver chaussure à son pied.

« Le baron Mercier n'aura pas trop de soucis pour caser sa fille dans quelques années », chuchotait-on de-ci de-là.

« Elle est devenue une véritable petite bonne femme », disait-on encore.

« Mignonne à se damner », susurrait quelque vieux beau dont la pupille s'enflammait au spectacle de cette pomme fraîche qu'il aurait bien croquée.

Mais le baron veillait. Bien peu sage eût été celui qui se fût permis de manquer de respect à sa fille adorée. Ainsi de ce jeunot qui transportait ce jour de l'automne 1764 une charretée de bois mort au domaine. Se croyant seul avec un domestique, le péquin crut malin de dire :

— Je la coucherais bien sur un lit de fougères, cette petite pucelle.

Il se trouva que Gabriel Mercier besognait dans les parages et qu'il entendit les propos grivois de l'impudent jeune homme.

— Attends, coquin, je m'en vais te faire passer tes envies, moi ! lui cria-t-il en le saisissant par le col.

La bastonnade fut de toute beauté. Longtemps, à Portabéraud, l'on en parla. L'épisode, en tout cas, eut le mérite de refroidir quelques ardeurs et de démontrer qu'on ne pouvait impunément manquer de respect à la petite demoiselle.

Quant à Guillaume, il était en admiration devant Victoire. Pour de vrai, elle lui eût demandé la lune qu'il se fût mis en quatre pour la satisfaire. Surtout, il n'était pas question que quiconque eût à son égard des propos ou des gestes désagréables, le bougre aurait eu tôt fait de les lui faire ravaler ainsi qu'il se devait.

Guillaume… Ah ! Guillaume !

C'était à présent un fringant jeune homme, à la taille bien prise et au maintien racé. A vingt et un ans, du haut de ses cinq pieds neuf pouces, il ressemblait de plus en plus à son géniteur. Certes, le seigneur de Portabéraud n'aurait pu renier celui qui était devenu son premier jardinier depuis la mort de Pierre Andrieux au printemps.

Le vieil homme s'était éteint sans tambour ni trompette. A l'image de son existence, tout entière consacrée à ses maîtres, il avait soufflé la flamme sans aucun bruit, comme s'il avait craint de déranger ceux pour qui il s'était dévoué pendant des lustres.

Guillaume, dont il avait été le mentor, éprouva un chagrin incommensurable. Avec lui, c'était son père spirituel qui disparaissait, celui qui lui avait enseigné des rudiments de botanique, mais aussi édicté les règles d'une vie saine et naturelle, dans le respect des choses simples qui avaient toujours régi le monde et continueraient de le faire jusqu'à la fin des temps.

Il devint donc le jardinier attitré du château de Portabéraud. Au fil des saisons, il taillait des haies, les émondait ou entait des greffons et expérimentait de nouvelles espèces. Sa passion, c'était les roses. Il les vénérait au plus haut point, vouant un véritable culte à la Delphinium, cette belle fleur aux pétales de porcelaine bleue qu'il avait créée de toutes pièces. Il aimait aussi particulièrement l'Etoile de Hollande, d'un rouge sang aux reflets mauves, ainsi que la White Christmas, venue d'Angleterre, tache de neige immaculée dans son parterre coloré.

Victoire installa son chevalet pour peindre les roses de Guillaume. Elle pouvait ainsi rester des heures, pendue à son pinceau, à chercher les incarnats idoines, à rendre leur vraie coloration aux fleurs ou à saisir un mouvement de tige sous un caprice du vent.

Lors de l'hiver 1767, Jeanne de Frétat tomba malade. Il faisait dehors des températures sibériennes. Le froid mordait comme pour anéantir toute espèce de vie. Enseveli sous une épaisse couche de neige durcie, le pays revêtait l'aspect d'un désert blanc qu'aucun printemps ne pourrait faire renaître.

Un matin, l'épouse du baron Mercier fut prise de violentes quintes de toux. Son état fébrile la laissa pantelante dans son lit.

— La ma'ame a'ive pas à se lever aujou'hui ! clama,

affolée, la brave Eglantine qui roulait de gros yeux tout gris.

En battant des bras, la servante ajouta :

— C'est pas bon, tout ça. Va falloi' p'ier le bon Dieu pou' la guéri'.

Gabriel fit venir de toute urgence le docteur Boulanger, vieux sage plein de bon sens et aux conseils éclairés.

— Je crains une fluxion de poitrine, fit-il après avoir examiné la patiente.

Il se tourna soudain vers la domestique noire.

— Active le feu, ma mie. Il faut que ta maîtresse ait très chaud pour évacuer les mauvaises humeurs qui sont dans son corps.

— Oui, missié le docteu', obtempéra Eglantine qui enfourna aussitôt dans la cheminée de la chambre une énorme bûche de châtaignier.

Huit jours plus tard, malgré une chaleur d'étuve dans la chambre, Jeanne de Frétat, baronne de Portabéraud, continuait de geindre et de tousser. Des filets de sang souillaient son mouchoir de soie, qu'elle prenait soin de cacher sous son oreiller.

— Vous n'êtes donc pas encore guérie, ma bonne amie ? s'inquiéta Gabriel, qui accordait toute sa confiance à la médecine du docteur Boulanger.

— Cela ne saurait tarder, répondit Jeanne, qui se mit tout aussitôt à cracher un filet de salive rougie.

Avec les beaux jours, la baronne parut reprendre des forces vives. De nouveau elle sortit sur la terrasse, à l'abri d'une tonnelle de vigne vierge.

— Ma bonne amie, lui dit un jour Gabriel en s'efforçant de sourire, je vous trouve une mine resplendissante.

— Comme vous savez mal mentir, monsieur mon mari. Mais comme je vous aime pour tous les efforts que vous faites !

Jeanne de Frétat, baronne de Portabéraud, continuait de rosir ses mouchoirs mais, trop fière pour l'avouer, elle les lavait elle-même, effaçant de la sorte tout indice qui eût pu laisser supposer une maladie à l'issue fatale.

Tous les matins que le bon Dieu lui accordait, elle priait la Sainte Vierge Marie.

« Bonne mère, vous qui êtes aux cieux, répétait-elle, agenouillée dans la chapelle du château ; bonne mère, donnez-moi la force de continuer de vivre afin que ma petite Victoire, mon enfant adorée, puisse marcher longtemps encore sur le chemin que vous lui avez tracé. »

Elle récitait ensuite trois dizaines de chapelets avant de se lever de son siège en essayant de juguler une nouvelle quinte de toux puis de retourner à ses appartements.

— Père, s'inquiéta un jour la demoiselle, la maladie de maman est-elle vraiment très grave ?

— Je le crains fort, mon enfant. Mais ma chère Jeanne a un caractère si trempé et une foi si forte en Notre Dame qu'on peut tout espérer pour elle. Allons, ma Victoire, jusqu'au bout il conviendra de faire bonne figure.

— Je vous le promets, père.

Ainsi passèrent les jours, les semaines et les mois. Une année s'était écoulée. L'on était en février 1769. Le règne de Louis XV continuait d'éployer ses fastes. Le Bien-Aimé, ainsi qu'on l'appelait, s'évertuait à privilégier à la Cour les plaisirs des sens, auxquels pouvaient s'associer sans doute la plupart des arts et certains raffinements.

A Riom, la grande ville toute proche de Portabéraud, l'on construisit des ensembles monumentaux à la mesure des aspirations royales. Les cours intérieures des habitations s'ornèrent d'éléments décoratifs totalement nouveaux et conformes à l'air du temps. Une certaine manière de vivre s'imposa, que ne renia certes pas le baron Gabriel.

En dépit de la maladie de sa chère Jeanne, celui-ci s'efforça d'embellir son château. Rien n'était trop beau à ses yeux pour adoucir l'automne de vie de son aimée et lui rendre confortables ses derniers instants de ce côté-ci du miroir.

Comme Jeanne était très pieuse, il songea d'abord à rendre plus attrayante la chapelle où elle se rendait tous les jours. Au décor de stuc déjà existant, ainsi qu'aux marbres entourant l'autel en vieux bois, il adjoignit un cartouche blanc sculpté de motifs rocaille. Victoire, quant à elle, toujours versée dans les beaux-arts, entreprit de peindre une *Annonciation* dont le cadre s'inséra, dans un trumeau simple, entre des moulages aux figures juvéniles d'angelots grassouillets. Puis elle s'essaya à des médaillons de tons bleu-vert, blanc et or, situés sur chacun des murs encadrant l'entrée, sous la tribune réservée à la famille.

Chaque après-midi, et quel que fût le temps, Victoire s'installait dans la chapelle et peignait pendant trois heures au moins. Son *Annonciation*, dans le style un peu figé de Fra Angelico, prenait forme tout de même. L'artiste n'avait pu empêcher son pinceau de donner à la

Vierge Marie les traits un peu las de Jeanne Mercier, sa propre mère.

— Maman, lui dit-elle un jour, quand Notre Dame donnait naissance à Jésus en Galilée, je suis certaine qu'elle vous ressemblait.

Paroles qui amenèrent des perles sur les paupières ourlées de la bonne Jeanne.

Une accalmie parut se dessiner et son mal lui laissa un semblant de répit. Le printemps passa. Puis l'été, en dépit de journées accablantes.

« Voyez donc les bienfaits de la prière », exultait la baronne quand on s'étonnait de ce mieux-être.

Elle ajoutait, en levant ses beaux yeux vers le ciel :

« La Vierge Marie exauce tous nos vœux si l'on sait lui parler comme on doit le faire quand on s'adresse à la mère de Dieu. »

Alors, elle retournait à la chapelle, s'agenouillait dans la première travée et récitait des *Ave* en fixant intensément l'*Annonciation* que n'avait pas encore achevée sa petite Victoire.

Le docteur Boulanger douta de la science d'Hippocrate quand il dut convenir – sans le clamer trop fort ! – que la guérison de sa patiente était proprement miraculeuse. Jeanne n'avait plus d'expectorations sanguinolentes et ne toussait quasiment plus.

— Voilà une malade que j'aurai guérie sans trop d'efforts ! fut-il contraint d'admettre.

— Dites plutôt que c'est la malade qui s'est guérie elle-même par la seule force de son caractère, rectifia le baron qui, voltairien dans l'âme, refusait de concevoir une quelconque intervention divine dans la nouvelle bonne santé de son épouse.

A l'automne pourtant, elle connut une poussée de fièvre et fut contrainte de s'aliter.

— Prie la Sainte Vierge, mon enfant, prie de toute la force de ton âme, demanda Jeanne à sa fille.

Ce que fit Victoire, bien sûr. Et aussi, sans qu'il osât l'avouer, le baron Gabriel. Trois jours plus tard, la dame de Portabéraud était sur pied.

La force de la prière...

C'est en octobre de cette même année 1769 que Guillaume se résolut à prendre épouse. L'élue de son cœur se prénommait Guillemette. Guillaume et Guillemette. Guillemette et Guillaume. Les deux G réunis. Signes de chance. Signes de bonheur.

Le 28 du mois, ils convolèrent en justes noces. Pour le marié, il était bien temps puisqu'il avait atteint l'âge de vingt-six ans. La beauté, quant à elle, avait tout juste dix-neuf printemps.

C'était un gracieux brin de jouvencelle, tout juste sortie de l'adolescence, mais dont les airs enjôleurs, qui avaient charmé ce bon Guillaume, laissaient espérer monts et merveilles.

Il l'avait connue alors qu'elle gardait ses moutons, vêtue de sa cape de droguet, là-haut, vers Enval, du côté des sources de l'Ambène, un jour qu'il était à baguenauder. Partout alentour s'élevaient un guilleri de mésanges et quelques sifflets moqueurs de merles. Couleur d'avoine et de sable, les cheveux de la demoiselle s'étaient soudain libérés et Guillaume avait eu l'envie d'y plonger, ainsi qu'un nageur dans un océan de hautes vagues.

Ce qui avait d'abord séduit le garçon, c'était son rire, tout en cascade, et qui ensoleillait et ensorcelait tout à la fois celui qui l'écoutait. Et aussi son teint frais comme un bouton d'églantine, ses yeux de fine porcelaine couleur d'azur et ses petits seins en forme de poire, qu'il eût bien, pour de vrai, savourés en dessert.

— Acceptez-vous, monsieur, que je me marie ? demanda dans les formes le jardinier de Portabéraud au maître des lieux.

Lorsqu'il vit Guillemette, le baron Gabriel ne put répondre non. Le jeune couple s'installa alors dans une annexe de la propriété, à l'entrée du parc.

Cet automne-là fut des plus rigoureux. Transi de froid, Guillaume rentrait bien vite dans son nid douillet où l'attendait sa gentille femme. Chaque jour elle lui faisait des câlineries nouvelles et il était épaté que la chaleur de ses étreintes le réchauffât aussi vite. Toute ardeur passée, il en arrivait pourtant à se demander comment la belle avait pu apprendre ces techniques accomplies de l'amour.

— Dis-moi, Guillemette, lui demanda-t-il un jour qu'elle s'était montrée particulièrement experte et novatrice, où vas-tu chercher toutes ces merveilles qui me rendent fou de plaisir ?

— *Kama-sutra*, répondit-elle en éclatant de rire.

— Qu'est-ce à dire ?

— Eh bien oui, *Kama-sutra*, répéta-t-elle.

Elle grimpa sur une chaise et exhuma un vieil ouvrage qui gîtait sur une commode entre une boîte de sucre et un pot de confiture.

— Un livre ? s'étonna Guillaume. Je croyais que tu ne savais pas lire.

Son rire emplit de nouveau la pièce.

— Inutile de savoir lire pour comprendre ces choses, gloussa-t-elle. Tiens, regarde, il y a des images à l'intérieur.

Eberlué, le jeune homme découvrit des dessins révélant des postures qu'il n'imaginait même pas.

— Mais qui t'a donné cela ? gronda-t-il, soudain très soupçonneux.

— Monsieur mon mari serait-il jaloux ? fit-elle en se pelotonnant contre lui.

— Non pas, mais je voudrais savoir, tout de même, qui t'a...

Son corps dénudé s'enroula soudain ainsi qu'une liane contre le torse de Guillaume.

— Allez, viens, chuchota-t-elle à son oreille.

Dehors s'acharnait la bise, coupante comme une serpe. Et même s'il faisait chaud dans la maison du jeune couple, une odeur de doute venait d'empoisonner de son fiel leurs amours débutantes.

— Eh bien ! fit brusquement Guillemette en se relevant et après avoir constaté le manque d'ardeur de son mari. Ce livre, je l'ai trouvé dans le grenier. Voilà, es-tu content ?

Alors, Guillaume retrouva son sourire. Et un regain d'énergie.

3

Château de Portabéraud, 1770-1773

C'est en septembre 1770 que naquit Alexandre, le fils de Guillemette et de Guillaume.

— Mamette ! Mamette ! cria celui-ci en s'engouffrant comme un fou dans l'escalier du château.

La servante Muguette apparut sous le chambranle de la porte des cuisines. Derrière elle se tenait Eglantine, qui ouvrait de grands yeux tout étonnés au milieu de sa figure d'encre noire.

— Mamette ! reprit Guillaume. Il faut que tu viennes à la maison. Je crois bien que Guillemette va accoucher !

— En voilà du tapage pour un enfant qui va naître ! rouspéta Muguette. Retourne près de ta femme et fais chauffer de l'eau dans une bassine au lieu de remuer ciel et terre.

Grâce à l'assistance des deux domestiques, la parturiente acheva le travail commencé et mit au monde un beau petit mâle qui accusa sur la balance un poids de huit livres et quelques.

Tout près du berceau, Guillaume n'en revenait pas

que sa propre semence eût engendré cet être braillard, rougeaud et à la peau plissée comme une vieille poire. A qui ressemble-t-il ? se demandait le jeune père. Est-ce que je peux dire qu'il tient un peu de moi ?

En vérité, Guillaume n'aurait pu l'affirmer. Même lorsque le baron Gabriel, fort de son droit de propriété sur chacun des lieux et des êtres de son domaine, crut devoir clamer en soupesant le nouveau-né :

— Sacrebleu ! Il est charpenté comme un Mercier ! Le drôlet sera solide comme un roc !

Jeanne vint à son tour afin de constater de visu que le petit-fils morganatique de son cher époux était de même constitution que lui. Puis ce fut au tour de Victoire. La jeune fille s'extasia devant ce bout de chair rose qui poussait des cris à fendre l'âme.

— Il est très beau, ton garçon, dit-elle à Guillaume en écrasant une larme d'émotion.

— Merci, demoiselle, fit le père, qui se rengorgea d'importance.

Retrouvant un brin de modestie, il crut devoir ajouter :

— Mais le mérite en revient aussi un peu à ma chère Guillemette, qui lui a donné le jour.

Depuis qu'elle lui avait révélé l'existence du livre de *Kama-sutra*, écrit avec des caractères bizarres qu'il ne comprenait pas [1], les rapports entre eux n'étaient plus les mêmes. Guillaume en arrivait à douter de l'explication qu'elle lui avait donnée sur la présence de cet ouvrage dans leur foyer. Or le doute, c'est bien connu, est un poison redoutable.

---

1. Le sanskrit.

La grossesse de Guillemette avait progressivement espacé – puis carrément supprimé – les relations charnelles dans le couple. Pour l'heure, Guillaume en était à espérer, même s'il le redoutait, l'instant de leurs retrouvailles conjugales.

Elles eurent lieu dix jours après le retour des couches. Il provoqua la chose ; elle ne s'y opposa point, exigeant tout de même qu'à cause du bébé l'on ne fît aucun bruit susceptible de le réveiller. Ce fut, tout simplement, le devoir que tout mari doit à sa femme. Ni plus, ni moins. Sans aucun des débordements que leur lune de miel avait pu laisser entrevoir, qui étaient devenus le domaine de leurs souvenirs. Qui ne reviendraient peut-être plus jamais.

Adieu *Kama-sutra*. Adieu les beaux jours des débuts d'un amour.

Victoire avait eu dix-huit ans en avril. L'âge de trouver un mari qui convînt à son père et à sa mère. Et à elle, bien sûr, si possible. Plusieurs partis s'étaient présentés au château. Les uns et les autres auraient pu obtenir l'agrément du baron Gabriel et de sa bonne Jeanne. Aucun, hélas, n'eut l'heur de plaire à la demoiselle. Celui-ci était trop vieux, qui affichait allègrement ses trente ans et une calvitie naissante ; celui-là trop gras, avec son double menton qui deviendrait triple et même quadruple avant peu ; cet autre encore parlait d'abondance et de lui-même de préférence, ignorant tout de la peinture et de la littérature, arts qu'elle adorait et dont elle ne pouvait se passer.

— Je crains bien, mon enfant, que l'oiseau rare qui

sera ton époux soit difficile à dénicher, lui dit son père en allongeant une mine contrite après qu'un énième prétendant eut été éconduit par la belle.

— Eh bien, je resterai fille, voilà tout ! clama Victoire, le front haut, sur un ton qui n'admettait pas la réplique.

— Quel caractère ! grogna Gabriel en tournant les talons.

Au mois de mai – joli mois de Marie –, un événement survint qui changea le cours des choses. C'était un dimanche après-midi. Le soleil arrosait la campagne de sa braise. Partout les fleurs du printemps poussaient, on les voyait croître d'un jour à l'autre parmi les herbes d'un vert bleuté. Tendres comme des hosties, les jeunes feuilles bruissaient sous la brise.

Assises sous la tonnelle de vigne vierge, Jeanne et Victoire, qui venaient d'entendre vêpres à la chapelle, lisaient – la mère un livre d'heures, qui lui faisait doucement remuer les lèvres ; la fille *Les Aventures de Télémaque*, de monsieur de Fénelon.

Obséquieux, un paysan se présenta, tenant son chapeau à la main et le regard comme aimanté par la servante Eglantine, dont la peau d'ébène le subjuguait.

— Madame la baronne, bafouilla le croquant, j'avons cheu moi un monsieur qu'est fort mal en point, rapport à ce qu'il est tombé de cheval.

— Mon Dieu ! soupira Jeanne Mercier. Est-ce grave ?

— J'savons point, car le chrétien avait déjà tourné de l'œil quand j'étions parti.

Guillaume fut chargé d'aller constater ce qu'il en était.

— Je viens avec toi, décréta Victoire qui, aussitôt, grimpa dans la calèche au côté du jardinier, alors que le paysan s'installait à l'arrière afin d'indiquer le chemin à suivre.

L'équipage arriva en vue de la masure. Troué par un unique fenestron, l'intérieur était sombre et il fallut que les yeux s'habituent à cette obscurité. Au bout d'un moment, les visiteurs purent deviner qu'une femme se tenait dans un coin de la pièce, entourée de sa marmaille, cinq gamins dont le plus âgé ne devait pas avoir huit ans et le petit dernier se traînait encore à quatre pattes sur le sol en terre battue.

— Où est le blessé ? s'enquit Guillaume.

La fermière tendit le bras vers une encoignure dans laquelle se logeait une paillasse, où était étendu le cavalier.

— Il faut le sortir d'ici, chuchota Victoire à l'oreille de Guillaume. Nous le soignerons au château.

La demoiselle avait besoin de prendre l'air. Elle franchit la porte, inspira profondément puis marcha en direction de la calèche. Guillaume la suivit, portant l'homme dans ses bras. Il l'allongea sur le siège et abaissa la capote de toile afin qu'il eût plus de place.

Par moments, à cause des cahots dus aux ornières du chemin, le blessé se plaignait doucement. Il transpirait beaucoup et, à intervalles réguliers, Victoire lui tamponnait le front avec son mouchoir de batiste. La jeune fille était subjuguée par le personnage qu'elle ne lâchait pas du regard.

Il avait une vingtaine d'années, paraissait grand et svelte. Du sang caillé souillait ses longs cheveux blonds qu'il avait assemblés dans un catogan noir. Pendant un long moment, Victoire essaya de deviner la couleur de ses yeux que, bien sûr, cachaient ses paupières résolument closes. Finalement, elle se dit qu'ils devaient être bleus et cette simple supposition amena un sourire sur ses lèvres.

La calèche franchit le portail du château. Sur le perron, au côté du baron Gabriel, se tenait le docteur Boulanger. Il fit transporter le blessé dans une chambre au moyen d'une civière déjà préparée.

— Tâchez de ne point trop le secouer, recommanda-t-il aux deux domestiques qui s'étaient emparés des brancards.

Le médecin resta plus d'une heure à ausculter le cavalier. Quand il redescendit au salon, il arborait un air soucieux.

— A-t-il repris connaissance ? s'empressa de demander Victoire, dont les joues s'empourprèrent aussitôt sous les regards appuyés de son père et de sa mère.

— Pas encore. Je crains fort qu'il ne revienne à la réalité avant plusieurs jours.

— Pauvre jeune homme, soupira Jeanne Mercier.

Une larme perla au coin des yeux de Victoire. Qu'elle essaya de cacher, mais qui n'échappa point à la sagacité de la baronne. Cette dernière se mit à réciter des prières à la Vierge Marie.

Le « jeune homme » retrouva ses esprits au soir du quatrième jour. En pénétrant dans sa chambre, le docteur Boulanger constata qu'il avait entrouvert les yeux et qu'il battait des paupières.

— Voilà qui est bon signe, fit-il en se frottant les mains.

Gabriel Mercier, qui accompagnait le médecin, ajouta :

— Peut-être apprendrons-nous enfin l'identité de ce mystérieux cavalier.

Il ne fallait tout de même pas se bercer d'illusions, car le blessé n'en était pas encore à parler. Victoire, présente sur les lieux, constata qu'elle avait vu juste puisque le garçon avait les yeux bleus. Le plus joli de tous les bleus ! pensa-t-elle, sans parvenir à détacher les siens de ceux du bel inconnu allongé sur sa couche.

Trois jours encore et celui-ci fit enfin entendre un son articulé.

— Où suis-je ? demanda-t-il.

Puis :

— Qui êtes-vous ?

Oh que sa voix est harmonieuse et bien timbrée ! se dit encore Victoire, qui pensait à lui jour et nuit, jusque dans ses rêves.

— Comme vous voilà songeuse, demoiselle, lui fit remarquer Guillaume.

Le jardinier, qui s'y connaissait côté cœur, avait certes deviné la cause de cette langueur. Les joues de Victoire rosirent, si bien qu'elle les cacha en rabattant sur elles sa longue chevelure d'or.

Au bout d'une décade, le jeune homme s'assit dans son lit. Il reçut la visite du baron, de Jeanne et de leur fille.

— Je suis ravi de voir que vous allez mieux, se réjouit Gabriel Mercier.

— Oui, monsieur, grâce à vos bons soins et à ceux de votre maisonnée. Comment saurais-je jamais vous remercier ?

— En nous apprenant d'abord qui vous êtes.

— Certes, cela va sans dire.

— Mais cela va encore mieux en le disant.

— Eh bien, sachez que je suis Claude de Chardon des Roys, écuyer, lieutenant au régiment d'infanterie d'Orléans.

Le jouvenceau révéla que sa famille habitait un château dans la montagne bourbonnaise et qu'il était le dernier rejeton de la lignée.

— Vos parents doivent être morts d'inquiétude ! s'écria Jeanne Mercier. Nous allons dépêcher quelqu'un pour les informer que vous êtes ici.

Les jours qui suivirent, Claude réussit à faire quelques pas dans la chambre. Puis il s'aventura sur le perron et, enfin, il marcha dans le parc.

— Comme cette statuette est ressemblante ! s'émerveilla-t-il en comparant une des figurines de terre cuite à Victoire, qui cheminait à son côté.

Très séducteur, il ajouta :

— Je préfère toutefois l'original à la copie.

Victoire baissa les yeux et se sentit rougir jusqu'à la racine des cheveux. Elle qui avait été plutôt rude avec tous les galants qui s'étaient jusqu'alors présentés au château, voici qu'à présent elle paraissait désarmée, ainsi qu'une petite fille timide, face à ce grand blondin qui la charmait.

Le baron s'entretint de la chose avec sa chère Jeanne.

— Je crois, ma mie, que notre Victoire est amoureuse. Qu'en dites-vous, ma tendre épouse ?

— J'en dis que je partage votre analyse, mon bon mari. Mais rien d'étonnant à cela, car le damoiseau est beau comme Adonis.

— Comme Adonis ! Diantre ! Quel enthousiasme, mon amie !

Les parents du jeune homme, monsieur le comte de Chardon des Roys et madame, s'en vinrent faire visite à Portabéraud. En culotte de velours bleu azur et bas chinés de soie fine sur des souliers en peau de gant, le vieux noble avait fière allure. Une main à la coquille de l'épée qu'il portait sur le côté dans un large baudrier brodé à ses armes, il arborait la mine altière de qui a l'habitude de commander. En retrait, la comtesse paraissait pâlotte, sanglée dans sa robe toute simple en mousseline qui lui remontait jusqu'au cou.

— Quelle joie de vous accueillir à Portabéraud ! fit avec emphase le baron Mercier.

Le maître des lieux se tenait sur le perron, Jeanne à sa droite et Victoire à sa gauche. A la dérobée, celle-ci jetait un œil sur les arrivants qui venaient de descendre de leur landau à ressorts, puis elle s'attachait à regarder devant elle, sans fixer les gens, ainsi que toute jeune fille de bonne famille a le devoir de le faire.

— Entrez donc, mon cher comte, reprit Gabriel d'une voix tonitruante.

Le vieux beau s'avança, scruta un instant les lieux puis s'empara de la main droite de Jeanne dont il baisa les phalanges avec une raideur toute germanique.

— Je vous remercie, madame, et vous aussi, baron, de vous être occupés de mon écervelé de fils qui, sans vous, ne serait peut-être plus de ce monde.

Claude apparut alors sous le chambranle de la porte.

— Bonjour, père, bonjour, mère, fit-il en avançant à

son tour sur le perron et se positionnant au côté de Victoire.

— Mon enfant ! s'écria la comtesse de Chardon des Roys avec des sanglots dans la voix.

Tout ce beau monde passa au salon, où l'on glosa sur la chute de cheval de Claude.

— Je te croyais meilleur cavalier, mon fils ! remarqua sèchement le comte.

— Un accident est si vite arrivé, s'empressa de dire Jeanne Mercier afin de le défendre contre l'ire paternelle.

L'on but du thé, l'on mangea des biscuits confectionnés par Muguette et Eglantine et l'on finit par prendre ses aises.

— Ne trouvez-vous pas que nos enfants vont bien ensemble ? déclara le baron Gabriel à la vue des deux jeunes gens qui se promenaient dans le jardin, entre les statuettes de terre cuite et les frondaisons qui bruissaient sous la brise printanière.

— Votre fille est si belle ! s'empressa d'ajouter la comtesse.

— ... et votre fils est gracieux comme un dieu ! enchérit la baronne de Portabéraud.

— Alors, sans doute va-t-il falloir qu'on les marie ! conclut monsieur de Chardon des Roys en triturant le pommeau de son épée.

Le mariage fut célébré le 24 octobre 1770, avec tout le faste que requérait le rang social des familles. A poulet chantant, le cuisinier Ferrebœuf était à ses fourneaux. Il commença de diriger la manœuvre auprès de quatre jeunes gars du pays qui avaient été tout spécialement embauchés pour ce grand jour. Il criait ses ordres de sa voix de stentor, et bien téméraire eût été celui d'entre eux qui eût osé passer outre.

Vers sept heures, le baron Gabriel vint s'assurer que tout allait pour le mieux. Deux agneaux et un porcelet enfourchés sur des tournebroches commençaient lentement de roussir.

— Surveille-les attentivement pour qu'ils ne se sauvent pas, fit le maître de Portabéraud à l'un des garçons.

Il était ce matin d'une humeur enjouée et eut plaisir à chevaucher Zéphyr avant de rentrer au château et d'enfiler son habit de noce.

La baronne, de même, avait revêtu ses plus beaux atours en l'honneur du mariage de sa fille avec ce bel Adonis qui allait être son gendre. Ses cheveux grisonnants, retenus par un peigne en écaille, avaient été soigneusement lissés ce matin par la servante Eglantine. Jeanne s'était aussi fait confectionner par Muguette, qui avait quelques talents de couturière, une robe de soie violette qui mettait en valeur sa taille svelte et son port élancé.

— Vous êtes bien séduisante, madame mon épouse, la complimenta Gabriel, ce qui la fit rosir un brin.

Décidément en verve, il crut galant d'ajouter :

— Je vous redemanderais bien en mariage, ma mie !

Sa maladie n'était plus à présent qu'un vilain souvenir, mais Jeanne ne manquait jamais – et souvent plusieurs fois par jour – de remercier la Sainte Vierge de l'avoir épargnée en lui permettant de poursuivre son chemin sur ce côté-ci de la vie.

Victoire, excitée comme une puce, attendit le dernier moment pour se faire habiller.

— A'êtez de tout le temps bouger, Mam'zelle Victoi', la grondait gentiment Eglantine en rajustant les plis d'une traîne de trois aunes.

Alors, *Mam'zelle* demeurait coite pendant trente secondes puis se remettait à se trémousser, comme si elle avait eu le diable au corps.

Elle était pourtant bien accorte, la mariée, en ce matin qui allait décider de la nouvelle orientation de sa vie. Une rose fichée dans ses cheveux en chignon semblait y tenir par miracle. La robe, d'un blanc immaculé, mettait en valeur sa poitrine ferme que rehaussait une dentelle écrue tombant jusqu'à la taille.

— La mère ou la fille ? chantonnait le baron Gabriel. Laquelle est la plus belle ?

Il sortit pour accueillir monsieur et madame de Chardon des Roys, dont la voiture s'arrêtait au bas du perron. Un laquais en livrée bordeaux galonnée d'or en abaissa le marchepied. Le comte descendit le premier avant de donner la main à son épouse. Claude, enfin, sanglé dans un habit bleu ciel et les mains comme embarrassées sous leurs manchettes de soie, les suivit en feignant de regarder partout et nulle part.

La cérémonie religieuse eut lieu à la chapelle de Portaberaud. Le curé Beauparland, la mine rubiconde d'avoir sans doute déjà trop bu du vin de messe fourni par Ferrebœuf, ne se lassait pas de sanctifier dans son sermon l'amour entre un homme et une femme, image fidèle de celui que Dieu porte depuis toujours à chacun de ses enfants.

Jeanne Mercier pleura beaucoup pendant la messe.

Elle revoyait son propre mariage, quelque vingt ans plus tôt, avec son cher Gabriel, grâce à qui elle était si heureuse. Alors, elle pria la Vierge Marie afin qu'il en fût de même pour sa fille. Elle communia avec ferveur et éleva son âme jusqu'à des vibrations supérieures qui lui firent entrevoir des félicités à venir qu'elle n'aurait jamais imaginées.

Le baron Mercier avait tenu à convier tous ses gens aux festivités.

« Vous travaillez pour moi, leur avait-il dit. Je trouve donc normal que vous participiez aussi aux moments heureux de ma famille. »

Ainsi vit-on Ferrebœuf s'asseoir à table après avoir marmitonné une partie de la matinée. Et aussi Broussegoutte, le palefrenier ; Muguette et Eglantine, les servantes ; et puis Guillaume, qu'accompagnèrent Guillemette et le petit Alexandre, âgé de quelques semaines seulement.

— Je vous souhaite tout le bonheur du monde, ma chère demoiselle, fit le jardinier à celle qui était sa demi-sœur et qu'il continuait d'appeler ainsi en dépit de son mariage.

Il parut tout à coup soucieux en prononçant ces autres paroles :

— Le mariage peut être la meilleure des choses, mais parfois aussi la pire. Pour vous, bien sûr, ce ne sera que du bonheur.

Le repas fut plantureux. Après l'entrée de charcuteries, vinrent les bouchées à la reine puis des écrevisses et des truites que Broussegoutte lui-même était allé pêcher dans l'Ambène. L'on servit ensuite les agneaux et le porcelet des tournebroches qu'accompagna une truffade. Le plateau de fromages d'Auvergne allia le saint-nectaire, le cantal et le bleu de Laqueuille avant que n'arrivât la pièce montée en génoise, composée de choux à la crème.

Les mariés, à l'appétit de moineaux, goûtèrent du bout des lèvres à chacun des plats.

— Ils se réservent pour leur nuit de noces, ricana le vieux marquis de Rochetaillade, dont la face vultueuse disait assez qu'il avait dû abuser des vins et liqueurs.

Sa femme, la mine pincée, le fit taire en dardant sur lui ses yeux de vipère et l'affligeant d'un :

— Mon pauvre ami, vous êtes tombé bien bas !

A minuit, dont les douze coups s'égrenèrent au cartel du salon, Claude et Victoire s'éclipsèrent gentiment, sans demander leur reste.

La suite, seule peut-être une mouche, encore vivante en cette fin octobre, et qui somnolait sur un voilage du baldaquin, aurait pu la conter. Bien sûr, elle ne le fit pas, car il est bien connu que les diptères sont par essence d'une discrétion suprême, surtout lorsqu'ils gîtent dans les alcôves et l'intimité de jeunes époux.

L'œil égrillard, le marquis de Rochetaillade aurait bien pris, quant à lui, de rajeunir de cinquante ans et de... mais baste, si jeunesse savait, et si vieillesse pouvait !

Sa femme lui jeta un nouveau regard assassin.

Guillaume devenait morose. Finis les élans passionnés du début de son mariage ; si lointaines à présent étaient les étreintes suscitées par la pratique du *Kama-sutra* ! Lorsque, par hasard, il les évoquait devant Guillemette, celle-ci prenait un air offusqué.

— Oh, mon cœur ! Je suis mère de famille et il ne faut plus songer à ces fariboles qui ne sont plus de notre âge. D'ailleurs, Alexandre risquerait de nous entendre.

De temps en temps, à la dérobée, il feuilletait pourtant l'ouvrage qui nichait dans l'armoire, entre deux piles de draps. Puis un jour le *Kama-sutra* disparut et Guillaume n'eut même plus la satisfaction de réjouir sa vue des dessins érotiques qui avaient inspiré au couple tant de moments passionnés.

— Où as-tu rangé le livre ? demanda-t-il à son épouse.

Guillemette prit l'affaire en riant.

— Le livre ? Quel livre ? Ah, oui ! Je crois bien que je l'ai jeté.

— Tu l'as jeté !

— Il fallait bien. Notre fils deviendra grand. Il aurait pu le découvrir et être choqué par les images. N'ai-je pas bien fait ?

Guillaume sortit en claquant la porte. A vrai dire, il n'avait désormais de plaisir que dans la fréquentation de son jardin. Le potager était l'objet de tous ses soins. Il y cultivait des variétés rares de laitues, des cardes, des navets, des radis noirs et des céleris-raves. A la saison, il portait ses légumes frais au cuisinier Ferrebœuf en lui recommandant de les préparer de telle manière plutôt que de telle autre afin de ne pas les dénaturer par une cuisson inappropriée.

— Tu es un véritable maniaque ! lui dit un jour le marmiton. Tu voudrais peut-être m'apprendre mon métier !

— Je n'ai point cette intention, répondit Guillaume. Mais les produits de mon jardin sont sacrés, si bien que lorsque je les cueille, je leur demande l'autorisation de les manger. Alors, bien sûr, j'aimerais que tu les apprêtes ainsi qu'ils le méritent.

Ferrebœuf se gratta la tête et, pendant un instant, il dut se demander si ce pauvre Guillaume avait toute la sienne.

En avril 1771, Victoire, en proie à de violents malaises matutinaux, fut contrainte d'annoncer qu'elle portait une vie dans ses entrailles. Sa mère la couvrit d'attentions ; Claude de Chardon des Roys, son mari, était reparti pour Orléans en sa qualité de lieutenant au régiment d'infanterie de la ville qu'avait jadis délivrée Jeanne d'Arc ; et Gabriel Mercier ne se tenait plus de bonheur à l'idée d'être bientôt grand-père.

Hélas, leur joie à tous fut de courte durée. Avec les premières chaleurs du début de juin, Victoire fut prise d'atroces douleurs abdominales. Appelé d'urgence, le docteur Boulanger exigea que la future mère gardât le lit toute la journée, sans aucune dérogation à cette règle.

— Il y va de l'existence de votre enfant, madame. J'espère que vous le comprenez.

En dépit de cette immobilité forcée, trois jours après la visite du médecin, des contractions fulgurantes laissèrent présager le pire. Victoire exsuda du sang. Il fallut constater qu'elle perdait son bébé. Le praticien ne put rien y faire.

— Tu es jeune, ma chérie, tu as la vie devant toi, l'exhorta Jeanne Mercier qui, en dépit de ces paroles apaisantes, ne pouvait juguler les flots de larmes inondant ses yeux.

L'été se passa dans le désenchantement. Les oiseaux

avaient beau faire assaut de leurs trilles dans les ramures du parc, les grillons s'escrimer en stridulations enchanteresses, Victoire demeurait morose et la tristesse baignait ses belles prunelles d'azur. En campagne militaire on ne savait trop où, Claude ne donnait pas de ses nouvelles, ce qui contribuait, évidemment, à accroître le mal-être de la jeune femme.

A l'ombre de la tonnelle de vigne vierge, elle s'efforçait de lire les nouveautés littéraires ou quelques ouvrages plus anciens de Voltaire et Rousseau. Jean-Jacques, tout particulièrement, était en harmonie avec son âme. Il écrivait, dans *La Nouvelle Héloïse* : « J'étais parti, triste de mes peines et consolé de votre joie, ce qui me tenait dans un certain état de langueur qui n'est pas sans charme pour un cœur sensible. »

Oh oui, ce cœur sensible, c'était le sien, sans doute.

Un peu plus loin, elle pouvait lire : « Le chant assez gai des bécassines, me retraçant les plaisirs d'un autre âge, au lieu de m'égayer, m'attristait. »

Triste, elle était ; triste, elle demeurerait.

Jeanne voulut la distraire. Mère et fille partirent visiter des curiosités locales. Ainsi escaladèrent-elles la butte où se dressait le château de Tournoël, au-dessus du village de Volvic. Puis le village lui-même, où l'on extrayait de la pierre de lave aussi noire que ses pensées présentes. Ensuite, elles montèrent, par des rochers abrupts, jusqu'aux sources de l'Ambène, qui est un ruisseau à l'eau cristalline se déversant plus bas dans la plaine. A Riom, surnommé « le Beau », elles firent quelques achats de robes et de dentelles.

Puis Victoire se rapprocha de Guillaume, dont elle venait d'apprendre qu'il était son demi-frère.

— Tu es de ma famille, lui dit-elle un jour alors qu'il besognait dans le jardin potager. Père m'en a fait l'aveu dernièrement. Aussi voudrais-je que tu me considères comme ta petite sœur et que tu cesses de me voussoyer.

— Oh, chère demoiselle ! Je ne pourrai jamais ! Ce que vous me demandez là me paraît difficile.

— Allons, trancha-t-elle, montre-moi donc tes légumes. Devant les poireaux et les potirons, cela te sera peut-être plus aisé.

Guillaume s'avança avec elle dans les allées. Il lui présenta le chou-navet à chair jaune, appelé rutabaga, récemment importé de Suède. Puis le salsifis, que Ferrebœuf avait déjà accommodé en sauce blanche ainsi qu'en sauce poulette. Le salsifis noir, ou scorsonère, avait quant à lui la réputation de soigner les morsures de vipère. Victoire découvrit aussi tout un champ de topinambours, hauts sur tige déjà, et dont Guillaume lui expliqua qu'on n'en consommait que les tubercules.

Et puis, bien sûr, la reine du jardin, objet de tous ses soins : la pomme de terre, que monsieur Parmentier, pharmacien militaire de son état, allait bientôt vulgariser sur l'ensemble du royaume de France.

— Tu dois être bien heureux, mon bon Guillaume, à faire pousser ces merveilleux légumes, lui dit Victoire alors qu'un voile de tristesse lui embrumait les yeux.

Le jardinier baissa la tête puis se pencha sur le sol, prenant pour prétexte d'arracher quelque mauvaise herbe.

— Oui, bien heureux, demoiselle, souffla-t-il sans oser la regarder.

Il s'éclaircit la voix, avant de se ressaisir et de passer soudain au tutoiement.

— Tu vois, déclama-t-il comme il eût fait d'une leçon bien apprise, je trouve une forme de sérénité au milieu de mes productions. Les plantes ne trompent jamais, elles, et si on les aime, il n'y a pas de mauvaise surprise à en attendre.

— Tu crois que tes pommes de terre éprouvent des sentiments ?

Il réfléchit un instant.

— Qui sait, après tout ? Les plantes font partie du monde des êtres vivants. Qui peut dire qu'elles ne possèdent pas une âme au même titre que nous, les humains ?

Victoire réagit brusquement :

— Le bébé que j'ai perdu, il avait aussi une âme ?

— J'en suis persuadé, demoiselle, croyez-le, affirma Guillaume, qui avait naturellement repris le voussoiement de toujours.

— Je reviendrai te voir, conclut Victoire en tournant soudain le dos.

Claude de Chardon des Roys revint de sa campagne militaire à l'automne. Il parut ulcéré que Victoire n'eût pas su mener à son terme sa grossesse. Il avait changé. Le fringant jeune homme qu'il était le jour de son mariage avait forci, un ventre de chanoine commençait à poindre sous son pourpoint et une calvitie naissante le vieillissait de dix années. De plus, à ce qu'il semblait, il s'était mis à boire, si bien que les réserves de cognac et d'armagnac du baron Mercier fondirent comme neige au soleil.

— Tudieu, monsieur mon gendre, fit Gabriel, voici qu'à présent vous tétez comme un reître !

La remarque n'eut pas l'heur de plaire au lieutenant qui sauta illico à cheval et ne reparut au château que trois jours plus tard, les traits marqués par ses libations et la mine défaite d'un soldat en déroute.

— Je vous interdis bien de franchir le seuil de ma chambre ! s'interposa Victoire à la vue de cet homme titubant qui était son mari.

Claude leva un bras menaçant, tout prêt déjà à la frapper.

— Pas de ça ici, jeune homme ! rugit Gabriel en le bloquant dans son élan. Faites-moi le plaisir de sortir immédiatement avant que je ne vous transperce le corps.

L'épée jaillie de son fourreau, le baron semblait prêt à en découdre. Mais l'ivrogne n'était pas en état de se défendre. Il le comprit sans doute et battit en retraite.

— Vous reviendrez quand vous serez dégrisé et que vous aurez présenté des excuses à votre épouse, qui est aussi ma fille, je vous le rappelle. En attendant, disparaissez de ma vue sans tarder.

Victoire se réfugia dans les bras de Jeanne et pleura tout son soûl.

— Quel malheur, ma mère ! se lamenta-t-elle. Comment a-t-il pu en arriver là ? Lui qui était si exquis de caractère et de manières !

— Les hommes sont changeants, mon enfant. Il faut prier la Sainte Vierge et peut-être notre cher Claude reviendra-t-il à de meilleurs sentiments.

L'automne passa. Le lieutenant d'infanterie retrouva son régiment sans avoir auparavant donné signe de vie au château de Portabéraud. Ni montré à l'égard de sa femme le moindre signe de repentir. Victoire s'était remise à la peinture. Souvent elle s'installait avec ses feuilles à dessin dans le jardin potager et elle croquait à grands coups de crayon des grappes d'onagre, des fruits de chayotte, des concombres, des poires de terre, du cresson, des tomates de plusieurs variétés, autant de légumes que Guillaume lui avait appris à reconnaître et à nommer.

L'hiver arriva. Durant les longues heures passées derrière sa fenêtre, elle observait avec mélancolie les moineaux et les mésanges dont la bise glaciale ébouriffait les plumes. Un écureuil aussi avait ses faveurs. Chaque jour, à la même heure, il dégringolait du tronc d'un acacia et partait à l'aventure sur le tapis de neige, à la recherche des cachettes où il avait enfoui, à l'automne, des provisions de noix et de noisettes.

Les vitres de sa chambre, au matin, s'ornaient d'arabesques de givre. Avec la chaleur épandue par les flammes de l'âtre, elles ruisselaient bientôt comme des figures pleines de larmes. Victoire en versait elle aussi, pleurant sur sa jeunesse bafouée, ce mari devenu un soudard de la pire espèce, cet enfant qu'elle n'avait pu garder en son sein, cette vie qui n'était pas ce qu'au fond d'elle-même elle avait rêvé lorsqu'elle était adolescente.

Alors, elle se vêtait d'un manteau en grosse ratine et partait à la rencontre de Guillaume, occupé à protéger ses chères cultures potagères des rigueurs hiémales. C'était l'heure où Gabriel revenait de sa course matinale, montant Zéphyr ou Bellissima, ferrés à pointes contre le verglas. Le père et ses deux enfants s'entretenaient de la vie au château, des aménagements qu'il faudrait apporter au parc lorsque les beaux jours seraient revenus, des nouvelles statues en terre cuite que le baron avait l'intention d'y installer.

Bref, l'on parlait de tout et de rien, afin que Victoire délaissât ses idées noires. Pour quelques instants au moins.

En dépit de la disparition du *Kama-sutra* – et par on ne sait quel miracle ! –, Guillaume fut père pour la seconde fois. En octobre 1771 naquit Namadie, du nom d'une sainte du VIe siècle, épouse de Calmin, et qui aurait œuvré au couvent des moniales de Marsat, non loin de Riom. D'après ce que l'on disait, cette Namadie avait été, sa vie durant, en harmonie parfaite avec la nature, parlant aux plantes, aux arbres ; demandant même pardon aux légumes et les remerciant avant de les cueillir et de les manger.

Guillaume avait lu dans un vieux livre relié en cuir et recouvert de poussière cette légende de Namadie.

« Si c'est une fille, c'est ainsi que nous l'appellerons », avait-il alors décidé, sans que Guillemette eût pu s'opposer à ce décret, qui n'admettait d'ailleurs aucune discussion.

Victoire fut déclarée marraine de Namadie, qui représenta un peu la fille qu'elle n'avait pu avoir.

Oh, les jolis cadeaux qu'elle lui offrit en toutes occasions ! C'étaient des brassières, un pot de chambre en porcelaine de Limoges, des poupées en veux-tu en voilà, une barboteuse en dentelles. A vrai dire, rien n'était jamais trop beau pour Namadie.

— Tu la gâtes trop ! lui reprocha Guillaume qui avait délaissé définitivement le voussoiement lorsqu'il s'adressait à sa demi-sœur.

Alexandre était lui aussi en admiration devant le

poupon qu'il couvrait de mille baisers mouillés et de câlins malhabiles.

— Arrête, tu vas la faire fondre à trop la serrer, cette pauvre Namadie ! riait le baron.

Jeanne la prenait à son tour dans ses bras, la cajolait et la berçait jusqu'à ce qu'elle finît par s'endormir.

Mais Guillemette paraissait fatiguée.

— Deux grossesses coup sur coup, dit-elle un soir à Guillaume qui se montrait par trop empressé, ça use le corps d'une femme. Si tu veux me garder en beauté, mon petit mari, il va falloir me ménager et demeurer sage au lit. Allons, dormons à présent.

L'hiver 1771-1772 fut particulièrement rigoureux. Des températures très basses figèrent les cours d'eau, l'on n'osait plus sortir de chez soi. La nuit, les grands arbres se plaignaient longuement et parfois, cassant comme un coup de fouet, s'élevait le son mat d'un tronc qui éclatait sous la poussée du gel.

Dans la région de Riom, la paysannerie fit les frais de ces conditions extrêmes. Nombreux furent les enfants qui périrent, faute de soins et de nourriture. Les familles se rencognaient près de l'âtre où se consumaient quelques brindilles et du mauvais bois de taillis.

De toute façon, les gelées n'empêchaient pas le baron Gabriel de chevaucher une heure ou deux chaque matin. Il enfourchait Bellissima car la jument, indolente de nature, risquait moins de se blesser sur les chemins verglacés que Zéphyr, plus fougueux et fragile. Au pas mesuré de l'animal, il scrutait les paysages pétrifiés par le givre, observait de loin quelque chaumine d'où s'échappait parfois un mince filet de fumée. Dans le ciel désespérément gris ramaient des escouades de corbeaux et l'envie le prenait d'ajuster au bout d'un fusil imaginaire ces oiseaux de malheur.

En ce matin de la mi-février, alors qu'il se trouvait près d'un hameau appelé Saint-Genès-l'Enfant, sur la paroisse de Malauzat, Gabriel vit déboucher d'un sentier forestier un pauvre hère, le dos encombré de ramée. L'homme était courbé sous le poids de sa charge et n'avançait qu'avec difficulté.

— Tu vas loin comme cela, l'ami ? le questionna le baron qui avait immobilisé sa monture.

Le paysan leva deux yeux chassieux vers lui. Des stalactites de glace pendaient de ses narines et de la commissure de ses lèvres. Tout essoufflé, il ne répondit pas.

— Où est-ce que tu habites ? reprit Gabriel.

L'autre dessina un vague signe de la main qui semblait vouloir désigner un coin de bois sur une petite éminence rocailleuse. Puis il voulut reprendre sa route et, ahanant comme quelqu'un qui aurait trop couru, il ajusta son fardeau sur ses épaules et fit trois pas sur le sentier en pente avant de s'affaisser brusquement, sans crier gare.

— Sacrebleu ! s'écria Gabriel, qui sauta à bas de la jument.

Le baron chargea le pauvre bougre en travers de sa selle et orienta sa marche dans la direction qu'il lui avait indiquée. Au bout de cinq cents pas, l'équipage parvint en vue d'une masure au toit de chaume devant laquelle veillait un corniaud sans âge, qui se mit tout aussitôt à aboyer.

Portant à bout de bras le corps inanimé, Gabriel

poussa la porte d'entrée. Une paillasse pouilleuse occupait un coin de l'unique pièce et il y déposa l'homme.

— Il y a quelqu'un dans cette maison ? cria-t-il.

Deux jeunes blondinets, tout échevelés, sortirent alors du coin de l'âtre où ils s'étaient réfugiés. Tout juste vieux de cinq ou six ans, ils étaient vêtus de guenilles et tremblaient de froid et de fièvre.

— Votre mère n'est donc pas là pour vous donner à manger et chauffer votre taudis ? s'étonna Gabriel.

La voix du pauvre hère monta, à peine audible, dans son dos :

— Ma femme est morte il y a huit jours, monsieur. Et aussi ma petite fille, qui n'avait pas trois ans. Je n'ai plus avec moi que les jumeaux que vous voyez là. C'est dur de les nourrir, monsieur.

Ventrebleu, pensa Gabriel, il ne sera pas dit que je vais laisser dépérir sans rien faire ce qui reste de cette famille !

Voilà comment les petits Pierre et Jacques se retrouvèrent, bien au chaud, dans les murs du château de Portaberaud. Leur père n'eut pas cette chance. Usé, malade, à bout de tout, il trépassa deux jours après la rencontre dans les bois avec le baron.

Lunéville (Lorraine), automne 1773

Dans sa ville de garnison, Claude de Chardon des Roys s'avinait plus souvent qu'à son tour. D'ailleurs, un officier d'infanterie pouvait-il faire autre chose de ses jours que s'enivrer dans cette province récemment acquise à la France, où la vie s'écoulait ainsi qu'un vieux fleuve sans histoire ? Tous les soirs il s'effondrait, ivre mort, et il était bien rare qu'il pût rentrer tout seul au casernement. Très généralement, un de ses acolytes – à moins que ce ne fût l'un de ses subordonnés – le raccompagnait par les rues de la cité où les buveurs menaient grand tapage jusqu'à des heures avancées de la nuit.

Le mois d'octobre s'était paré de ses plus belles couleurs. Parfois, lorsqu'il y pensait, Claude se souvenait de sa jeune épouse, là-bas, en Auvergne, cette pauvre Victoire qu'il avait si mal connue et si mal aimée. Mais aussi, quelle sotte idée avait-il eue d'en faire sa femme ! Il s'était toujours prétendu libre comme l'air, et voilà qu'il s'était passé la corde au cou sans même s'en apercevoir.

Certes, ici en Lorraine, ça n'était point les bergères qui manquaient. Parfois, même, il n'y avait qu'à lever le petit doigt pour qu'une troupe de jupons folâtres accourussent, le sein frémissant et la croupe offerte. Mais baste, les cotillons n'étaient pas non plus le remède à tous les maux.

Alors, il y avait l'alcool. Et les beuveries. Les soirées à ne plus savoir qui l'on était ni pourquoi l'on s'apprêtait à se battre. L'ennemi, c'était l'Anglais. Mais peut-être aussi le Prussien ou l'Autrichien. Allez donc savoir, tout cela semblait si compliqué. Voire incompréhensible.

En ce matin du 24 octobre, jour anniversaire de son mariage avec Victoire – trois ans, déjà ! –, Claude de Chardon des Roys mit le nez dehors. Le soleil brillait sur les toitures saupoudrées de givre. L'officier plissa les paupières et adapta sa vision à cet éblouissement généralisé. Le crâne douloureux et l'estomac barbouillé pour avoir, la veille encore, beaucoup trop bu, il avança dans la rue en direction de l'estaminet de maître Zacharias, où il avait toujours sa table réservée. Il s'assit pesamment à sa place habituelle et commanda un schnaps. Depuis son lever, une sorte de langueur coulait du plomb dans ses membres fatigués.

— Voilà quelqu'un qui ne m'a pas l'air d'être dans son assiette aujourd'hui, remarqua, goguenard, maître Zacharias. C'est-y que vous auriez commis des excès, monsieur le lieutenant ?

Pour toute réponse, le buveur vida d'un trait son godet.

— Un autre, tavernier, commanda-t-il, l'œil mauvais.

— A votre gré, monseigneur.

La tiédeur de l'alcool se répandit dans le corps de Claude. Mais c'était une chaleur émolliente, qui le laissait avachi sur son siège, avec cette impression de poids mort lui enserrant la poitrine comme dans un étau. Il finit par se lever. C'est alors que le sol sembla se dérober sous ses pieds. Se tenant aux tables et aux dossiers de chaises, il franchit le seuil du cabaret et se retrouva dehors. L'air glacial le saisit, le soleil trop fort agressa ses rétines. Mais il lui fallait retourner à son casernement.

— Tudieu ! gronda-t-il. Il ne sera pas dit que je vais m'affaler au milieu de la rue comme une chiffe molle !

Il fit encore trois pas. Soudain, le monde se mit à tournoyer. Le bras droit posé sur son cœur et la bouche grande ouverte comme s'il avait manqué d'air, Claude de Chardon des Roys tomba ainsi qu'une masse au-dessus d'un nid-de-poule recouvert de glace.

La glace se rompit.

Le lieutenant avait cessé de vivre.

Portabéraud, 1773-1774

La nouvelle de la mort de Claude parvint au château l'avant-veille de Noël. Victoire la reçut avec dignité. Puis, comme il seyait à une jeune veuve, elle revêtit des habits de deuil en murmurant pour elle seule :

— Que Dieu l'accueille en Son paradis et lui accorde le pardon de ses fautes.

Namadie, sa filleule, était l'objet de toutes ses attentions. Il n'était pas un matin qu'elle ne se rendît elle-même à la petite maison de Guillaume et Guillemette afin de voir l'enfant, la prendre dans ses bras, la bercer tendrement et lui raconter de belles histoires, que parfois elle inventait au fur et à mesure qu'elle les disait.

La fillette ouvrait grands ses yeux et ses oreilles, sautait de joie quand les bons l'emportaient sur les méchants et que tout finissait par s'arranger dans « le meilleur des mondes », ainsi que disait monsieur Voltaire à la fin de son conte *Candide*. Mais elle frémissait aussi quand apparaissait le loup du *Petit Chaperon rouge* ou bien l'ogre du *Petit Poucet*, dans ces récits de monsieur Charles Perrault qu'elle ne se lassait pas d'entendre.

« Encore, marraine, suppliait-elle, encore une histoire ! »

Victoire, ne sachant dire non aux désirs de sa filleule, enchaînait avec *La Belle au bois dormant*, *Riquet à la houppe* ou *Cendrillon*.

Alexandre, en sa qualité de frère aîné, feignait d'être blasé, mais la conteuse avait de telles intonations et un tel pouvoir de persuasion que lui aussi finissait par frémir aux aventures du Chat botté et de Barbe-Bleue.

L'on passa d'une année à l'autre dans le froid et la

bise. Le 1er janvier 1774 fut particulièrement rigoureux. Il neigea sans discontinuer pendant une semaine. Même le baron Gabriel ne pouvait plus sortir pour ses balades à cheval, c'était dire !

Les jumeaux Pierre et Jacques se civilisaient vaille que vaille. Guillaume avait toujours quelques travaux à leur confier dans ses serres. Tout heureux d'être à l'abri, les garçons s'efforçaient de s'en acquitter pour le mieux.

Le printemps déboula à la mi-mars en surprenant tout le monde. Les eaux vives dévalèrent des gorges d'Enval, les ruisseaux grossirent de toute la fonte des neiges. Dans les ramures, les oiseaux paraissaient comme fous de cet afflux d'énergie et lançaient des trilles à n'en plus finir.

Un matin, Victoire se surprit à sourire après avoir observé la danse effrénée, agrémentée de roucoulades audacieuses, d'un pigeon pour séduire sa femelle. Un sourire ! Oui, elle avait osé sourire ! Après tous ces mois d'hiver et l'austérité affichée due à son veuvage, voici que de nouveau elle se prenait à croire en la vie et osait arborer un visage moins sévère.

— Je retrouve enfin ma fille, confia Jeanne à Gabriel. Les beaux jours lui ont redonné cet air enjoué d'autrefois.

— Tant mieux, mon amie. Il eût été dommage qu'elle restât sa vie durant en cet état de langueur. De toute façon, notre gendre n'était pas digne d'un tel sacrifice.

— Paix à son âme, ajouta la baronne en se signant.

Les soirées s'étiraient en longueur. Le soleil à présent musardait plus longtemps avant de disparaître à l'horizon derrière la dentelle des volcans. Après avoir plongé, il laissait traîner à sa suite des lueurs sanguines.

Puis un croissant de lune montait, poussant ses deux cornes d'argent, et c'était le moment que choisissaient les étoiles pour percer la voûte céleste. Et les crapauds pour entonner leurs chants d'amour.

Victoire rêvait qu'un jour prochain elle peindrait ces instants mémorables.

Simple mortel, bien qu'il fût roi, Louis XV rendit son âme à Dieu le 10 mai 1774. La triste nouvelle n'arriva au château de Portabéraud que dans les premiers jours de juin.

— Ce fut un monarque épicurien, commenta Gabriel Mercier. Dommage qu'il n'ait point compris la misère du petit peuple des campagnes.

Disant cela, le baron pensait bien sûr à tous ces paysans qu'il connaissait si bien et qui venaient de subir un hiver particulièrement rude.

Guillaume se dressa comme un coq sur ses ergots.

— Puisse son successeur comprendre à quel point cette misère est grande. Sinon, je vous le dis, la révolte grondera ! dit-il en serrant les poings.

Gabriel lança un regard bizarre à son fils naturel. Jusqu'à présent, pourtant, le jardinier ne s'était pas montré très virulent en ce qui concernait les réformes à apporter à la société.

Guillaume s'était pris d'affection pour Pierre et Jacques. Les jumeaux, orphelins de père et de mère, lui rappelaient trop son propre destin d'enfant abandonné et recueilli, par la force des choses, au château de Portabéraud alors qu'il n'était encore qu'un nourrisson.

« Au moins, vous comme moi avons eu la chance

d'être admis chez des gens riches, leur serinait-il à longueur de journée. Mais combien y en a-t-il qui continuent de crier famine et de mourir de froid en hiver dans leurs pauvres masures délabrées ? »

Les deux frères le regardaient sans bien comprendre ce qu'il disait. Guillaume proclamait des idées d'avant-garde !

— Fais attention, mon garçon, de ne pas crier trop fort tes sentiments d'injustice ! le mit en garde le baron un jour que Guillaume était singulièrement remonté. J'en connais qui se sont retrouvés en prison pour moins que cela.

Guillaume avait toutefois d'autres sujets de préoccupation. Guillemette paraissait ne plus vouloir s'occuper de ses enfants. Elle s'en allait, des journées entières, au gré de sa fantaisie. Partant de très bonne heure, sitôt le soleil levé, elle ne revenait que le soir, juste avant la tombée de la nuit. A son mari qui s'étonnait de ses absences à répétition, elle répondit qu'Alexandre et surtout Namadie ne l'aimaient pas et lui préféraient Victoire, qui savait mieux que personne raconter des histoires aux tout-petits.

— Moi, je ne compte plus à leurs yeux, se défendit-elle, en réponse aux reproches conjugaux. Dans ces conditions, je préfère aller parler aux arbres. Eux, au moins, me comprennent !

— Parler aux arbres ! Tu ne prétends tout de même pas me faire croire ces balivernes ! tonna Guillaume, qui oubliait que lui-même parlait à ses légumes.

— Que tu y croies ou pas m'importe peu, mon ami. C'est ma vie, et j'en fais ce que je veux.

Guillaume eut la tentation de lever le bras et de rosser la friponne.

— Eh bien, vas-y, bats-moi tant que tu y es !

Mais il retint son geste en entendant derrière lui les sanglots étouffés des enfants. Acagnassés sous un banc, Alexandre et Namadie levaient vers leurs parents des yeux éplorés, remplis d'incompréhension.

Guillaume fit volte-face et claqua la porte. Ce soir-là, Guillemette ne rentra pas au domicile. Elle n'y revint, décoiffée et la robe déchirée, que le lendemain en début d'après-midi.

Il ne ferait plus jamais beau à la maison du jardinier, à l'entrée du parc de Portabéraud.

4

Riom, février 1775

Cette fois-ci, c'était décidé. Nul ne pourrait la faire changer d'avis. Rien ni personne, désormais, ne la rattachait à ce lieu qu'elle exécrait par-dessus tout. Elle était donc partie, armée d'un simple bagage, et sans espoir de retour. Sa destinée était ainsi écrite. A présent, elle devait s'en accommoder.

Guillemette remonta sur ses épaules son casaquin de toile grège et marcha d'un bon pas en direction de l'abreuvoir. L'air était vif, qu'un soleil d'hiver ne parvenait pas à réchauffer. Frigorifiés, de rares passants baissaient la tête. Devant l'église Saint-Amable, un groupe piétinait en présentant les doigts devant un brasero. Neuf heures sonnèrent au clocher. Elle était exacte au rendez-vous. Et lui, ne serait-il pas trop en retard ?

Une calèche qui filait à grande allure au débouché de la rue du Commerce faillit renverser une femme. Celle-ci éructa un chapelet de jurons avant de cracher par terre.

Subitement, Guillemette songea à ses enfants.

N'était-elle pas à blâmer de les avoir abandonnés d'une façon aussi lâche ? Comment, à l'avenir, supporteraient-ils son absence ? Deux larmes roulèrent sur ses joues. Elle les essuya furtivement et finit par se dire que Victoire la remplacerait avantageusement auprès d'Alexandre, et surtout de Namadie. Puis ses pensées allèrent à Guillaume. Son époux avait été un amant empressé, surtout aux premiers mois de leur mariage. Certes, avec lui, elle avait éprouvé du plaisir, même si cela n'était en rien comparable aux étreintes de...

Guillemette tapa du pied sur la chaussée. Le quart de neuf heures venait de tinter à Saint-Amable, et il n'était toujours pas là. Cela devenait usant, à la fin !

L'envie la prit de faire demi-tour et de retourner à Portabéraud. Mais non, ce serait trop bête, après tout le mal qu'elle s'était donné, de retrouver là-bas ces êtres qui ne lui accordaient pas plus d'importance qu'au souvenir de leurs premiers souliers. Elle poussa un long soupir qui fit jaillir de sa bouche un nuage de vapeur.

— Cœur qui soupire n'a pas ce qu'il désire ! clama un passant, à côté d'elle, en la regardant d'un air narquois.

Elle haussa les épaules et lui tourna le dos.

« Il » arriva enfin, alors que la demie de onze heures venait de retentir au clocher.

— Excuse-moi, mon amour, les embarras de circulation de notre bon Clermont n'ont rien à envier à ceux que décrivait monsieur Boileau lorsqu'il parlait de la capitale au siècle dernier.

Guillemette le fusilla du regard.

— Je suis là depuis neuf heures, et j'ai froid !

— Mais je vais te réchauffer, ma douce amie ! Si tu

veux bien te donner la peine de grimper dans mon carrosse...

L'homme ouvrit la portière de son phaéton, rabattit le marchepied et s'effaça pour laisser s'asseoir Guillemette, avant de s'installer lui-même à ses côtés, sous la capote fermée.

— Fouette, cocher ! ordonna-t-il.

L'équipage prit la direction de Clermont.

— Ne regrettes-tu rien, mon amour ?

— Comment peux-tu en douter ? fit-elle en se blottissant plus fort encore dans ses bras.

Ils échangèrent un baiser passionné. Puis elle le regarda de ses grands yeux d'aigue-marine où perça soudain une lueur fugitive d'inquiétude.

— M'aimes-tu vraiment ? lui souffla-t-elle à l'oreille.

— Plus que tout au monde, mon cœur.

— Et ton épouse ?

— Laisse-moi le temps de lui annoncer la chose. En attendant, je t'ai installée à proximité de ma demeure. De la sorte, nous pourrons nous voir souvent. N'es-tu pas heureuse ?

Il s'efforça de rire.

— As-tu pris dans tes bagages le *Kama-sutra* que je t'ai offert voici bien des années, quand tu étais ma petite bergère délurée ? lui dit-il tout soudain.

Alors, elle se revit, jeune fille, vêtue de sa cape de droguet, à garder les moutons sur les hauteurs d'Enval. L'homme avait bien trente ans de plus qu'elle. Mais il était tellement expert aux choses de l'amour !

Puis Guillaume était arrivé.

Guillaume !

Elle repensa à lui tandis que le phaéton avançait au

rythme régulier des pas du cheval. Elle percevait à présent le son métallique des sabots martelant la chaussée. Son destin était en marche. Avait-elle bien agi en suivant cet être que, dans le fond, elle connaissait si mal ?

Elle tourna la tête vers lui. De nouveau, son amant lui sourit puis redressa une mèche de cheveux gris sur son front. Qui était-il vraiment ?

Château de Portabéraud, 1775-1776

— Eh oui, mon petit, elle est partie, mais la vie continue.

Gabriel s'efforçait d'exhorter ce pauvre Guillaume qui se trouvait dans le trente-sixième dessous depuis la fuite de Guillemette.

— J'ai des envies de meurtre ! rugit le jardinier.

— Tu aurais bien tort de te laisser aller à ta colère. Cette femme ne mérite certes pas tout ce tapage, car une mère digne de ce nom n'eût pas abandonné ses enfants ainsi qu'elle l'a fait.

Le baron ne voulut proférer d'autre réquisitoire à l'encontre de Guillemette. La faute de la drôlesse était suffisamment grave pour qu'il n'en rajoutât point. Alors, la vie continua à Portabéraud comme si de rien n'était. Le printemps revint, suivant l'ordre normal de ce qui devait se produire dans le dessein des choses de ce monde.

Victoire peignait toujours. Ce fut l'époque où elle se complut dans les portraits de la petite Namadie, et quelquefois aussi d'Alexandre. Les enfants demandèrent au tout début pourquoi leur maman n'était plus là. On leur raconta une histoire susceptible de les rassurer.

— Elle est partie chercher des fleurs auprès du bon Dieu, mentit Jeanne effrontément. Elle reviendra bientôt pour les planter dans notre jardin.

Alexandre fronça les sourcils, Namadie écarquilla ses grands yeux de pervenche, puis l'on jugea prudent de parler d'autre chose. L'on oublie vite lorsqu'on est enfant. Du moins est-ce là l'opinion commune. Pour le petit garçon, l'oracle s'avéra d'évidence. Quant à sa sœur, souvent elle questionnait :

« Elle revient bientôt, ma maman, avec ses fleurs ? »

Alors, elle restait de longs moments prostrée derrière une fenêtre, les lèvres closes et la tête baissée comme en une sempiternelle prière. Guillaume la prenait par la main et ils partaient tous les deux au jardin. Il lui apprenait à reconnaître les légumes. Certains poussaient sous des châssis vitrés ou des cloches de verre. Il en était ainsi pour les asperges, le cerfeuil, le cresson et l'oseille, de même que pour les fraises, les melons et les concombres. Guillaume utilisait aussi le fumier de cheval, si bien que Broussegoutte transportait en brouette, jusqu'à la serre, les déjections de Zéphyr et de Bellissima. Namadie se bouchait les narines et regardait ailleurs, avec cet air triste dont elle ne se départait plus que rarement.

Dès lors, la fillette resta la plupart du temps silencieuse et s'adonna à la contemplation. Elle s'accroupissait et observait une guêpe en train de butiner une fleur, un troupeau de fourmis marchant à la queue leu leu sans dévier de leur ligne, une araignée tissant sa toile puis se postant près d'un angle dans la patiente immobilité d'une statue. Tout était bon à son observation, jusqu'à de simples grains de sable ou des gouttes de rosée s'évaporant sur le velours d'un pétale de rose.

Face au mutisme de Namadie, Jeanne et Victoire proposèrent à Guillaume de la prendre entièrement en charge et de la loger au château. Elle fut bientôt l'enfant que Victoire n'avait pu avoir lors de son mariage raté. Les deux femmes l'affublèrent des plus belles toilettes, la comblèrent des cadeaux les plus somptueux, la couvrirent de bijoux. Lorsque Guillaume s'en venait la voir, c'est tout juste s'il pouvait la reconnaître tant elle était fardée, pomponnée, maquillée.

— Viens avec moi au jardin, lui disait-il. J'expérimente de nouvelles plantes dans ma serre.

Elle le suivait docilement et admirait avec lui les plantains, dont les fruits mordorés dessinaient une jolie courbe, ainsi que les cardons à la peau blanche et les oxalides jaunâtres.

— Ils sont beaux, mes légumes, n'est-ce pas ? faisait le père.

La petite hochait la tête, baissait les yeux et, l'air buté, demandait toujours :

— C'est quand qu'elle reviendra, ma maman ?

Guillaume, bien sûr, ne pouvait répondre à une telle requête. Alors, il serrait les mâchoires à s'en faire mal et ravalait sa rancœur, gardant au plus profond de lui-même une peine que, par orgueil, il se refusait à montrer au grand jour.

A Pâques, le baron Gabriel décida de détourner dans sa propriété un bras du ruisseau de l'Ambène. Cette dérivation lui permettrait de jouir d'une irrigation régulière qui profiterait à la culture des légumes dont Guillaume se montrait de jour en jour un adepte convaincu.

Jeanne et Victoire imaginèrent que des promenades en barque sur ce bras d'eau ne pourraient qu'être bénéfiques à la fillette. Aussi les vit-on, en cette fin de printemps et pendant tout l'été, ramer de concert afin que Namadie pût respirer le grand air, à partager bien sûr avec les nèpes aux longues pattes, les libellules en tutu bleu et les grenouilles coassantes.

La jeune demoiselle paraissait ravie de ces balades aquatiques. Du moins semblaient-elles, pendant un court moment, lui ôter cet état de langueur dû à l'absence de sa mère. Hélas, sitôt revenue sur la terre ferme, elle cadenassait son visage et tout était à recommencer pour Jeanne et pour Victoire.

Partant de ce constat, Gabriel Mercier se dit que peut-être l'équitation pourrait être une panacée. Il acheta donc un poney et embaucha un instructeur.

Que nenni !

Pas plus la culture des légumes du jardin potager que les toilettes et maquillages, le canotage ou encore l'art équestre ne parvinrent à rendre sa joie de vivre à la fillette de quatre ans qui ne voulait qu'une chose : que sa maman revienne.

Mais sans doute était-ce trop demander au bon Dieu, qui avait mille autres choses à faire que s'occuper de cette pauvre Namadie.

Alors, elle décida de ne plus grandir.

Refusant de voir le gouffre dans lequel s'enfonçait sa fille, Guillaume voulut oublier tous ces tracas pour ne plus se consacrer qu'à ses travaux de jardinier. Il fit venir tout exprès l'ouvrage de Jean-Baptiste de La Quintinie, qui avait été l'agronome du château de Versailles du temps de Louis XIV. Ce livre, intitulé *Instructions pour les jardins fruitiers et potagers*, recelait des renseignements précieux sur les espèces fragiles comme les melons et les figuiers. Il expliquait aussi comment produire hors saison certains fruits et légumes : des laitues en janvier, des fraises dès le mois de mars, et toute la culture des primeurs.

A la lecture, Guillaume constata avec une grande satisfaction – et sans doute aussi un peu de fatuité – que sans le savoir il avait fait du « La Quintinie » dans le jardin de Portabéraud. Ainsi, comme l'avait préconisé le maître au siècle précédent, il utilisait lui aussi du fumier de cheval comme engrais sur ses plants ; comme lui également, il avait fabriqué des abris de verre et des cloches pour capturer la chaleur du soleil ; et comme lui, enfin, il taillait en espaliers les pommiers et les poiriers.

Mais il voulut également mettre en application un certain nombre de recommandations édictées par le jardinier du Roi-Soleil. Il s'essaya à la culture du chervis qui est, comme chacun sait, un légume racine ; il introduisit le câpre, excellent condiment, de même que le panais, la poirée et le pourpier, autant d'espèces qu'on ne connaissait plus depuis des lustres. Mais là où il excella – et le baron Gabriel lui en fit compliment –, ce fut dans l'acclimatation de moult variétés de salades. On aurait dit que ce brave Guillaume ne vivait plus désormais que pour ses laitues, dont il était capable de réciter, sans l'once d'une hésitation, les différents noms : la coquille, la crêpe blonde, la crêpe verte, la courte, la royale, la bellegarde, la gennes, la perpignane, la laitue d'Aubervilliers, la capucine, l'impériale et la romaine.

En accompagnement de ses « belles », il avait fait pousser de l'estragon, de la menthe, de la pimprenelle, des cives d'Angleterre, du fenouil, du cerfeuil, du basilic et de la roquette. Il s'autorisa même à prodiguer des conseils de cuisine à Ferrebœuf qui, en sa qualité de gargotier du château, ne goûta qu'à moitié la démarche.

— Il va vouloir m'apprendre mon métier, celui-là ! fit le cuistot, rouge comme un cou de dindon, en s'en retournant à ses fourneaux sous le regard railleur de Muguette et le sourire éclatant de blancheur de la moricaude Eglantine.

Spécialement pour Namadie, Guillaume s'attacha à agrémenter le jardin de fleurs aux couleurs éclatantes. Il cultiva des pivoines, des ancolies, des anémones, des renoncules, des iris, des œillets, des tulipes, des fritillaires, des colchiques et, pour ennoblir ses parterres, des lis, symboles de la royauté.

Il lui en coûta pourtant d'introduire ces derniers car, disait-il, les dépenses somptuaires du monarque et de sa cour appauvrissaient le bas peuple et étaient la cause de toutes les famines de ces dernières années.

— Allons, Guillaume, tâchait de le raisonner le baron. Ne sois pas un apostat. Oublierais-tu que tu as du sang noble dans les veines ?

— La noblesse, répondait-il généralement, est de défendre la cause des faibles et des opprimés.

— Certes, tu as mille fois raison, reconnaissait Gabriel en faisant profil bas.

Mais le jardin reprenait vite ses droits. Il fallait aussi s'occuper des arbres fruitiers, et ça n'était pas une sinécure avec les gelées tardives, les orages ou la grêle qui ne se montraient pas tendres envers les plantations.

Guillaume s'efforça de protéger son verger. Au midi, là où l'ensoleillement était le plus fort, il disposa les pêchers, les abricotiers et les figuiers ; au nord, il aligna des pommiers, des poiriers, ainsi que des groseilliers et des framboisiers. Au centre était une rangée de cerisiers de plusieurs variétés : la précoce, mûrissant dès le début du mois de juin, la guigne, la montmorency et la coularde, ainsi que la griotte et le bigarreau, qui arrivaient à maturité plus tard dans l'été.

A la fin de ses journées de labeur, Guillaume s'asseyait sur un banc, face aux huit arpents du jardin. Il attachait alors son regard au jet d'eau du bassin. Fasciné par le son cristallin et régulier de la fontaine, il entrait en méditation. Où courait le monde avec ces injustices criantes, ces enfants mourant de faim et de dysenterie, ces paysans croulant sous la misère la plus noire, alors qu'à l'autre bout de la société certains paradaient, méprisants, à s'étourdir dans des fêtes dispendieuses et engloutir des fortunes pour leurs plaisirs égoïstes ?

Il enfouissait sa tête dans ses grosses pognes et réfléchissait. Non, cela ne pourrait durer jusqu'à la fin des temps. Un jour viendrait où le petit peuple, prenant en main son destin, finirait par se révolter.

En ce soir d'automne, plongé dans ses pensées, Guillaume n'entendit pas venir derrière lui ses enfants. Alexandre tenait Namadie par un bras. Tous deux marchaient sur un tapis de feuilles mortes. Le petit garçon avait rempli ses poches de quelques beaux marrons luisants.

— Père ! souffla-t-il lorsqu'ils furent arrivés près du banc.

Guillaume sursauta.

— Ah, mes enfants, vous êtes là.

Ils vinrent s'asseoir près de lui. Namadie arborait son éternel masque de tristesse. Depuis une semaine ou deux, cependant, elle ne parlait plus de sa mère. Quelque chose, dans son visage, avait changé, comme si la fillette s'était fait une raison ou bien avait pris une décision irrévocable.

— Vous êtes-vous bien amusés avec Victoire et dame Jeanne ? les questionna Guillaume.

Les enfants hochèrent la tête. Alexandre, subitement, partit en courant, à la poursuite d'un des derniers papillons de la saison. Namadie, restée seule avec son père, posa sa tête au creux de son épaule. Plusieurs minutes, ils demeurèrent ainsi, en silence.

Soudain, la petite demoiselle proféra d'une voix blanche :

— Père, il y a des arbres qui me parlent !

Guillaume abaissa son regard sur celui de sa fille. Elle semblait envoûtée.

Le vent s'était levé dans les frondaisons et soufflait une romance très douce, propulsant les feuilles de marronnier en un tourbillon inlassable.

La fillette reprit :

— Les arbres me disent des secrets. Je n'aurai jamais le droit de les répéter.

Elle fixa intensément les yeux de son père.

— Même à toi, je ne les dirai pas.

Guillaume eut soudain l'impression que le jardin entier soupirait. Les poiriers et les pommiers. Les cerisiers et les figuiers. Et aussi les laitues et toutes les fleurs encore vivaces, les roses et les anémones.

Quant aux lis, il y avait longtemps qu'ils étaient fanés et qu'ils pendaient de l'aile.

— Non, je ne te dirai rien, répéta Namadie pour elle seule.

Dans le comportement et l'allure de sa filleule, Victoire se revoyait, enfant, gambadant le long des allées du château. Avec émotion, elle se souvenait de ses escapades dans la nature, et particulièrement de ce soir où toute la maisonnée l'avait cherchée dans la forêt avoisinante. C'était ce pauvre Pierre Andrieux, le jardinier de l'époque, qui l'avait découverte, endormie sous un chêne. Elle s'était trouvée là parce que Guillaume lui avait raconté que le rossignol ne chantait que la nuit dans les bois et qu'elle ne pourrait l'entendre à une heure où habituellement, comme tous les bambins, elle dormait.

Elle se rappelait aussi ses premiers essais de peinture. Oh, la brave Eglantine qui lui servait parfois de modèle ! Comme la servante noire avait dû s'armer de patience pour supporter tous ses caprices de fillette trop gâtée !

Victoire soupira. La vie, depuis, ne s'était pas toujours montrée clémente envers elle. Son mariage avait été une calamité. Qui eût dit que ce pauvre Claude, son époux, terminerait ses jours dans un tel avilissement ?

Assise sur un banc, elle relisait pour la dixième fois *La Nouvelle Héloïse* en se disant qu'il n'y a bien que dans les livres qu'une passion comme celle de Julie d'Etanges et de Saint-Preux peut exister. Au loin, près du perron, jouaient les enfants sous la surveillance de Jeanne.

Jeanne !

Combien sa mère lui était précieuse ! Quel réconfort de la voir toujours d'humeur égale et d'un optimisme que rien, jamais, n'aurait su ébranler ! Grâce à quoi, d'ailleurs, et à cette foi formidable qu'elle vouait à la Vierge Marie, elle avait pu guérir de sa maladie, alors que tout le monde – jusqu'à sa propre fille – la croyait irrémédiablement condamnée.

Jeanne – dame Jeanne, disait Guillaume, et avec lui les enfants – ne se départait jamais d'un sourire de bon aloi. Ce sourire était rassurant, surtout dans les circonstances les plus tragiques – et Dieu sait que Victoire en avait déjà fait l'expérience.

En lente dégringolade tombaient les feuilles. Victoire les suivait du regard, avant de se replonger dans l'ouvrage de Jean-Jacques Rousseau dont elle connaissait par cœur certains passages. Levant les yeux vers les frondaisons et, par-delà, vers le ciel bleu lavande, elle récita pour elle seule : « Quelquefois je me perdais dans l'obscurité d'un bois touffu. Quelquefois, en sortant d'un gouffre, une agréable prairie réjouissait tout à coup mes regards. Un mélange étonnant de la nature sauvage et de la nature cultivée montrait partout la main des hommes, où l'on eût cru qu'ils n'avaient jamais pénétré. »

Un autre fragment de *La Nouvelle Héloïse* lui revint soudain à l'esprit et attira des larmes dans ses prunelles d'azur : « C'en est fait, disais-je en moi-même, ces temps, ces temps heureux ne sont plus ; ils ont disparu pour jamais. Hélas ! ils ne reviendront plus. »

— Pourquoi tu pleures, demoiselle Victoire ? fit la voix d'Alexandre dans son dos.

Le petit garçon se tenait à présent face à elle dans

l'allée et levait des yeux qui cherchaient à comprendre la raison de cette grande tristesse. Elle attira le fils de Guillaume contre son sein puis se mit debout et l'entraîna à faire quelques pas en direction du château. Elle put alors apercevoir Namadie. La demoiselle s'était éloignée de Jeanne. Les paumes appuyées contre le tronc d'un vieux hêtre, les yeux fermés en une profonde concentration, elle paraissait prier.

Alexandre secoua la main de Victoire.

— Regarde ma sœur, dit-il à mi-voix. Regarde, elle parle avec son arbre.

— Son arbre ? fit Victoire, étonnée.

— Oui, c'est le sien. Mais c'est aussi le maître de tous les autres, car il est le plus vieux de la forêt.

La jeune femme réprima une envie de rire.

— Comment sais-tu tout cela, Alexandre ? C'est proprement incroyable, ce que tu me dis là !

Le petit garçon baissa la tête puis s'accroupit pour extraire, au milieu des feuilles éparses, un marron dans sa bogue.

— C'est vrai, tu sais, tout ce que je te raconte. Moi, je ne sais pas parler aux arbres. Mais Namadie, elle sait, elle.

Victoire regarda alors avec plus d'attention la fillette. Celle-ci semblait ne plus faire qu'un seul corps avec le tronc du hêtre.

L'hiver !

L'hiver était bien là. Au château, l'on se rencognait près de l'âtre. Début décembre, la bise se mit à miauler. Elle précéda de peu les flocons. D'abord légers et aériens comme des duvets, ils s'épaissirent bien vite. La neige qui ensevelissait la campagne dessina de longues vagues sous les assauts du vent. Par endroits, des éperons de granit, ainsi que des chicots, transperçaient la monotonie des croupes. Au-dessus de tout cela, un ciel bas, fermé d'un couvercle d'airain, continuait de s'épandre en un lent glissement qu'on eût pu croire éternel.

La nuit était tombée bien vite. Dès quatre heures de l'après-midi, Guillaume avait refermé les huis de la serre. Les poireaux et les choux donnaient à plein, il restait quelques salades. Après un dernier coup d'œil à travers la verrière, il s'achemina à pas accélérés vers sa maisonnette.

Ce lui était toujours un choc de trouver des pièces vides. Depuis la fuite de Guillemette et l'hébergement des enfants au château, il avait toujours une appréhension à pousser la porte et à se retrouver seul entre les murs. Alors, il s'était mis à lire. Des ouvrages de Montesquieu, de Rousseau et de Voltaire, l'*Encyclopédie* de Diderot et d'Alembert étaient passés entre ses mains. L'esprit philosophique de ces penseurs avait pénétré en lui et avait infusé comme une bonne tisane dans chacune de ses fibres. Libérer les hommes de l'ordre ancien : voilà un programme politique qui lui seyait à ravir. Plus le temps passait, moins Guillaume acceptait les injustices, si bien que la simple vue d'un personnage bien né – fût-il un nobliau – fustigeant le bas peuple le mettait dans une rage noire.

Le baron Mercier tâchait d'étouffer ce feu qui couvait en lui.

— Allons, mon Guillaume, il y a aussi chez les

gentilshommes des gens de cœur, sensibles à la misère des pauvres gens.

— Oh, je sais bien, monsieur, que vous êtes la générosité même et je ne vous incorpore point dans cette engeance qui n'a de noble que le nom.

— Fais attention à tes propos, mon enfant, et ne va pas les chanter partout autour de toi.

C'était la première fois que, s'adressant à lui, Gabriel avait dit « mon enfant ». Guillaume, même s'il ne voulut pas se l'avouer, en fut profondément touché.

Alors, puisqu'il fallait se cacher pour mettre en avant ses idées progressistes, il adhéra à une loge qui se réunissait dans un local de Mozac, non loin de Portabéraud, le premier jeudi de chaque mois. Ce soir était la seconde fois qu'il y assisterait. L'occasion était d'importance, puisque le grand-maître de Clermont-Ferrand serait là en personne pour attiser l'ardeur des troupes.

Guillaume sortit, referma à clef la porte de son logis. Les flocons tombaient dru à présent, drapant la nuit dans un immense rideau de scène. Il courba l'échine et affronta la tempête. Sur le sol, la neige collait aux semelles des godillots et il s'enfonçait parfois jusqu'aux mollets dans la couche cotonneuse. Les bruits semblaient irréels : craquement d'une branche, cri furtif d'une sauvagine, jappement d'un chien dans une ferme lointaine.

Au bout de dix minutes, essoufflé par cette marche en terrain difficile, il s'engouffra dans une ruelle. Habitués à l'obscurité, ses yeux distinguèrent enfin la maison, légèrement à l'écart des autres bâtisses, où se tenait la réunion. Il actionna trois fois le heurtoir de porte ainsi que l'exigeait la consigne, et attendit qu'on vînt l'autoriser à entrer. Il déclina son nom face à l'œil-de-bœuf derrière lequel se tenait le planton, puis il prononça les mots « souffrance et victoire », grâce auxquels le battant s'entrouvrit.

Au terme d'un couloir qu'éclairaient faiblement deux lumignons, il pénétra dans une pièce où une quinzaine d'hommes, assis sur des bancs, faisaient face à une cheminée. Un grand feu en constituait la seule source de lumière, si bien que les ombres se projetaient sur le mur opposé. Guillaume prit place au quatrième rang et prêta l'oreille aux propos des uns et des autres.

— Le compagnon va avoir du retard avec toute cette neige, dit un personnage rondouillard, à la respiration forte comme un soufflet de forge.

— La route de Clermont risque de ne pas être dégagée, enchaîna un autre portant de vieilles bésicles en cuivre et dont le visage était fripé ainsi qu'une pomme blette.

Un troisième crut devoir ajouter :

— Jean Dumeil n'est pas le genre d'homme à se laisser arrêter par quelques flocons. Il a toujours prouvé qu'il était fidèle à ses rendez-vous. Il nous a promis qu'il viendrait, donc il viendra !

Proférées sur un ton péremptoire, ces paroles émanaient d'un individu à la forte carrure, vêtu d'une culotte de ratine sombre et d'un habit couleur ardoise. Cette mise austère, ajoutée à un regard d'une dureté de métal, lui conférait une apparence peu engageante.

— Tu en parles à ton aise, compagnon Courtial, reprit le premier intervenant. Tu habites sur place, et ça n'est pas toi qui as le chemin à faire pour venir jusqu'ici.

Courtial lui jeta un regard noir, se leva et alla jeter une

grosse bûche dans le foyer. De nouveau s'instaura le silence, seulement troublé par le crépitement du bois en train de se consumer et le ronronnement régulier des flammes.

Renfermé sur soi-même, chacun attendait à présent l'arrivée du sieur Dumeil. Quelques retardataires s'installèrent sur le même rang que Guillaume. Ils introduisaient avec eux le froid du dehors. Certains s'ébrouèrent pour faire tomber la pellicule de neige de leurs épaules.

Enfin, l'hôte attendu fut annoncé par le planton. Courtial, le maître des lieux, sortit pour l'accueillir et revint avec lui un quart d'heure plus tard.

— Pour les compagnons qui ne le connaîtraient pas encore, fit l'amphitryon, je vous présente Jean Dumeil. Il a chevauché sur la route de Clermont spécialement pour nous, en dépit du mauvais temps, attitude courageuse qui l'honore, et...

— C'est trop de compliments, Courtial, l'interrompit Dumeil. Je ne suis pas venu ici pour qu'on parle de moi. Nous allons passer tout de suite à la présentation des nouveaux membres.

Quand son tour fut venu, Guillaume dit simplement :

— Je suis le jardinier du château de Portabéraud.

Il eut alors l'impression que Jean Dumeil le regardait d'une étrange façon et qu'une lueur particulière s'était allumée dans sa pupille. A son tour, Guillaume observa l'orateur avec plus d'attention. Celui-ci parlait d'une voix chaude et puissante, relevant fréquemment sur son front une mèche de cheveux gris. Son visage couleur d'argile aux traits saillants s'ombrait sous les effets mouvants d'une chandelle de résine posée devant lui, sur une petite table. Debout face à l'assistance, il se balançait d'un pied sur l'autre, comme s'il avait froid dans ses bottes à retroussis.

— Le peuple, s'enflamma-t-il soudain dans une logorrhée finale, le peuple de France vaincra et la caste qui nous gouverne sera bien obligée de reconnaître sa défaite. Alors, le roi entendra notre voix et c'en sera fini des misères, des famines et des brimades. Tous ensemble, mes compagnons, jurons fidélité à ces grands principes que Jean-Jacques Rousseau a déjà énoncés : « liberté, égalité, fraternité ».

Une salve d'applaudissements accompagna ces propos. Courtial lui-même se crut obligé d'en rajouter en tambourinant à tout rompre sur la table. Il remercia l'orateur en l'assurant de sa reconnaissance et en l'invitant à une prochaine séance de la loge.

L'on se sépara bien vite et en toute discrétion. Au moment de sortir et de s'enfoncer dans la tempête de neige, Guillaume croisa de nouveau le regard d'acier du sieur Dumeil. Il crut y lire une sorte de défi en même temps qu'une étincelle d'ironie.

Qui était donc cet homme ? Pourquoi le destin l'avait-il placé ce jour-là sur son chemin ?

Le vent souffla plus fort, propulsant au visage du marcheur des billes de glace mordantes.

L'hiver s'éternisait. L'on venait de basculer sur une autre année. 1776 tout juste commencée, la neige se remit à tomber, encore plus drue, encore plus angoissante. Le front collé contre une vitre du salon, Namadie paraissait hypnotisée par la chute régulière des flocons.

Dressée sur la pointe des pieds, les deux mains posées sur les battants de la fenêtre, elle s'efforçait à présent de souffler sur le verre pour faire fondre les arabesques que le givre avait dessinées. Dans la perspective qui s'offrait à elle, la fillette pouvait apercevoir le bassin que Guillaume, son père, avait bâti en agrément du jardin. Des stalactites de glace, flèches acérées tournées vers le bas, y traçaient tout autour des sortes de guirlandes blanches.

Pour mieux voir, Namadie traîna une chaise jusqu'à la baie et grimpa dessus. En équilibre instable, elle s'étira encore, au risque de chuter.

— Tu vas te blesser, mon enfant, fit derrière elle la douce voix de Jeanne.

Depuis quelque temps déjà, la baronne s'inquiétait que la fillette gardât sa petite taille, comme si sa croissance s'était arrêtée soudain.

La gamine tourna la tête, son visage se fendit d'un sourire charmeur.

— Mais non, dame Jeanne, dit-elle. Ça ne risque rien, puisque je regarde les fées qui patinent sur la glace du bassin.

— Tu vois des fées, ma chérie ?

— Mais oui, elles me sourient tout le temps. Elles me protègent, donc je ne risque pas de tomber.

Victoire entra au salon à ce moment-là.

— Et toi, Victoire, est-ce que tu les vois de temps en temps, mes jolies fées ?

La jeune femme pressa la fillette tout contre elle.

— Mais oui, mon cœur, et je suis sûre qu'elles sont très gentilles.

Namadie se libéra de l'étreinte et appliqua de nouveau son nez contre la vitre. Mais Victoire aussi était préoccupée par la stature fluette de sa protégée. Elle s'en confia à sa mère.

— Il est peut-être dans le dessein de Dieu qu'elle ne grandisse pas et garde toujours sa taille de petite fille, répondit la baronne.

— La pauvre enfant ! soupira Victoire.

Dehors continuait de tomber la neige. Sous les yeux émerveillés de Namadie, les fées continuaient de patiner, là-bas, sur la glace du bassin.

Clermont-Ferrand, février 1776

Guillemette s'impatientait. Jean lui avait dit et redit qu'après avoir répudié son épouse il l'installerait dans sa demeure et la présenterait à ses amis et relations. Billevesées que tout cela ! Des paroles en l'air, tout juste bonnes à entretenir l'illusion qu'il voulait en faire sa femme.

Elle souleva le rideau de l'unique fenêtre du minuscule logement qu'il avait mis à sa disposition à proximité de la cathédrale. L'édifice religieux élevait sa masse noire en direction d'un ciel fuligineux. Des corneilles nichaient sous des encorbellements dominant le portail central. Leurs croassements funèbres emplissaient l'espace. Plus bas, la rue crissait des voix aiguës de marchandes des quatre saisons. D'une forge, l'on entendait de grands coups de massette alors que des gerbes d'étincelles illuminaient les vitres de l'atelier.

Guillemette entrevit trois laquais vêtus de somptueuses livrées jonquille à galons d'argent et elle imagina qu'ils étaient au service de quelque riche seigneur de

Clermont, un de ceux qui mettaient Jean en furie quand il entreprenait de faire son éducation politique.

Ah, les belles colères qu'il déployait à ces moments-là, lorsqu'il était question de la noblesse !

« La bourgeoisie sera un jour maîtresse de ce pays ! s'emportait-il alors. C'en sera fini de cette caste méprisante qui n'a eu jusqu'à présent que le mérite de naître. »

Guillemette ne comprenait pas tout à cet amphigouri. Elle se pendait à son cou, se montrait féline et lui susurrait : « N'a-t-on pas mieux à faire, mon aimé, que toujours parler de ces affaires auxquelles je n'entends goutte ? »

Un soir, il lui avait confié qu'il avait aperçu Guillaume lors d'une réunion de loge qu'il avait présidée.

« Tu as vu Guillaume ? s'était-elle étonnée. Mais tu le connaissais donc ?

— Non, mon amour, mais comme tout nouveau membre il s'est présenté aux compagnons.

— Ainsi, lui aussi, il s'est versé dans la politique ? N'a-t-il pas mieux à faire ? »

Pendant plusieurs jours d'affilée, l'image de Guillaume l'avait hantée. Puis elle n'avait plus pensé à lui, obnubilée par sa situation de maîtresse quelque peu délaissée par un amant dont, à vrai dire, elle ne parvenait pas à cerner la véritable personnalité.

Guillemette s'éloigna de la fenêtre et s'assit pesamment sur une chaise paillée. D'un regard las, elle scruta cette pièce qui était son univers depuis des mois qu'elle avait quitté les siens. Face à elle, une commode d'acajou que surmontaient deux gravures d'Epinal sous verre accrochées à un mur peint à la chaux. Tout au fond, une porte entrouverte laissait deviner le bas du lit de la chambre à coucher. A droite, une cheminée où se tordait une flamme ténue.

Soudain, le cœur de Guillemette battit plus vite. Dans la rue, un attelage faisait sonner le pavé. Elle se précipita derrière ses carreaux. Elle vit Jean descendre de la calèche, dire un mot au postillon puis s'engouffrer sous la porte cochère. Trente secondes plus tard, il était là, arborant un sourire engageant. Otant son chapeau, il esquissa une révérence.

— Enfin, tu es là, dit-elle sur un ton de reproche qu'il fit mine de ne point remarquer.

Il la prit par la taille et la pressa contre lui.

— Mais bien sûr, mon amour. En aurais-tu douté ?

Elle voulut se dégager.

— Et ton épouse ? Lui as-tu enfin parlé ?

Pour toute réponse, il s'empara de sa bouche et lui mordilla les lèvres. Puis il chercha le chemin de sa langue. Mais Guillemette était rétive et, de nouveau, elle se libéra de son étreinte.

— Je ne t'embrasserai que lorsque tu m'auras dit ce que tu comptes faire par rapport à elle et par rapport à moi.

Un peu dépité, Jean Dumeil prit le parti d'en rire.

— Ah, les femmes ! fit-il. Que de soucis s'éviterait-on si elles n'existaient pas !

— Oh, le monstre !

— Mais non, mon cœur, c'était une plaisanterie. Je t'aime, tu le sais bien.

— Tu m'aimes ! ricana-t-elle. Alors, installe-moi chez toi définitivement et demande à ta bourgeoise de quitter les lieux. Ou bien c'est moi qui...

— Allons, allons, petite fille. Pas de menace ici,

veux-tu ? Je te demande d'être patiente encore deux ou trois mois. Tout finira par s'arranger, tu verras.

Il lui décocha un de ces sourires dont il détenait le secret et auquel, elle le savait, jamais elle n'avait pu opposer la moindre résistance. Il la prit dans ses bras, la souleva et la transporta sur le lit. Elle se laissa déshabiller, répondit avec fougue à son ardeur et se livra à tous les jeux de l'amour qu'elle avait appris avec lui naguère, quand elle gardait ses moutons.

Ce jour-là, Jean la posséda trois fois. Trois fois, elle aborda aux rives du plaisir. Puis il se revêtit, enfila ses bottes de cuir, rajusta sa veste de satin gris perle et mit la main sur le loquet de la porte.

— A demain, ma bergère ! fit-il de l'air satisfait de qui a obtenu sans trop de difficulté ce qu'il désirait.

Le battant se referma. Guillemette se renversa sur sa couche et serra dans son poing la courtine de serge d'un jaune pisseux qui était désormais devenue son horizon familier. Elle eut envie de hurler sa rage à la face du monde. Mais elle n'en fit rien et se mordit les lèvres jusqu'au sang.

Puis elle ferma les yeux, s'attachant à respirer profondément pour calmer ses palpitations cardiaques.

Combien de temps resta-t-elle ainsi, immobile comme un lézard au soleil ? Une heure ? Deux heures ? Davantage ? Elle finit malgré tout par se lever et avança vers la fenêtre. La nuit tombait. Elle vit, remontant la rue en direction de la cathédrale, l'allumeur de lanternes qui passait avec son falot. Les corneilles décrivaient de larges courbes dans le ciel qui virait au noir.

D'un revers de main, Guillemette essuya la vitre

embuée. Le carreau ruissela ainsi qu'un visage plein de larmes.

Château de Portabéraud, 1776

Le printemps était revenu. Les aubépines parsemaient les halliers de taches blanches. Le matin, la lumière scintillait de rosée et l'air brasillait avant de fluer comme une rivière de lave. Puis le soleil, plus haut, éclaboussait tout ce qu'il touchait de sa langue incandescente.

Les oiseaux sautillaient de bonheur. Enfin, ils pouvaient s'égosiller et chanter à tue-tête qu'ils avaient survécu à l'hiver. Les bergeronnettes, surtout, paraissaient les plus fougueuses en se posant sur les mottes de terre, à la recherche de la vermine. On eût dit, à les voir, qu'elles étaient enivrées de toute la sève montante, celle qui verdissait d'aiguilles claires les branches des sapins et gonflait les bourgeons gluants des marronniers. La nature entière semblait prise de folie, un vent du sud remplissait les têtes d'idées saugrenues, l'on avait soif de grand air et d'espaces infinis.

Namadie ne pouvait tenir en place. Sitôt avalé son bol de lait du matin, elle mit le nez dehors. Oh, que le soleil brillait fort ! Combien le ciel était bleu ! La nature tout entière l'appelait pour lui faire partager ses délices capiteuses. Plantée en haut du perron, la fillette ne sut pas résister plus longtemps. Elle dégringola les marches et courut jusqu'au bassin où, l'hiver précédent, elle avait aperçu ses amies les fées.

Elle joua un instant avec le jet d'eau, sourit à Muguette et à Eglantine qui portaient à la buanderie une grosse panière de linge, puis marcha en direction des pâtures. Au passage devant la statue en terre cuite de la négrillonne, elle la salua d'une révérence et, après avoir éclaté de rire, elle détala sous la voûte des hêtres. Au pré paissaient cinq ou six moutons. Une oie était au milieu d'eux. Tendant le cou, elle paraissait très fière de garder le troupeau. A l'approche de Namadie, elle se mit à cacarder d'une drôle de façon, ce qui contribua à faire lever les têtes des broutards. Mais l'enfant n'était pas de ces êtres dont la seule vue est effrayante pour les bêtes, si bien que les moutons reprirent leur mastication nonchalante.

Elle sortit sans s'en apercevoir des limites du château. Tout autour, les jeunes feuillages bruissaient sous des souffles tièdes. Ils rabattirent sur ses yeux une touffe de cheveux dorés. Brusquement, elle s'arrêta et s'accroupit à hauteur des herbes du chemin. Face à elle, sur un vieux mur en pierres de schiste, lovée sur elle-même, une vipère aspic se chauffait au soleil. Namadie, nullement effrayée, eut un instant envie de tendre une main vers le serpent. Mais la bête semblait si parfaitement dormir qu'elle préféra ne pas la déranger. Alors, elle s'assit pour la contempler, approcha d'elle son visage afin de mieux observer les taches noires ponctuant la peau marron, qui était plus claire sur le ventre. La tête triangulaire la fascinait et la fillette se prit à espérer qu'elle se réveillerait, de sorte qu'elle pût savoir quelle était la couleur de ses yeux.

Soudain, d'une anfractuosité de la roche, Namadie distingua nettement un être minuscule, pas plus haut que trois pommes, qui lui fit signe de s'éloigner. Il était vêtu de braies vertes et d'un pourpoint de la couleur des feuilles en automne. Le lutin se plaça tout à côté de la vipère et, dessinant avec ses bras les mêmes gestes en direction de la petite, il se mit à tousser, ce qui réveilla l'animal.

L'aspic pointa le museau, sembla humer l'air et, comme répondant à un ordre impérieux, déroula son corps de liane et disparut dans un trou.

Namadie se frotta les yeux. Le petit être s'était lui aussi évanoui. Subitement, un bruit de galopade dans son dos la fit se retourner. C'était le baron qui, monté sur Zéphyr, était parti à bride abattue sur sa piste.

— Ah, tu es là, mon enfant ! fit-il en sautant à terre. Comme tu nous as fait peur ! Voilà plus d'une heure que nous sommes à ta recherche.

Les yeux ingénus, le sourire aux lèvres, la fillette répondit :

— Il ne fallait pas, monsieur Gabriel. Je ne risquais rien puisqu'il y avait un lutin.

— Un lutin ?

— Oui, et même qu'il m'a protégée du serpent, celui qui a sa maison dans un trou de ce mur.

Le baron regarda la petite, puis les pierres de schiste, et la petite encore.

— Un serpent ? Il ne t'a pas mordue, au moins ?

— Oh non, monsieur Gabriel. Il dormait. Mais c'est le lutin qui l'a réveillé et lui a dit de rentrer chez lui.

Gabriel se gratta la tête par-dessus son chapeau, souleva Namadie et l'installa sur la selle.

— Allez, en route, mauvaise troupe, fit-il. C'est nous, à présent, qui allons rentrer chez nous.

5

Année 1777 et suivantes

Le jeune roi rencontrait des difficultés. Les idées philosophiques de messieurs Diderot, Voltaire et Rousseau avaient fait leur chemin. L'Ancien Régime, ainsi que d'aucuns commençaient à l'appeler, avait du plomb dans l'aile. Pendant ce temps-là, dans son château, Louis XVI réparait ses pendules ; Marie-Antoinette, dans les annexes de Versailles, jouait à la fermière.

A Riom et ses alentours, l'on n'était ni plus ni moins malheureux que naguère. Certes, comme partout ailleurs, les impôts minaient le bas peuple. Les paysans continuaient de donner la dîme au clergé, et même si monsieur Turgot avait aboli la corvée due aux seigneurs, les exploitations étaient toujours aussi peu rentables. Alors, une année bonne et l'autre moins, il fallait tirer le diable par la queue. L'on redoutait les famines et les grands froids des hivers auvergnats.

Sans doute parce qu'il avait toujours été à l'écoute du petit peuple et que son comportement avait suscité l'estime de tout un chacun, le baron Mercier n'avait jamais vraiment été considéré comme un seigneur. Du moins au sens où on l'entendait généralement. Il n'avait ni l'arrogance, ni le mépris affiché envers la vile engeance des quidams de bas étage.

C'était sans doute pourquoi, lorsqu'elles le voyaient galoper sur Zéphyr ou trotter sur Bellissima, les petites gens le saluaient bien bas. Gabriel leur répondait de même. Car il avait toujours considéré que ne pas répondre à un bonjour était un acte d'une incivilité manifeste, qui avilissait son auteur.

Nul n'oubliait non plus qu'il avait accueilli en son château deux petits paysans orphelins au cours du terrible hiver 1771-1772. Pierre et Jacques, qui assistaient Guillaume pour les travaux de jardinage, étaient aujourd'hui âgés d'une douzaine d'années et bénissaient le ciel d'avoir placé le baron sur leur route.

L'on savait aussi au pays qu'il s'occupait, avec sa femme et sa fille, d'Alexandre et de Namadie que leur mère avait abandonnés.

« Il n'a pas grand mérite, notait parfois quelque détracteur. En tant qu'enfants de Guillaume, ce sont quasiment ses petits-enfants ! »

Mais il y avait généralement quelqu'un pour river son clou au médisant. Car ils étaient rares ceux qui avaient des griefs à formuler à l'encontre du maître de Portabéraud. Plus nombreux étaient ceux qui rappelaient ses bonnes œuvres au profit des nécessiteux de la paroisse. Les travaux qu'il avait commandités pour restaurer la belle église de Mozac faisaient aussi partie des entreprises à porter à son actif, de même que les canalisations diverses qu'on avait creusées à ses frais afin d'irriguer les terrains exploités par la corporation des maraîchers.

Gabriel venait de franchir le cap de la soixantaine. Toujours bel homme, la carrure imposante en dépit qu'il se fût un tantinet voûté avec les ans, il était un adepte de l'exercice physique. Pas un matin qu'il ne montât l'un de ses chers chevaux. Même si Bellissima se montrait quelque peu rétive, car elle n'était plus toute jeune à présent, il exigeait que Broussegoutte la préparât quotidiennement dans le but de lui donner une pratique indispensable à sa vitalité.

Zéphyr avait lui aussi perdu un peu de sa superbe. Les temps de galop étaient plus brefs, sa fougue naturelle paraissait s'être émoussée. Mais le vieux compagnon tenait son trot pendant des lieues, de sorte que son maître, reconnaissant, ne manquait pas de lui flatter l'encolure à chacun de leurs retours.

Il faisait un temps à ne pas mettre un cheval dehors en ce 1er avril. Une pluie froide s'était déversée toute la nuit sur la contrée et, au matin, la plupart des pâtures bordant l'Ambène étaient inondées. Vers huit heures, au moment où le baron sautait en selle sur Zéphyr, la neige fit brusquement son apparition.

— Neige de printemps ne nous empêchera pas de sortir ! cria le baron, debout sur ses étriers, tandis que le palefrenier Broussegoutte hochait dubitativement la tête.

Sans forcer l'allure, le cavalier maintint un trot régulier pendant une demi-heure puis mit sa monture au pas.

Les flocons avaient forci. Une couche uniforme recouvrait à présent la campagne. Dans les branches où pointaient de jeunes feuilles au vert tendre, des mésanges tintinnaient, comme si elles avaient voulu forcer le destin et refuser ce retour tardif de l'hiver. Plus loin, près d'un fontis marécageux, c'était une tribu de moineaux qui menait grand tapage.

Zéphyr se mit soudain à hennir et, de lui-même, s'arrêta.

— Qu'est-ce qu'il y a, mon beau ? susurra Gabriel à son oreille. Quelque chose qui te tracasse ?

Le coursier raclait la neige de son sabot et paraissait décidé à ne plus faire un seul pas en avant.

Le baron se dressa sur la selle, regarda à droite, à gauche, et, brusquement, se mit à jurer.

— Feu de Dieu ! tonna-t-il. Qu'est-ce que c'est que ça ?

Il sauta à terre et courut jusqu'au pied d'un chêne où une forme noire était étendue à plat ventre, parfaitement immobile. Il se baissa, voulut retourner le bougre sur le dos et finit par le reconnaître.

— Curé ! cria-t-il. Palsambleu ! C'est vous, curé ?

Mais le père Beauparland avait cessé de vivre. Des glaçons étaient restés accrochés aux poils de sa barbe et un filet de sang séché stagnait à la base d'une de ses narines tandis que ses yeux, semblables à des agates, paraissaient démesurément grands. Gabriel, en vain, voulut lui rabattre les paupières.

— Mon pauvre capelan, souffla-t-il, c'en est fini pour toi de ce vin de messe que tu aimais tant !

Il le chargea en travers de la selle et rentra à pied en tirant Zéphyr par le licol.

Après une brève cérémonie religieuse en l'église abbatiale de Mozac, puis des prières en la chapelle de Portabéraud, le curé Beauparland fut porté en terre. On l'inhuma dans la fosse réservée aux serviteurs de Dieu, tout à l'entrée du cimetière.

Le baron Gabriel tint à prononcer un éloge funèbre, au cours duquel il mit en avant les grandes qualités sacerdotales du défunt. Qualités qui n'avaient jamais empêché, du reste, que le prêtre se fût parfois montré un hédoniste convaincu et un amateur de bonne chère. Mais nul n'étant parfait en ce bas monde, le grand horloger – ainsi que l'avait appelé monsieur Voltaire – ferait lui-même le tri dans ses actions terrestres. En conséquence, il n'était pas à douter que le curé Beauparland siégerait là-haut auprès des justes.

Deux mois plus tard, le père Decombas fut nommé curé de la paroisse de Mozac. C'était un jeune prêtre, tout droit sorti du séminaire et aussi rigide dans sa tenue et dans ses mœurs que son prédécesseur avait su se montrer souple dans l'exercice de ses fonctions. Bien sûr, on le convia au château. Un dîner fin fut servi en son honneur. Du bout des lèvres, il mangea une aile de pintade et deux feuilles de salade, délaissa les vins des coteaux de Saint-Bonnet et à lui seul engloutit un pichet d'eau.

— Ma mie, confia le soir même le baron à sa chère épouse, nous allons réaliser des économies sur le vin de messe. Pauvre curé Beauparland ! S'il voit la sobriété de son collègue, il doit se retourner dans sa tombe !

— Gabriel ! Pas de médisances, je vous prie ! rétorqua Jeanne, qui faisait semblant d'être outrée.

Elle ajouta, en se détournant pour ne pas montrer le sourire qui s'était dessiné à la pliure de ses lèvres :

— Il a l'air très bien, ce petit jeune homme, en dépit de son peu d'attirance pour les nourritures terrestres.

Mais un souci d'importance accapara bientôt le baron en sa demeure de Portabéraud.

Le mois de juin épandait ses splendeurs. Etait revenue l'époque des fenaisons. Au château, tout un chacun avait été réquisitionné afin de procéder aux travaux de fauchaison des herbes déjà hautes dans la pâture. C'est Guillaume qui orchestrait la manœuvre et, sous l'œil vigilant de Gabriel, il avait attribué aux uns et aux autres des places bien précises en la compagnie de paysans de la contrée, ouvriers d'un jour au domaine. Leurs faux chuintaient sur les tiges tendres, gorgées de sève. De temps à autre, les hommes se relevaient, se massaient les reins puis saisissaient la pierre de schiste enfoncée dans un étui en cuir porté à la ceinture et aiguisaient leur lame. Au bout de quelques heures s'alignèrent les andains que les femmes retournaient, en vue du séchage, avec des râteaux au long manche.

A midi, Guillaume donna le signal de la pause. Muguette et Eglantine se présentèrent avec des paniers de provisions. Elles débouchèrent des carafes d'eau qu'elles avaient mises à fraîchir dans le bassin du parc. L'on eut plaisir à s'asseoir à l'ombre, à étendre ses jambes et se désaltérer.

Le baron était là lui aussi, qui partageait ces plaisirs simples avec ses gens. Il avait un mot pour chacun, demandait des nouvelles de la santé des uns et des autres, ne rechignant pas à toquer son godet contre celui d'un paysan ou à boire à la régalade avec lui.

A trois heures, après une méridienne réparatrice, il fallut se remettre à l'ouvrage. C'est à cet instant qu'un cavalier, tout de noir vêtu, se présenta au bout du pré. Guillaume pressentit une mauvaise nouvelle. Il se tourna vers le baron qui, déjà, s'avançait au-devant de l'intrus, et observa leur entretien du coin de l'œil.

Gabriel gesticulait et semblait en proie à une exaltation qui allait croissant au fur et à mesure que le conciliabule avançait. Son interlocuteur n'était même pas descendu de cheval. Une main sur le pommeau de la selle et l'autre agrippant fermement une cravache, il dominait la situation et ne paraissait pas s'émouvoir des moulinets de bras de son interlocuteur.

Au bout de deux ou trois minutes qui parurent bien longues à Guillaume, l'étranger fit faire volte-face à sa monture et partit au galop. Puis il disparut derrière une rangée de peupliers et l'on n'entendit plus, decrescendo, que le martèlement des sabots sur le sol.

Le baron revint en direction du groupe des faucheurs, marcha tout droit vers Guillaume. Mâchoires serrées, l'œil jetant des éclats de colère, il était très pâle et ses mains tremblaient quelque peu.

— Allons à l'écart, s'il te plaît, ordonna-t-il au jardinier.

— Quelque chose qui ne va pas, monsieur ?

— Eloignons-nous, t'ai-je dit.

Ils firent une cinquantaine de pas et débouchèrent sur une petite clairière, derrière un buisson de prunelliers.

— J'en apprends de belles, Guillaume, sur ton compte ! rugit le baron.

— Comment, monsieur ?

— La police du roi, toujours bien informée, aurait eu vent de réunions de loges révolutionnaires auxquelles tu participerais, mon garçon.

— Et alors, je…

— Alors, je te signale que c'est uniquement par égard pour moi qu'à l'heure présente tu dois de ne pas avoir été arrêté et conduit au fond d'un cachot. Un certain Courtial, habitant Mozac, et chez qui se tenaient ces assemblées, a été cueilli à son domicile pas plus tard que ce matin. Qu'as-tu à dire là-dessus ?

Guillaume serra les poings, regarda du côté où le cavalier avait disparu.

— La monarchie ne s'honore pas en jetant en prison des honnêtes gens ! gronda-t-il.

— En attendant, tu me feras le plaisir de rester à l'écart de toutes ces affaires. Il me paraît important qu'on t'oublie quelque temps. D'autant plus que le meneur de cette clique, un certain Jean Dumeil, que tu dois connaître, est lui aussi activement recherché.

Guillaume contracta plus fort encore ses poings. Les articulations craquèrent.

Guillemette était si seule ! Cela faisait plus d'une semaine que Jean n'était pas réapparu. Que se passait-il ? L'avait-il abandonnée ? S'était-il produit un événement nouveau qui l'eût empêché de venir la voir ? Ou bien s'était-il lassé de ses jérémiades, toutes ces paroles vaines lui reprochant d'être un capon, incapable de déloger sa femme de leur foyer ?

Elle prit soudain la décision de sortir dans la rue. En ce dimanche matin, les cloches de la cathédrale de Clermont carillonnaient à toute volée. Les roues ferrées des carrioles et les sabots des chevaux produisaient des bruits assourdissants qui agressaient ses tympans. Le soleil de juin, déjà haut, chauffait le pavé, faisant remonter des odeurs nauséabondes. Au bas de la butte, des ménagères remplissaient des seaux à un puits ; un marchand de vin s'accouda à une futaille pour la regarder avec insistance. Plus loin, des enfants se poursuivaient en se lançant des pierres.

— Alors, ma belle, on se promène toute seule ? fit un homme, noir de teint et de cheveux.

Il se tenait dans l'encoignure d'une porte cochère et paraissait désireux d'engager une conversation suivie. Guillemette lui jeta un regard de braise et il se le tint pour dit.

Elle poursuivit sa route vers la ville basse et évita de justesse d'être éclaboussée par des eaux sales qui tombaient d'une gargouille. Un peu plus loin, elle assista à la dispute entre le conducteur d'un chariot et le propriétaire d'animaux de bât, aucun ne voulant céder le passage à l'autre. Assis sur un tabouret devant sa boutique, un cordonnier profitait du spectacle et devait espérer secrètement que tout cela tournerait au vinaigre.

Guillemette se désintéressa de la querelle et s'engouffra dans une venelle. Un poissonnier forain exposait des truites, des tanches, des carpes et des anguilles dans des cabas d'osier qu'il avait tapissés d'herbes fraîches. Entre les pavés de grès courait un ruisselet d'égouts. D'autres commerçants ambulants vantaient leur marchandise.

Sortie avec le désir d'acheter de quoi manger, Guillemette ressentit soudain une profonde répulsion pour tout ce qui était nourriture et s'étalait ainsi, sans aucune vergogne, au milieu des immondices malodorantes de la rue. Elle rebroussa chemin et remonta en direction de la cathédrale. A mi-pente, elle s'arrêta pour reprendre son souffle. En se retournant, elle put distinguer, tout au-dessus de l'alignement des toitures, la silhouette pataude du puy de Dôme qui semblait protéger la ville de sa présence tutélaire.

Elle approchait de son domicile. Brusquement, elle se figea, dut s'appuyer au chambranle d'une porte. Des hommes en armes encadraient la calèche de Jean Dumeil et, avec des hurlements de bêtes sauvages, avaient exigé qu'il mît pied à terre. La mine altière, un sourire ironique aux lèvres, Jean les toisait. Sans réagir, il se laissa enlever son épée puis lier les mains derrière le dos. Deux reîtres le bousculèrent et le poussèrent sans ménagement dans un fourgon. Par une ouverture, il eut le temps de jeter un œil sur la rue et c'est alors qu'il aperçut Guillemette.

Elle fut tentée de se précipiter vers lui pour lui crier son amour et lui dire qu'elle ne l'abandonnerait jamais. Mais du regard il lui intima l'ordre de se taire et de rester cachée. L'un des soudards lui rabattit la tête en arrière. Puis le fourgon repartit et la rue retrouva son tapage habituel.

Longtemps, Guillemette resta coite au milieu de la chaussée. Ce n'est qu'au bout de quelques minutes qu'elle s'aperçut que ses pieds baignaient dans les eaux sales qui dégringolaient des maisons les plus hautes faisant face à la cathédrale.

Alors, lentement, les yeux remplis de larmes, elle rentra chez elle et comprit que désormais elle était seule au monde.

Le père Decombas était gai comme une porte de prison. Avec lui, les offices religieux à la chapelle de Portabéraud traînaient en longueur. Souvent il faisait les gros yeux si Alexandre et Namadie oubliaient de s'agenouiller pour une prière ou de s'incliner en passant devant l'autel. Ses sermons, du haut de la chaire en l'église abbatiale de Mozac, n'avaient pas cette bonhomie qui avait été l'apanage de ce brave Beauparland, son regretté confrère.

— Savez-vous, l'abbé, que vous ne ferez pas de vieux os si vous continuez d'être aussi rigoureux, lui fit remarquer Gabriel en espérant briser la glace.

— Je ferai les os qu'il plaira à Notre Seigneur de m'accorder, répliqua le serviteur de Dieu d'un air pincé et presque outragé.

— Allons, venez donc boire un verre de vin, vous en utilisez tellement peu pour votre messe.

— Je me contenterai d'un peu d'eau, monsieur le baron, puisque vous m'invitez si obligeamment en votre demeure.

Il n'y avait bien que devant Victoire que le père Decombas offrait à la vue un semblant de faiblesse. On eût dit qu'il était subjugué par sa grâce. Alors, faisant profil bas, il aurait presque minaudé.

— Chère madame de Chardon des Roys, disait-il en arrangeant les plis de sa soutane, j'ai été ravi d'apprendre que les pauvres de notre paroisse vous devaient tant. Cela a été un honneur pour moi de leur remettre vos dons.

— Avec plaisir, monsieur le curé.

Dans ces cas-là, il blêmissait, puis rougissait, se mettait à bafouiller et finissait par bégayer carrément.

— Je crois, ma fille, constata un jour dame Jeanne, que notre cher abbé a un béguin pour toi.

— Mère ! Que me dites-vous là ?

La baronne pouffa, cachant sa bouche derrière son mouchoir de batiste.

Namadie lui procurait pourtant bien des tracas. La fillette demeurerait naine. En un an, au grand dam de ses protectrices, elle n'avait pas grandi de la moitié d'un pouce, mais ne semblait pas s'en formaliser.

Elle aimait la solitude. Souvent, elle s'en allait dans l'allée de grands arbres qui prolongeait le bassin qu'avait construit Guillaume, son père. Elle s'arrêtait toujours au même endroit, plaquait ses mains sur le tronc puissant du plus haut des fayards, fermait les yeux, remuait ses lèvres.

Quiconque se fût trouvé là aurait pu l'entendre s'adresser ainsi à lui :

— O grand chef des arbres, ô vénéré grand hêtre. Tu es la force et la majesté, et moi je suis toute petite. Mais je sais que tu me protèges, et avec toi tous les lutins et les elfes de la forêt, ainsi que les bonnes fées, mes amies, qui m'entourent de leur amour, celui que ma mère n'a pas voulu me donner.

Victoire observait Namadie, semblant retrouver en elle sa propre enfance et ses anciennes croyances dans le merveilleux.

Après tout, se disait-elle, qui sait ? Peut-être a-t-elle raison de tenir pour avérés ces mystères qui nous entourent. Peut-être est-elle dans le vrai en rêvant à ce monde qui est invisible au commun des mortels.

Victoire, elle aussi, passait des matinées et des vesprées à méditer ou à lire au beau milieu des bois ou des champs. Jean-Jacques Rousseau, son écrivain préféré, l'accompagnait souvent dans ses escapades champêtres. Elle ouvrait au hasard *La Nouvelle Héloïse* et continuait de pleurer aux amours de Julie et de Saint-Preux. Ou bien elle voguait par l'imagination dans un Orient mythique grâce à Usbek et Rica, les deux héros des *Lettres persanes* du baron de Montesquieu. Souvent sorti de la bibliothèque, l'ouvrage était écorné en plusieurs endroits. Peut-être était-ce pour cela qu'il était si cher à son cœur.

Mais en automne survint le drame.

En dépit du temps maussade, Victoire décida de sortir faire sa promenade quotidienne dans la campagne. Une bruine tenace estompait les formes et imprégnait les vêtements. Les arbres défeuillés tendaient leurs moignons exsangues vers un plafond bas de nuages. Le rideau de petites gouttelettes d'eau devint plus serré encore. La jeune femme, qui sentait le froid l'envahir, accéléra le pas.

Il y avait en elle, ce matin, comme un sombre pressentiment. Un poids mort qui lui barrait la poitrine et l'empêchait de respirer à son aise. Une sorte de boule sur l'estomac dont elle ne parvenait pas à se délivrer.

Arrivée aux limites du domaine de Portabéraud, elle hésita un instant. Sa première envie fut de rebrousser chemin et d'aller se blottir au chaud face à une bonne flambée de bois sec. Puis, jugeant sans doute qu'elle n'avait pas accompli entièrement la distance qu'elle s'imposait chaque jour comme une discipline, elle s'arma de courage et s'enfonça résolument dans un sentier forestier.

Les branches pleuraient des gouttes, la pénombre était épaisse. Des odeurs fongiques montaient parfois du sol, senteurs puissantes et enivrantes. Un geai passa en trombe devant elle en cajolant et elle eut tout juste le temps d'entrevoir son plumage tacheté de bleu.

Victoire connaissait bien cet endroit. Elle avait pensé, lorsqu'elle était petite fille, que le lieu était magique. D'ailleurs, une mare s'y tapissait un peu plus loin et elle se rappelait y avoir vu des grenouilles, mais aussi des salamandres, dont on dit qu'elles sont les bêtes du diable parce qu'elles se complaisent dans le feu.

Elle s'enfonça plus profondément encore dans le lacis végétal. Une sourde rumeur montait de la terre et elle crut y déceler une sorte d'avertissement à ne pas poursuivre plus avant sa baguenaude.

Je m'appelle Victoire, se dit-elle, et quand on porte un prénom comme le mien, on ne craint rien, ni des hommes, ni des bêtes.

Elle marcha encore pendant dix minutes. A l'extrémité d'une allée se distinguait une trouée plus claire qui devait aboutir à une plate-forme herbeuse et s'ouvrir sur la plaine de Limagne.

Elle était sur le point d'y parvenir quand un bruissement de feuilles piétinées et des craquements de branches l'alertèrent. En tournant la tête, elle eut juste le temps d'entrevoir une masse foncée qui débuchait à toute vitesse et fonçait sur elle.

Victoire se sentit soudain propulsée en l'air. Elle poussa un cri et s'affaissa sur le sol de mousse. Sa tête heurta un rocher de granit et elle perdit connaissance. Le sanglier n'avait même pas ralenti son allure.

C'est un paysan qui, reconnaissant dans le bois « la dame du château », l'avait ramenée à Portabéraud dans un tombereau tiré par deux bœufs.

« Elle est bien mal en point, pour sûr », avait-il simplement constaté en s'en retournant chez lui.

Gabriel et Jeanne s'étaient tellement languis de ne pas voir revenir leur fille qu'ils furent bien sûr soulagés que le manant eût pris la peine de la transporter jusqu'ici.

Certes, elle était vivante, mais en quel état ? Aurait-elle l'énergie nécessaire pour surmonter cette nouvelle épreuve dans son existence ?

Le docteur Boulanger fut mandé en urgence. Il ausculta longuement Victoire, qui n'avait toujours pas repris connaissance et respirait faiblement. Son diagnostic fut des plus réservés.

— Si elle passe le cap de cette nuit, peut-être pourrons-nous avoir quelque espoir. Je vais rester auprès d'elle. Vous, tâchez d'aller vous reposer un peu, il ne sert à rien de veiller à plusieurs.

Au matin, l'état de Victoire étant stationnaire, la confiance se prit à renaître. Le médecin voulut toutefois réfréner cette trop grande aspiration.

— Ne clamons pas si tôt que votre fille est hors de danger, dit-il, prudent, au baron et à son épouse. Je redoute que le choc qu'elle a subi n'ait endommagé la colonne vertébrale. Si cette crainte s'avérait, cela voudrait dire qu'elle n'aurait plus désormais l'usage de ses jambes.

Après qu'il eut prononcé cette sentence, et alors qu'il s'apprêtait à s'en retourner, le docteur Boulanger s'approcha une dernière fois du lit où reposait la jeune femme, à qui il voulut prendre le pouls. Mais Victoire venait d'ouvrir les yeux. Dans son regard s'exprimait toute la tristesse du monde. Bien sûr, elle avait entendu les paroles du médecin.

Elle referma les paupières.

Dès lors, la vie à Portabéraud fut rythmée par les hauts et les bas de la santé de Victoire. Le passage de l'automne à l'hiver se fit dans une grisaille de temps et de sentiments ; la maisonnée tout entière sembla gagnée par la morosité.

De longues heures d'affilée, Jeanne demeurait au chevet de sa fille, à guetter le moindre signe d'amélioration de son état et à vouloir satisfaire le plus infime de ses désirs. Mais le corps de la malade restait inerte, elle semblait morte au monde et à ses illusions. Les yeux ouverts, centrés sur un point précis d'une solive du plafond, Victoire se délitait ainsi qu'une plante privée des forces vives de sa terre nourricière. Les seuls moments où ses prunelles s'animaient étaient les visites de Namadie.

La fillette entrait en coup de vent, s'asseyait sur le rebord du lit, la regardait de ses grands yeux clairs, et puis lui souriait avant de s'envoler comme un oiseau sauvage.

Un jour de décembre, Namadie lui souffla :

— Tu vas guérir bientôt car il y a une bonne fée qui te protège.

L'avant-veille de Noël, un matin, alors que Jeanne et Gabriel se morfondaient dans le spectacle de leur chère enfant, celle-ci prononça d'une voix faible :

— Je voudrais un peu d'eau.

— Miracle ! s'exclama la baronne. Merci, Sainte Vierge, mère de Dieu, d'avoir écouté mes prières et de les avoir exaucées. Gabriel, vous rendez-vous compte que notre chère Victoire a recouvré l'usage de la parole ?

A partir de ce jour, la jeune femme put rester en position assise sur sa couche. On lui calait le dos avec des coussins, Muguette et Eglantine se relayaient pour lui faire absorber quelque bouillon de légumes ou une tisane roborative.

Fin mars, à l'arrivée du printemps, on réussit à la lever et à l'installer dans un fauteuil. C'est alors qu'elle émit le vœu de sortir respirer l'air de sa chère campagne. L'espace d'un instant, elle fut étourdie, comme enivrée par les fragrances qui assaillaient ses narines et lui faisaient tourner la tête, comme à la fin d'un bal lorsqu'on a trop dansé.

Elle ne se lassait pas de suivre des yeux les papillons couleur citron qui folâtraient de primevère en violette, de pulmonaire en cardamine des prés, d'anémone en pissenlit. Haut dans le ciel grisollait une alouette immobile, prête à fondre comme un poids mort sur le sol. Tout près, dans un hallier, Victoire reconnut un petit troglodyte qui sautillait de branche en branche. Les mésanges virevoltaient, les moineaux piaillaient, trois martinets parurent dans le ciel, à l'aplomb des écuries.

— La vie est belle, soupira-t-elle.

Elle avait en partie retrouvé la voix. Même si elle s'efforçait d'articuler posément chaque mot, il fallait néanmoins tendre l'oreille pour tâcher de comprendre ce qu'elle disait.

— C'est la vie qui est la plus forte, continua-t-elle plus distinctement.

A côté d'elle sur la terrasse, Jeanne lui prit la main et la caressa. Des larmes fluèrent sur l'ourlet des paupières de la baronne, qu'elle prit soin de cacher en détournant la tête.

Dans le fond du parc apparut Gabriel. Il montait ce matin Bellissima. La vieille jument avançait au rythme alangui de la carne usée qu'elle était devenue. Au passage, il s'arrêta dans une allée du jardin et s'entretint un instant avec Pierre et Jacques en train de désherber des parcelles. Il se dirigea ensuite vers l'entrée des communs où déjà, mains sur les hanches, attendait Broussegoutte. Le baron sauta à terre et confia les rênes au palefrenier à qui il donna quelques recommandations d'usage. Puis il marcha d'un bon pas en direction de la maison d'habitation.

Jeanne et Victoire purent le suivre des yeux jusqu'à ce qu'il eût gravi les marches du perron et se fût installé près d'elles sur la terrasse.

— Mes dames adorées vont-elles bien ce matin ? dit-il d'un ton enjoué à l'excès.

Il déposa un baiser furtif sur le front de sa fille et un autre plus prononcé sur la tempe de la baronne.

— Bellissima est poussive ces derniers temps, proféra-t-il après s'être assis à califourchon sur un siège en rotin. Je crains fort que la brave bête n'arrive au terme de son parcours.

— Il serait bon, mon ami, que vous la missiez au repos quelque temps, suggéra la baronne. Sans doute n'est-il pas recommandé qu'à son âge elle fasse encore toutes ces lieues. Peut-être qu'un peu de répit dans son box lui permettrait de se refaire une santé.

— Sûrement avez-vous raison, ma bonne.

Gabriel ajouta, en lui baisant galamment le dos de la main :

— Comme toujours, d'ailleurs !

Mais déjà arrivaient Alexandre et Namadie, qu'accompagnait Muguette. Le garçon, très sage, donnait la main à la servante. Sa sœur, plus espiègle, avançait en sautillant et fredonnait une mélodie qu'elle venait d'inventer.

— Tu m'as l'air bien gaie, petite demoiselle, s'étonna Gabriel en la soulevant dans ses bras puissants ainsi qu'il eût fait d'une plume.

Namadie poussa des cris de joie quand il la fit tourner au-dessus de lui. Une fois qu'elle fut à terre, elle se dirigea tout de suite vers Victoire puis s'appuya à un accoudoir du fauteuil et, encore essoufflée d'avoir trop ri, elle chuchota à son oreille :

— Tu vois, je ne suis plus triste à cause de ma maman qui est partie. Maintenant, j'ai trouvé une autre maman, et c'est toi.

Si elle l'avait pu, Victoire aurait aimé danser avec la fillette. Mais celle-ci avait déjà dégringolé les marches et courait à présent vers le bassin où elle avait pris rendez-vous avec ses bonnes fées et ses lutins.

Comme une eau que la main ne peut retenir, le temps s'était écoulé. Il y avait plus d'un an que Jean Dumeil avait été arrêté par la police du roi. En vain, Guillemette avait essayé de le revoir. A la prison de Clermont où elle savait qu'il était détenu, elle s'était efforcée d'obtenir de ses nouvelles. Peine perdue, on prétendait ignorer que cet individu eût été incarcéré en ces murs. On lui signifia, en outre, qu'il était vain qu'elle s'acharnât de la sorte et qu'il serait bienvenu qu'elle abandonnât ses recherches.

Son amant avait laissé à Guillemette des subsides qui lui permirent de vivoter quelques mois. Chaque jour, elle sortait dans les rues sales et nauséabondes afin de trouver de quoi se nourrir. Ce lui était un supplice de sauter les ruisseaux d'égouts et les tas d'immondices qui jalonnaient son parcours jusque chez le boulanger ou le marchand de légumes.

Souvent elle pensait à l'existence qu'elle avait menée au château de Portabéraud. Guillaume s'était montré un bon mari. Pourquoi donc l'avait-elle quitté, ainsi que ses enfants ? Peut-être avait-elle eu l'impression d'être enfermée dans une prison dorée ? Elle était bien avancée, à présent, sans ressources ou presque, et toute seule dans une ville noire à la malpropreté repoussante.

Bien sûr, il n'était pas question qu'elle fît amende honorable et retournât vivre parmi les siens. Qu'elle le voulût ou non, Guillaume s'opposerait toujours à ce retour. Le connaissant bien, elle savait qu'il la tuerait plutôt que de subir un pareil déshonneur.

Ce matin-là, jour pluvieux de la fin du mois d'août, elle prit son cabas à provisions et sortit. A cause des averses de la nuit, la rue n'était qu'un long ruisseau d'eaux sales. Au bout de cinquante pas, elle était déjà toute trempée et ses petits souliers fins dégorgeaient. Dans l'encoignure d'une porte, un mendiant, qui avait deux billes blanches à la place des yeux, tendit la main, attendant son obole. Elle l'ignora et poursuivit sa route, tandis que le gueux lui emboîtait le pas en l'agonisant d'injures. Elle finit par le semer et déboucha dans la venelle des commerçants, plus plate et moins boueuse.

Depuis quelques instants, Guillemette avait la désagréable impression d'être suivie. Un homme se tenait à portée de fusil derrière elle, s'arrêtait et regardait ailleurs quand elle s'arrêtait, repartait quand elle-même faisait mine d'avancer de nouveau. Ce manège dura un quart d'heure. Alors, elle voulut en avoir le cœur net. Elle fit volte-face et se dirigea carrément vers lui.

— Que me voulez-vous, à la fin ? lui lança-t-elle à la figure.

L'homme se figea, jeta des yeux effarés autour de lui.

— Ne criez pas, je vous en conjure, fit-il en baissant la voix.

Il la prit par un bras, et puis :

— Je viens de la part de Jean Dumeil, chuchota-t-il.

— Jean ! Comment va-t-il ? Où est-il ? Qu'est-ce qui...

Il lui plaqua une main sur la bouche.

— Venez avec moi, ordonna-t-il. J'ai mission de vous conduire auprès de lui. Mais, s'il vous plaît, à présent plus un mot. Agissez comme si vous ne m'aviez jamais vu et calquez votre pas sur le mien.

Le cœur battant la chamade, Guillemette obtempéra. Au bout de cinq minutes, ils débouchèrent sur une placette. Un phaéton y était posté. Engoncé dans son manteau de pluie, le cocher attendait, courbant la tête sous le déluge qui s'abattait de nouveau sur la ville.

Une fois à l'intérieur, et alors que l'équipage se

mettait en route, l'homme expliqua à Guillemette que Jean Dumeil s'était évadé de sa cellule et qu'il se trouvait depuis une semaine dans une maison des environs de Riom, où il comptait bien poursuivre ses activités politiques et contribuer à bannir les tyrans du territoire.

L'individu s'échauffait en parlant. Guillemette eut le sentiment que c'était un fanatique, capable de tout afin que ses idées pussent un jour prochain s'imposer au pays. Elle le laissa poursuivre son pathos et concentra son esprit sur le seul bonheur de retrouver enfin son cher Jean.

Dehors, la pluie continuait de déverser des paquets serrés que le vent plaquait contre la vitre du phaéton. Sans même s'en apercevoir, la jeune femme se prit à sourire. Il faisait beau dans son cœur.

Après plus d'une heure de route, la voiture quitta la plaine cernant la ville de Riom et entreprit l'ascension d'un chemin en pente, en direction de Volvic. Par une trouée dans les nuages, Guillemette put apercevoir la silhouette austère d'une forteresse médiévale perchée sur un pic.

— C'est le château de Tournoël, l'informa son compagnon.

Il prit soudain un air de conspirateur.

— Notre ami Jean Dumeil est hébergé tout à côté, dit-il en chuchotant presque. Nous y serons bientôt rendus.

Après avoir traversé dans sa longueur le village de Tournoël, le cocher arrêta son cheval à l'entrée d'une courette. Jean se trouvait déjà sur le seuil de la maison.

Plus ému qu'il n'eût voulu le laisser paraître, il reçut Guillemette dans ses bras.

— Merci, Auguste, fit-il à l'homme qui avait conduit sa maîtresse jusqu'à lui. Tu es bien certain que vous n'avez pas été suivis ?

— Sûr et certain, compagnon. Allez, à te revoir.

Auguste s'engouffra dans le phaéton, qui disparut bien vite de la vue des amants. Impatients comme deux jeunes mariés, ceux-ci se laissèrent gagner par le violent désir qu'ils avaient l'un de l'autre. Les retrouvailles furent passionnées, ils ne se lassaient pas de se redécouvrir et d'inventer de nouveaux jeux.

Enfin assouvis, ils restèrent allongés et se donnèrent la main. Jean expliqua que, selon des sources sûres, c'était sa femme qui, jalouse et informée de sa relation avec Guillemette, l'avait dénoncé à la police du roi. Il avait passé en prison des mois difficiles, au pain sec et à l'eau, mais ce séjour forcé l'avait conforté dans sa conviction que le pouvoir en place était mauvais pour la France.

— Liberté, égalité, fraternité, clama-t-il. Ces trois mots, ainsi que les a définis Jean-Jacques Rousseau, seront le ferment de la France de demain.

Il se leva, se rhabilla et se dirigea vers la fenêtre. La pluie avait cessé. De longues écharpes de brume montaient à présent de la terre.

Brusquement, il se tourna vers son amante, allongée, toute nue, sur le lit.

— Mon cœur, fit-il, accepteras-tu de vivre désormais avec le hors-la-loi que je suis devenu ?

En deux secondes elle fut debout, marcha à lui et,

l'entourant de ses bras, elle lui susurra dans le creux de l'oreille :

— Ma vie, c'est d'être avec toi. Où que tu sois, je serai, et tout ce que tu feras sera bien pour moi. Je t'aime.

Il serra contre lui son corps gracile et tiède. De nouveau, une onde de désir s'empara de lui. Il la souleva et la redéposa sur le lit.

Le père Decombas venait quasiment tous les jours à Portabéraud. Victoire, qui avait retrouvé l'usage de la parole, aimait à s'entretenir avec lui. Allongée dans une chaise longue sur la terrasse, ou bien assise dans un fauteuil du salon, elle discourait de littérature et de philosophie, sachant le prêtre très féru de l'une et l'autre.

— Votre Rousseau est un fieffé menteur ! Lui qui a abandonné femme et marmaille, il prétend donner aux familles des conseils sur l'éducation de leurs enfants !

Le curé s'emportait, son visage prenait la teinte colorée de la cenelle en automne.

— L'*Emile* de monsieur Rousseau est pourtant un livre remarquable, rétorquait Victoire, riant sous cape de voir son contradicteur s'exciter comme une puce.

D'autres fois, ils tombaient d'accord. Tel ouvrage, qu'ils venaient de lire, trouvait grâce à leurs yeux. Dans la bouche du capelan, c'était alors une accumulation d'épithètes dithyrambiques qu'il alignait jusqu'à l'essoufflement.

— Ah ! Les poèmes de ce cher abbé Delille ! s'exclama-t-il un matin, dès qu'il fut au côté de Victoire.

Il brandissait un livre au-dessus de sa tête et ses mouvements amples, ainsi que son débit saccadé, trahissaient le bonheur qu'il avait éprouvé à la lecture de cet ouvrage.

— Delille ? interrogea Victoire. Ne serait-ce pas ce professeur de latin du Collège de France qui a traduit les *Géorgiques* de Virgile ?

— Exactement, ma chère. Mais savez-vous que ce bon abbé est natif de Clermont-Ferrand ?

— Tiens donc ! Je l'ignorais, à vrai dire.

Le père Decombas ouvrit le recueil à une page qu'il avait cornée au préalable.

— Ma chère, fit-il en rougissant un peu, je ne résiste pas au plaisir de vous lire un poème de son ouvrage *Les Jardins*. Vous allez trouver cela sublime. Il a une façon si nouvelle de parler de la nature, et particulièrement de l'automne.

— Je vous écoute.

Alors, prenant un air inspiré, l'ecclésiastique déclama :

— « Là, si mon cœur nourrit quelques profonds regrets, / Si quelque souvenir vient rouvrir ma blessure, / J'aime à mêler mon deuil au deuil de la nature. / De ces bois desséchés, de ces rameaux flétris, / Seul, errant, je me plais à fouler les débris. / Ils sont passés les jours d'ivresse et de folie ; / Viens, je me livre à toi, tendre mélancolie. »

Deux larmes affluèrent dans les yeux d'azur de Victoire. Que ces vers étaient beaux ! Combien ils étaient en harmonie avec son âme !

Elle s'était remise à la peinture. Quand le temps le permettait, elle peignait sur la terrasse. Broussegoutte lui avait spécialement aménagé un chevalet qui pouvait s'adapter à sa chaise tout en lui évitant de prendre certaines postures que son handicap lui rendait désormais quasiment inaccessibles.

Guillaume s'en venait parfois la visiter. Cet air triste, dont il ne pouvait plus se départir, s'était accroché à lui ainsi qu'un lierre tenace sur un mur. Le jardin l'occupait tout entier. Il était sa raison d'exister, l'horizon de ses journées sans amour.

— Te souviens-tu, dit-il un soir à Victoire, lorsque je t'appelais « petite demoiselle » et que je t'apprenais à reconnaître les chants des oiseaux ?

Le soleil déclinait sur la chaîne des volcans, embrassant les lignes courbes des puys. Victoire fut soudain submergée par une grande vague de mélancolie qui lui remit en mémoire le beau poème de l'abbé Jacques Delille. Voulant réagir à cette langueur, elle essaya de rire.

— Si je m'en souviens ? dit-elle. Et comment ! Je pense être la cause d'une belle frayeur dans toute la maisonnée avec mon escapade nocturne pour entendre, sur tes conseils, le chant du rossignol !

A son tour, Guillaume esquissa un sourire. Toutes ces histoires paraissaient si lointaines. La vie avait coulé depuis, le temps avait forgé les caractères des uns et des autres. Jamais, plus jamais, rien ne serait pareil à ce monde de l'enfance.

Victoire et lui-même regardaient vers l'occident. Un vent coulis venait de prendre par le travers la terrasse. Il s'engouffra dans la grande allée du parc. Les houppiers des grands arbres se mirent à frémir. Des soies orangées, puis violettes, s'estompaient tandis que l'astre suprême sombrait.

Là-bas, tout au bout de la double rangée de hêtres, une petite fille semblait célébrer l'office sacré dédié à l'agonie du jour. Les yeux de Guillaume se voilèrent. Victoire retint sa respiration.

— Namadie ! souffla la jeune femme.

Guillaume soupira, demeura un long moment silencieux.

— Namadie, qui ne veut pas grandir, articula-t-il d'une voix sourde.

Au ponant, le soleil venait de disparaître. La nuit ne tarderait plus.

6

Début des années 1780

Namadie restait petite. A bientôt dix ans, elle en paraissait tout juste cinq. Son intelligence, en revanche, était alerte et, en tout cas, bien au-dessus de celle des enfants de son âge.

Ainsi lisait-elle quotidiennement *Les Aventures de Télémaque* de monsieur de Fénelon, s'acharnant à comprendre comment l'auteur, précepteur d'un prince, avait pu entrer en disgrâce à la cour de Louis XIV pour cet écrit en apparence anodin. Elle admirait le jeune seigneur d'Ithaque, palpitant au récit de son entreprise hardie pour retrouver Ulysse, son père, et pour le ramener dans son île, où l'attendait la fidèle Pénélope.

L'imagination de la fillette était vive comme un torrent de montagne. Elle subjuguait tout le monde lorsqu'elle contait dans le détail ses rencontres avec les fées, les elfes et le grand chef des arbres, ce hêtre plusieurs fois centenaire qui dominait ses congénères dans le parc de Portabéraud. Victoire, tout particulièrement, était fascinée par le ton de vérité qui émanait de toutes ces légendes et elle se demandait parfois si cela relevait du seul domaine de l'invention.

« C'est toi qui es ma maman, à présent », continuait de dire Namadie en appuyant sa tête blonde sur l'épaule de la jeune femme.

Des larmes de bonheur affluaient aux paupières de Victoire. Namadie était sa raison d'espérer en la vie. Elle lui permettait aussi d'accepter moins amèrement sa déchéance physique et son immobilité forcée.

C'est au mois de mars 1781 que s'éteignit, sans déranger personne, cette brave Bellissima. Le palefrenier la trouva au matin, les quatre fers en l'air. Tout à côté, Zéphyr hennissait d'une façon plaintive.

— Pour de vrai, expliqua Broussegoutte, on aurait cru qu'il pleurait.

De fait, le coursier passa l'arme à gauche deux jours après, ce qui démontra que chez les chevaux aussi on peut mourir de chagrin.

Namadie voulut consoler le baron.

— Il ne faut pas être triste, monsieur Gabriel, lui dit-elle. Bellissima et Zéphyr galopent à présent dans des prairies où l'herbe est toujours verte. Ils sont heureux.

La gamine était surprenante. Ses réflexions, pour naturelles qu'elles fussent, énonçaient des certitudes ancrées au plus profond d'elle-même. Elle les exprimait comme si le surnaturel était son lot quotidien et que ces choses pouvaient être admises par tout un chacun au même titre que boire, manger ou respirer.

Le baron la regarda en fronçant les sourcils, signe chez lui d'une réflexion intense.

— Tu as raison, mon enfant, finit-il par reconnaître.

Bellissima et Zéphyr sont certainement très heureux ensemble, là où ils se trouvent.

Une semaine plus tard, désireux de reprendre au plus vite ses chevauchées matinales, il acheta une jument baie âgée de quatre ans. Elle s'appelait Sultane et était aussi fougueuse qu'avait pu l'être Zéphyr. A la grande satisfaction de Gabriel Mercier, bien évidemment, qui ne se priva pas de la pousser dans ses derniers retranchements. Et au grand dam de Jeanne, qui pestait souvent contre l'imprudence de son cher époux.

Mais n'était-elle pas un peu la Pénélope de son Gabriel-Ulysse de mari ?

Guillaume se languissait de ne plus agir. Cela faisait si longtemps que les réunions de la loge avaient été interrompues ! La police du roi était sans doute la plus forte. Comment, du reste, quiconque eût-il pu en douter ? D'ailleurs, la simple constatation des arrestations de l'année précédente suffisait pour l'attester.

Ah oui, le combat aurait dû continuer. Ou du moins reprendre là où l'ennemi l'attendait le moins. Mais qui se serait arrogé le droit d'en déclencher l'initiative ?

Gabriel avait été clair à ce sujet : Guillaume ne devait sa liberté qu'au seul constat que le baron s'était porté garant de sa loyauté. Agir autrement eût été pour lui une grave trahison, passible de la pire des sanctions, à savoir le mépris.

Alors, Guillaume s'enivrait de travail en son jardin. Il avait éduqué les orphelins Pierre et Jacques aux tâches les plus obscures, si bien que sa confiance en eux était à présent totale.

Les grands chantiers du printemps avaient démarré. A sève montante, la végétation ne demandait qu'à prendre un nouvel essor. Les fleurs d'acacia embaumaient la brise de leurs senteurs sucrées. Le coucou, ce dénicheur peu scrupuleux, lançait en l'air ses deux notes, mille fois répétées. C'était aussi le temps des premières hirondelles et des trilles amoureux des rossignols.

Depuis février, en compagnie de ses deux aides, Guillaume avait amendé le sol avec du fumier et du crottin de cheval. Puis il fallut faire disparaître toutes les cultures précédentes, rapporter au logis des brassées de boutons de scorsonères, d'inflorescences de choux d'hiver et de salsifis qui commençaient à monter en graine. Vint alors l'époque des semis de petits pois, de haricots et de courges, ainsi que la mise en place des pommes de terre, des salades et des épinards.

Partout, la vie se réinstallait. Les jeunes pousses s'immisçaient par les craquelures limoneuses et pointaient des têtes curieuses en direction de la lumière.

Alexandre, en fils attentionné, prenait intérêt au travail de son père. Il fallait voir avec quel soin il écoutait ses explications sur la germination ou ses secrets pour avoir des légumes de bon rapport. Quant à Namadie, qui était plus folâtre, elle se contentait de parler aux fleurs, leur demandant de se montrer sans cesse plus belles pour le plaisir des yeux et la gloire du Créateur.

Guillaume, toutefois, ne pouvait se contenter des plaisirs simples du jardinage. Toujours présentes, les injustices sociales minaient ses jours et aussi ses nuits. Aussi regrettait-il qu'un meneur d'hommes comme Jean

Dumeil ne fût plus là pour raviver la flamme de la révolte.

Jean Dumeil... L'individu en lui-même était plutôt inquiétant. Guillaume se souvenait, entre autres choses, de cette réunion de la loge que le chef avait animée. Ainsi que de ce regard étrange qu'il lui avait adressé lors de la présentation des nouveaux membres. Que signifiait le malaise alors ressenti ? Cette sorte de brûlure dégagée par ses yeux de braise et cette moue ironique avaient-elles seulement un sens ?

Des informations récentes signalaient l'évasion de Jean Dumeil de la prison de Clermont. Ainsi donc, tout n'était pas perdu et le combat pourrait reprendre un jour.

Un matin de la fin du mois de mai, quelque temps après la lune rousse qui avait accompagné les dernières gelées de la saison, alors que Guillaume repiquait des aubergines et semait des haricots, un homme se présenta à lui à l'entrée du château.

— Compagnon, lui dit-il à voix basse afin que nul autre ne pût l'entendre, compagnon, le maître est revenu. Tiens-toi prêt à être rappelé d'un jour à l'autre.

L'individu, tout de noir vêtu, portait un collier de barbe buissonneuse poivre et sel. Au milieu de son front, une grosse veine saillait, ainsi qu'une tige de lierre sur un tronc d'arbre, en dessinant une virgule bleuâtre sur sa peau couleur de cuir. Avant que Guillaume eût pu réagir en demandant des éclaircissements, l'autre avait déjà tourné les talons et marchait à grandes enjambées, fendu comme un compas, jusqu'au portail du château, derrière lequel il disparut.

— Père ! se mit à crier Namadie depuis le fond du parc.

La fillette courut vers Guillaume aussi vite que ses petites jambes le lui permettaient. Elle arriva vers lui, tout essoufflée et le regard empli d'une crainte qu'il n'avait encore jamais lue en elle.

— Père, je crois bien que je viens de croiser le diable en personne.

Guillaume éclata de rire.

— Tu as croisé le diable, ma fille ! Pour de vrai, ça n'est pas tous les jours qu'on le rencontre !

— Il ne faut pas plaisanter avec cela ! rugit la demoiselle. Cet homme à qui tu viens de parler avait le mauvais œil. Promets-moi de ne plus le revoir.

Pour toute réponse, Guillaume déposa deux baisers sur ses joues roses.

Le diable ! pensa-t-il. Elle a de ces idées pour son âge ! C'est ma foi vrai que le sujet avait une mine patibulaire. Enfin, oublions tout cela.

Puis il retourna à ses aubergines tandis que Namadie, les paumes plaquées contre le tronc du grand hêtre du parc, faisait monter vers le sommet de l'arbre des incantations.

Guillemette aimait à aller se promener aux abords du château de Tournoël. Elle en admirait la silhouette altière qui se profilait au-dessus de la grande plaine de Limagne. Au soleil couchant, la forteresse prenait des teintes ocrées, le grand donjon se découpait sur un ciel aux draperies orangées.

Des instants de tristesse s'en venaient l'envahir

parfois. Elle portait son regard sur les toitures de Riom, distantes de quelques lieues, qui disparaissaient peu à peu dans l'ombre de la nuit. En tournant la tête sur sa droite, elle s'efforçait de deviner l'emplacement de Portabéraud. Elle savait bien, pourtant, que de l'endroit où elle se trouvait le domaine du baron Mercier n'était pas visible.

Portabéraud... les enfants... ses enfants qu'elle avait abandonnés. A qui elle pensait quelquefois. Ainsi qu'à Guillaume, bien sûr, et à leur vie de naguère. Il avait fallu que sa passion pour Jean fût bien forte pour qu'elle quittât ainsi des êtres qui lui étaient si attachés et auxquels elle tenait encore.

Mais Jean avait su l'enchaîner à lui par d'autres liens. Il était un amant merveilleux, inventant sans cesse de nouveaux jeux amoureux qui la comblaient au-delà de tout ce qu'elle eût pu imaginer.

Ce soir-là, Guillemette eut le sentiment que les lueurs du couchant étaient plus sanglantes encore que de coutume. Lorsqu'il parlait de ce moment tragique où le soleil disparaît derrière la ligne d'horizon, Jean employait le vieux nom « embrunir » qui était, à ses yeux, plus imagé que le mot « crépuscule ». Il aimait ces termes désuets qui montrent toute la richesse de la langue française, même si peu de personnes en connaissent l'usage.

Elle s'assit sur un banc, face au panorama des volcans, et s'appliqua à suivre la dégringolade de l'astre du jour qui commençait à s'enfoncer derrière un flanc du puy de Dôme.

— Mon Dieu, que c'est beau ! ne put-elle s'empêcher de dire tout haut.

Mais brusquement, ainsi qu'un coup de fouet qui

laboure les chairs, une douleur fulgurante dans le ventre la contraignit à se courber. Des deux mains, elle s'accrocha au banc sur lequel elle était assise et elle essaya de se redresser. Peine perdue, elle était comme paralysée sous l'effet de la brûlure. Elle resta recroquevillée et s'efforça de respirer profondément.

— Seigneur, que m'arrive-t-il ? fit-elle.

Elle sentit alors un écoulement tiède issu de son entrejambe. Lentement, elle porta une main sur l'intérieur d'une cuisse et la ressortit toute gluante de sang.

Elle pensa soudain qu'elle allait mourir là, toute seule, sur ce banc, avec pour unique témoin le château de Tournoël que l'obscurité gagnait et dont le donjon reflétait encore quelques ultimes lueurs.

La voix grave et rassurante de Jean Dumeil monta jusqu'à elle.

— Ma douce ? clama-t-il. Où es-tu, mon cœur ?

Elle poussa un petit cri et tomba à la renverse à l'instant où son amant parvenait sur le terre-plein pour la recevoir dans ses bras.

— Elle attendait un enfant et ne vous avait rien dit ?

L'officier de santé, petit bonhomme sanguin, la cinquantaine alerte, le crâne dégarni et les yeux fureteurs d'une belette, se lissa la barbichette. Il devait juger cette situation inconcevable.

— Mais enfin, vous ne vous êtes aperçu de rien ? insista-t-il.

— Cela suffit, monsieur ! Comment faut-il que je vous l'explique ?

Jean Dumeil avait blêmi. Ce vieux carabin

commençait à lui porter sur les nerfs avec ses questions saugrenues. Il l'agrippa par le revers de sa jaquette.

— Oui ou non, ma femme est-elle tirée d'affaire ? lui cracha-t-il à la figure en resserrant encore la pression de sa main.

L'autre devint rouge comme une crête de coq et, dans un suprême effort, se dégagea de la poigne de fer. Il prit ses distances, rajusta son habit qu'il fit mine ensuite d'épousseter et, saisissant sa trousse médicale, il avança de quelques pas vers la porte.

— Tirée d'affaire ? dit-il enfin. Vous comprendrez que je ne puisse encore me prononcer. L'état de votre épouse nécessite une vigilance de tous les instants, car elle a perdu beaucoup de sang.

— Quand reviendrez-vous la voir ?

— Demain matin, si vous le voulez bien.

L'homme s'empara de son tricorne, l'enfonça sur sa tête et s'engouffra dans la nuit. Au moment de grimper sur le marchepied de sa calèche, il se retourna une dernière fois.

— Oui, demain matin, aux aurores, dit-il en se frottant le cou. Peut-être alors vous serez-vous calmé.

Jean observa un moment la lanterne de la voiture, lueur ténue qui se fondit bien vite dans les ténèbres. Une hulotte, dans un frêne, se mit à miauler plusieurs fois. C'était une espèce de ricanement sauvage, éprouvant pour les nerfs. Alors qu'une corne de lune se hissait derrière le donjon du château et effaçait quelques étoiles, Jean décida de rentrer.

Tout de suite, il se dirigea vers la chambre. Posée sur une table, l'unique bougie déversait une faible clarté glauque. Il s'approcha du lit, souleva le fin rideau de tulle.

Guillemette respirait faiblement, un souffle haché soulevait sa poitrine tandis que s'en échappait parfois comme un hoquet. Elle ouvrit les yeux, voulut sourire à son amant.

— Comment te sens-tu ? fit-il.

Elle abaissa les paupières, puis les releva. Une larme grossit au coin de son œil droit, s'y attarda un instant et se décida à courir sur sa joue.

— Pourquoi ne m'as-tu rien dit ? fit Jean près de son oreille.

Sitôt qu'il l'eut formulée, il regretta d'avoir posé la question. Alors, il lui prit une main et la couvrit de baisers. Un long moment, il resta prostré dans l'attitude du plus parfait recueillement. Dehors fluait la nuit, avec ses bruits lointains de sauvagine, toutes ces bêtes en maraude, ce combat pour la vie, la survie des espèces.

Vers minuit se leva un vent du sud qui fit cliqueter les jeunes feuilles des peupliers dans le vallon proche de la maison. Une porte et des fenêtres furent secouées, des battants fouettèrent les murs.

Jean, qui s'était assoupi, se réveilla en sursaut. Sur la table, la bougie s'était éteinte. Il craqua une allumette, raviva la mèche. L'envie le prit d'aller dehors. Comme il s'apprêtait à franchir le seuil, une force irrésistible le contraignit à tourner la tête du côté de l'alcôve.

— Par tous les diables ! jura-t-il.

Il se précipita vers le lit, prit la tête de Guillemette dans ses mains. Les yeux ouverts sur le vide, la bouche béante, la jeune femme venait d'interrompre ses souffrances terrestres.

Dans la nuit sombre, le vent continuait de pousser ses rafales.

Depuis que les beaux jours étaient revenus, Namadie passait de longues heures, toute seule, dans les allées de Portabéraud. Bien sûr, elle continuait de parler aux plantes et comprenait leur langage. Les animaux avaient aussi ses faveurs. Les oiseaux, tout particulièrement, étaient devenus ses grands amis. Un rouge-gorge, toujours le même, semblait lui avoir donné un rendez-vous quotidien sur les bords du bassin construit par Guillaume. Le passereau voletait de branche en branche autour d'elle. Se rapprochant insensiblement, il finissait par se poser sur la margelle, presque à portée de main. Puis il pépiait comme un poussin et sautillait jusqu'à elle sur ses petites pattes brunes qu'on eût dites animées par des ressorts.

Un matin, sans qu'aucun signe eût pu le laisser présager, il bondit sur l'épaule droite de la fillette et entama pour elle une aubade qu'il n'interrompit qu'à l'arrivée inopinée d'Alexandre. Alors, il s'envola dans le grand hêtre de l'allée centrale et poursuivit dans les frondaisons son concert.

Namadie entretenait aussi d'excellentes relations avec les ides, ces poissons rouges que Guillaume avait acclimatés et qui proliféraient dans les eaux transparentes du bassin. Pas un jour sans qu'elle se penchât vers eux pour interpréter leurs signes. Elle les lisait selon l'ouverture et la fermeture plus ou moins rapide de leurs branchies ou dans les trajectoires sinusoïdales de leurs courses aquatiques. Le plus gros des bestiaux, qu'elle avait surnommé Pataud à cause, sans doute, de son air emprunté et de ses rondeurs, était toujours le dernier à venir lui faire fête. Cela était aussi la raison de l'affection qu'elle lui vouait tout particulièrement, car il est connu que la véritable harmonie ne supporte aucune précipitation.

Après avoir jeté quelques miettes de pain à ses poissons, Namadie s'en allait à la billebaude, jusqu'aux limites extrêmes du domaine de Portabéraud. Le nez en l'air, tous les sens en éveil, elle courait prés et bois, ravie de découvrir le trou d'accès à la bauge d'un lièvre ou d'entendre, dans un hallier, le frouement d'un faisan appelant sa femelle. Plus loin, elle restait en extase devant une haie d'aubépine en s'enivrant de ses parfums. Une nuée d'abeilles bourdonnait tout autour. Des genêts vert et or épandaient leur odeur surette tandis qu'au ciel, tout là-haut, des hirondelles traçaient de larges cercles concentriques.

— Il n'est pas prudent, mon enfant, de t'en aller seule aussi loin, lui dit un jour la baronne.

L'accident de Victoire était encore très présent à son esprit et elle craignait qu'il n'arrivât la même mésaventure à Namadie.

— Mais non, dame Jeanne, répondit la petite d'un air ingénu. Je ne risque rien puisque les bonnes fées et les lutins de la forêt veillent sur moi. Je ne suis jamais seule lorsque je me promène.

En réalité, Namadie était sans cesse à parler avec les esprits de la nature. Elle seule les voyait, les entendait, les comprenait. Le père Decombas s'en inquiéta auprès de Victoire.

— Concevez-vous, chère amie, qu'il soit raisonnable qu'à son âge elle croie encore à ces sornettes ? lui dit-il, la mine importante et le regard sévère.

— Oh, monsieur l'abbé, cela n'est pas si grave ! Elle est si jeune encore. J'aimerais tant, moi aussi, continuer de croire au merveilleux.

Il prit carrément un air pincé.

— Ne pensez-vous pas que la vie de Notre Seigneur et celles de tous les saints sont tout autant merveilleuses ?

— Certes, je vous l'accorde.

Mais, de tout cela, Namadie n'avait cure. Les paroles du curé et l'antipathie manifeste qu'il avait à son égard, elle s'en souciait comme d'une guigne.

Un matin, après avoir salué Pataud, le doyen des poissons du bassin, et octroyé une épaule à son ami le rouge-gorge, elle s'apprêtait à accomplir sa randonnée quotidienne quand son regard fut attiré par un homme qui s'appuyait des deux mains au portail en fer forgé de l'entrée du parc et semblait attendre que quelqu'un vînt vers lui. Elle s'approcha.

Le diable ! se dit-elle soudain. Voici le diable qui est revenu !

Elle se cacha derrière le fût d'un grand chêne et observa le personnage qu'elle avait déjà vu ici même quelque temps auparavant. La barbe était toujours drue et la mine aussi peu avenante. Il secoua la grille, comme s'il avait voulu forcer le passage ou essayer d'attirer l'attention sur lui-même.

Illico, la fillette courut à la rencontre de Guillaume, occupé dans son jardin, et qui n'avait pas encore aperçu le malandrin.

— Père ! Père ! cria-t-elle du plus loin qu'elle le vit. Père, le diable est revenu. Il faut vite le chasser d'ici, car il a toujours le mauvais œil.

Guillaume pâlit. Levant les yeux, il distingua la silhouette de l'homme de l'autre côté du portail.

— Reste ici, ma chérie. N'aie pas peur, je vais aller lui parler. Tout va bien, ne te mets pas de mauvaises idées en tête, car ce monsieur n'est tout de même pas le diable.

La fillette resta près des jumeaux Pierre et Jacques, occupés à biner la terre.

— Je le sais pourtant bien, moi, que c'est le diable, bougonna-t-elle en observant Guillaume qui s'entretenait à présent avec l'inconnu à travers la grille en fer forgé.

Ainsi qu'une pythie, elle articula pour elle seule :

— Père va au-devant de grands malheurs en se liant à ce démon. Mais il me prend toujours pour une enfant et ne m'écoute jamais.

Alors, elle remonta l'allée en direction du château. Les bonnes fées qui veillaient sur elle protégeraient-elles aussi Guillaume ? De toute sa force, elle les appela à l'aide.

Cette soirée de juillet était étouffante. Des éclairs de chaleur zébraient le ciel vers le couchant. De sourds grondements, ainsi que fait un chat avant de griffer, se répercutaient d'un point à l'autre de la ligne d'horizon.

La réunion se tenait dans une masure isolée à l'orée d'un bois de châtaigniers, sur le territoire de la paroisse de Marsat. Guillaume, marchant d'un bon pas, ruisselait de sueur. La nuit tombait et toujours, autour de lui, cet orage qui menaçait sans jamais vouloir éclater.

Par l'intermédiaire de celui que Namadie prenait pour

le diable en personne, Jean Dumeil, après son évasion de la prison de Clermont, avait voulu rameuter ses troupes.

« Le compagnon vient de vivre un drame, avait dit très rapidement l'homme, qui se prénommait Auguste.

— Un drame ? s'était étonné Guillaume.

— Oui, sa femme est récemment décédée après une fausse couche.

— J'ignorais qu'il fût marié.

— Oh, il l'était. Mais celle qui est morte n'était pas son officielle. C'était comme qui dirait sa maîtresse. »

En se rapprochant du lieu de la réunion, alors que l'atmosphère était de plus en plus pesante, Guillaume se remémorait les paroles de cet Auguste et, sans comprendre pourquoi, se sentait mal à l'aise.

Brusquement, le vent se mit à forcir, souleva les poussières de la route et plaqua sur la peau de Guillaume ses vêtements humides de transpiration. Cette première attaque fut suivie de rafales enragées. La bourrasque sifflait, elle arracha des branches, fit tourbillonner des feuilles et dégonda un volet de la bicoque dans laquelle Guillaume entra, plié en deux sous la violence des éléments déchaînés.

— Sois le bienvenu, compagnon, fit Auguste qui se tenait, impavide, derrière une petite table, près de la porte d'entrée.

Tout de suite après s'abattit la foudre. Un énorme fracas se répercuta dans les murs, immédiatement suivi du bruit caractéristique d'une fracture, puis de la chute d'un arbre.

— Voilà un châtaignier dont on ne mangera pas les fruits à l'automne prochain, constata, toujours imperturbable, le cerbère de service.

Quasiment en même temps, la pluie se mit à tomber. Elle martelait la toiture en une chute ininterrompue, qui allait même en s'amplifiant.

Guillaume entra dans l'unique pièce du rez-de-chaussée qu'éclairaient faiblement deux chandelles de résine. Elles dégageaient une fumée âcre qui faisait couler les yeux et agressait la gorge. Les murs, recouverts de salpêtre, s'écaillaient. Des pans entiers de crépi étaient tombés et composaient de petits tas sur le sol de terre battue.

Quatre compagnons, qu'il ne connaissait pas, arrivèrent bientôt, mouillés comme des rats. Puis le bruit d'une voiture à cheval finit par dominer le ruissellement de l'eau sur les tuiles. L'épée au côté ainsi qu'un mousquetaire, botté, sanglé, magnifique sous un chapeau galonné et enveloppé d'une grosse redingote, ainsi parut Jean Dumeil. Il plissa les yeux, s'attarda sur certains des conjurés qu'il connaissait un peu. Guillaume eût juré que ses prunelles avaient lancé des éclairs en croisant son regard.

— Mes amis fidèles ! clama-t-il. Je suis ici ce soir pour vous convaincre que la lutte contre le dictateur continue. Et aussi pour que les mots « Liberté, égalité, fraternité », qui constituent notre raison de poursuivre ce combat, aient un sens pour les générations à venir. Etes-vous prêts à m'accompagner sur ce chemin difficile ?

Des voix sourdes répondirent, qui ne parvinrent pas, toutefois, à dominer les échos de l'orage redoublant de violence.

— Vous devez vous douter que je suis activement recherché par la police du roi. Aussi va-t-il falloir faire preuve de plus de vigilance encore que par le passé. Si vous m'en croyez...

Guillaume fixait avec intensité les gestes, les mimiques et les poses de Jean Dumeil. Un malaise montait dans tout son être. Il n'aurait pas su l'exprimer, bien sûr, mais il était latent et devait couver depuis la première rencontre des deux hommes. Une petite voix intérieure semblait lui souffler que le maître était avant tout un cabotin et que les grandes idées dont il se targuait n'étaient qu'un prétexte pour se mettre sur le devant de la scène.

— Vous êtes peu nombreux ce jour, continua le tribun. Beaucoup des nôtres sont encore emprisonnés à Clermont et à Riom et n'ont pas eu la chance qui m'a été donnée de m'enfuir de mon sinistre cachot.

Il s'éclaircit la voix, si bien que la fin de son discours alla sur un mode crescendo.

— Mais aussi peu nombreux que vous soyez, rugit-il en même temps qu'un coup de tonnerre retentissant faisait vibrer les vitres de la bicoque, aussi clairsemée que soit l'assistance ce soir, je sais – que dis-je ? je suis persuadé – que vous serez toujours des compagnons fidèles à nos grands principes qui conduiront un jour prochain à l'abolition des privilèges de la noblesse, cette noblesse qui n'a de noble que le nom et qui...

Tout près de Guillaume, un noiraud, qui semblait bien connaître Dumeil, se tourna ostensiblement vers un autre, son voisin de droite, à qui il confia :

— L'ami Jean me paraît être en verve ce soir. On dirait que le décès de sa Guillemette lui a insufflé une nouvelle rage de reprendre la lutte contre la tyrannie.

Un instant, le cœur de Guillaume cessa de battre et il eut l'impression que le monde autour de lui chavirait.

— Que viens-tu de dire, compagnon ? fit-il en le saisissant par une manche de son justaucorps. Qu'est-ce que tu prétends au sujet de cette Guillemette ?

L'homme se dégagea de la poigne de fer qui enserrait son avant-bras comme dans un étau.

— Je ne prétends rien d'autre, l'ami, sinon ce que tout le monde sait ici même, à part toi, sans doute !

— C'est-à-dire ?

Guillaume, sans s'en apercevoir, venait de hurler ces derniers mots. A la tribune, Jean Dumeil interrompit sa harangue et orienta son regard vers le trublion qui avait eu l'outrecuidance d'intervenir à son insu.

— Y a-t-il quelqu'un qui désire contester mes dires ? clama-t-il en fixant des yeux de vipère sur Guillaume, debout dans le fond de la salle. Si oui, qu'il se fasse connaître et qu'il s'exprime.

Trois secondes d'un silence pesant orientèrent l'attention de la maigre assemblée sur Guillaume, dont le visage était devenu blême comme un linge de sacristie. Brusquement, bousculant le siège qui se trouvait devant lui, il avança en direction de l'estrade.

Par réflexe, Dumeil plaqua une main sur le fourreau de son épée tandis qu'Auguste, le séide attitré, se portait à son côté. Se campant devant les deux hommes, Guillaume s'efforça de calmer le tremblement nerveux qui l'agitait.

— Je viens d'apprendre à demi-mot une information qui m'interdit de rester une seule minute de plus dans cette pièce, dit-il en s'attachant à articuler posément chaque syllabe. Je vous salue, compagnons, mais je ne viendrai plus à aucune de vos réunions.

Il s'engouffra sous la porte et n'entendit pas les propos que Jean Dumeil tenait à l'oreille de son affidé :

— Cet homme est dangereux, mon brave Auguste. Sans doute te faudra-t-il t'en occuper.

Dehors continuaient de se déverser les tombereaux de boulets du tonnerre.

L'orage avait endommagé les plantations. Au lendemain de cette tornade, encore tout bouleversé par la nouvelle qu'il avait indirectement entendue au cours de la réunion, Guillaume n'avait pu que constater les dégâts. Des grêlons avaient haché les feuilles de salade et brisé les cloches de verre des abris à légumes. De même, les arbres fruitiers avaient beaucoup souffert et des pommes, blessées dans leur chair, jonchaient le sol, ainsi que des branches entières de griottes et de bigarreaux qui faisaient comme des taches de sang sur l'herbe rase.

— Quel désastre ! soupira-t-il en courbant les épaules.

— Allons, Guillaume, l'exhorta le baron Gabriel, il ne faut pas te laisser abattre ! La vie est une épreuve, tu le sais bien, avec ses hauts et ses bas. Il faut réagir, mon garçon !

— Mais oui, monsieur Guillaume, firent de concert les jumeaux Pierre et Jacques. On va vite se remettre au travail et le jardin sera encore plus beau qu'avant.

Il leur décocha un triste sourire et entreprit de commencer les travaux de déblaiement. Mais son cœur n'était pas à l'ouvrage. Sans arrêt défilaient à ses oreilles

les paroles du compagnon : « On dirait que le décès de sa Guillemette lui a insufflé… » Le reste se perdait dans les brumes de sa mémoire.

Ainsi donc, celle qui avait été sa femme venait de mourir. Elle avait été l'amante de Dumeil et là se trouvait sans doute la raison pour laquelle elle avait abandonné le domicile conjugal. Voilà aussi pourquoi le maître de la loge l'avait regardé, lui, Guillaume, avec cet air étrange, la première fois qu'il avait décliné devant lui son identité.

Le sale hypocrite qui voulait faire la leçon aux autres et parlait d'instaurer en France un régime social plus juste et plus respectueux de son prochain ! Les beaux principes dans la bouche de quelqu'un qui s'était montré incapable de se les appliquer simplement à lui-même !

Guillaume serra les poings, crispa les mâchoires. Allons, le travail à accomplir pour remettre en état le jardin était colossal et il ne servait à rien de ressasser ces vieilles rancœurs.

Durant toute la matinée, Guillaume, secondé par Pierre et Jacques ainsi que par Alexandre, se démena afin de redonner au verger et au potager un aspect digne de ce qu'on était en droit d'attendre d'un site comme celui de Portabéraud. Le baron, qui n'était pas homme à rester inactif quand il y avait tant à faire, s'attela bientôt à la tâche. Dans l'après-midi, Ferrebœuf et Broussegoutte vinrent renforcer les effectifs, de même que Muguette et Eglantine, à qui fut donnée la mission de récolter les fruits pas trop abîmés et susceptibles d'être consommés.

Namadie ne voulut pas être en reste. Autant que le permettait sa petite taille, elle s'activa aux côtés des deux servantes, remplissant des paniers de pommes qu'Alexandre transportait ensuite à la réserve du château. Mais la fillette se mit à papillonner. D'un naturel rêveur, elle ne pouvait rester bien longtemps occupée à la même tâche. Alors, elle s'éloigna en direction du bassin et entreprit de parler à ses bonnes fées.

— Ah bien, oui, vous auriez pu éviter tous ces désagréments à mon père et dire à l'orage de partir sur un autre jardin que le sien ! A quoi pensiez-vous donc ? Vous parlez d'une catastrophe ! Nous sommes dans de beaux draps à présent !

Les fées durent faire réponse à Namadie car elle secoua la tête et poussa deux ou trois exclamations – « Ho ! », « Hou là là ! », « Oh ! ». Elle finit par se relever et dirigea ses pas vers le fond du parc.

Soudain, son sang se figea.

— Le diable ! rugit-elle en s'abritant derrière le tronc épais d'un vieux chêne.

L'homme était descendu de cheval et, se tenant à proximité du portail d'entrée, il tendait le cou en direction de l'allée centrale.

— Le diable ! prononça-t-elle encore, à voix plus basse. Le diable en personne ! Il faut que j'aille immédiatement prévenir père.

Elle courut vers lui. Arrivée à sa hauteur, elle le tira par la manche, le força à lui faire face. Mais il était occupé à distribuer ses ordres et il se détourna.

— Père ! insista-t-elle. Il y a le...

— Namadie ! ronchonna-t-il. Ne vois-tu pas que je suis...

Un coup de feu claqua soudain et Guillaume, qui venait de se pencher vers sa fille, s'écroula comme une masse à ses pieds. On entendit au loin une galopade tandis que tout le personnel du château accourait vers le corps inerte, étendu parmi les plants de laitue que l'orage de la veille avait épargnés.

— Es-tu sûr et certain de ton coup, compagnon ? fit Dumeil après avoir refermé sur le visiteur la porte de sa maison de Tournoël.

— Absolument, répondit l'autre. Moi, Auguste, je m'enorgueillis de n'avoir jamais raté une cible. Tu peux me faire entièrement confiance.

— Personne, au château, qui aurait pu déceler ta présence ?

— N'aie aucune crainte. Il est impossible que quiconque ait pu me repérer.

Dumeil soupira puis se laissa choir dans un fauteuil recouvert de brocart.

— Ce Guillaume commençait à devenir gênant, fit-il en croisant les jambes négligemment. Notre loge ne pouvait continuer de garder en son sein un individu aussi peu sûr et qui aurait fini par nous trahir.

Auguste prit un air goguenard.

— Avoue plutôt qu'il te gênait en sa qualité d'ancien mari ! railla-t-il.

En moins d'une seconde, Dumeil se planta devant le nervi, la main sur son épée.

— Tais-toi ! hurla-t-il. Je t'interdis de parler ainsi. M'avoir permis de m'évader ne t'autorise pas à tenir ce genre de propos. Ne t'avise surtout pas de recommencer, compagnon !

Il y avait eu ce grand éclair qui l'avait ébloui. Ensuite, il était descendu dans un abîme aux parois lisses, comme une sorte de puits dont on n'eût jamais pu voir le fond. Plus il chutait, plus il avait l'impression d'une vitesse accélérée. C'était toute sa vie qui défilait. Son enfance à Portabéraud, avec cette brave Muguette – sa Mamette –, qui s'occupait de lui et prétendait qu'il la ferait tourner en bourrique. Ses leçons d'escrime avec le maître d'armes. La petite Victoire, à qui il avait fait aimer la nature, ses plantes, ses arbres, ses oiseaux. Toute sa jeunesse, puis sa rencontre avec Guillemette. Le *Kama-sutra* et leurs jeux érotiques. Alexandre et Namadie étaient nés. Guillemette avait délaissé le foyer.

Les images revenaient, toujours les mêmes, comme en une ronde cent fois recommencée. Puis, soudain, ce fut comme s'il avait accosté à un rivage paisible et il eut la sensation que son être planait au-dessus d'une terre qu'il connaissait. Sans transition, il se trouva perché dans les ramures du grand fayard du parc. De cette position, il pouvait très nettement distinguer le baron Gabriel penché sur un corps inanimé, dans le jardin du château. Ce corps, c'était lui-même, bien sûr. Tout près, il y avait Namadie qui pleurait, ainsi qu'Alexandre qui serrait les dents pour ne pas faire comme sa petite sœur. Il eut envie de leur dire que tout allait bien, qu'il ne fallait pas se soucier de lui. Alors, il essaya de parler, mais nul ne pouvait l'entendre.

Bientôt, les gens du château s'emparèrent de son cadavre pour le conduire dans la petite maison de l'entrée du domaine. C'étaient Broussegoutte et

Ferrebœuf qui portaient la civière sur laquelle on l'avait allongé. Lui, Guillaume, planant au-dessus du cortège, essayait en vain de capter leur attention, de leur dire qu'il les voyait et était désolé de les savoir si tristes.

On déposa la dépouille sur le lit, dans cette chambre où il avait connu des moments d'amour intense avec Guillemette. D'une solive du plafond, il distingua le docteur Boulanger, encore essoufflé par sa course, penché sur ce corps qui était le sien, même si son âme ne l'habitait plus. Le médecin se redressa et secoua la tête, faisant comprendre qu'il n'y avait plus rien à espérer.

Alors, de son perchoir, il vit Alexandre et Namadie se ruer sur la couche et verser des torrents de larmes. La fillette, brusquement, leva les yeux et implora le ciel, les fées, les forces de la nature, de rendre vie au corps de son père adoré. La prière était si belle, si forte, si intense, que devant tant d'amour Guillaume sentit une main de fer le pousser vers le bas pour l'obliger à réintégrer sa forme terrestre.

— Il respire ! cria Muguette. Regardez, il a bougé la main.

De nouveau, Guillaume perçut des douleurs dans tout son organisme. Il comprit à ce moment-là qu'il lui faudrait continuer de vivre sur ce versant terrestre.

Après être passée à proximité du cœur, la balle s'était logée dans la cavité thoracique. Le docteur Boulanger jugea qu'il n'était pas de sa compétence de l'en extraire et qu'un chirurgien serait plus à même de pratiquer cette opération qui, selon ses dires, était extrêmement risquée.

Gabriel fit appel au docteur Gras, praticien célèbre sur la place de Clermont. L'homme de l'art œuvra si bien que le corps étranger fut prélevé sans dommage pour le patient, à qui il recommanda toutefois un repos absolu pendant au moins une quinzaine de jours.

— Qui a bien pu tirer sur toi, mon garçon ?

Telle était l'antienne dans la bouche du baron depuis que Guillaume était en état de lui répondre. Mais Guillaume, quelque soupçon qui l'animât, ne voulait révéler ses pensées profondes.

— Ne serait-ce pas lié à tes activités politiques ? insista Gabriel après avoir réfléchi toute une nuit à la question.

Le jardinier haussa les épaules.

— Je ne sais, monsieur. Laissons agir les services de police et accordons-leur notre confiance.

Victoire se faisait conduire au chevet de Guillaume. Là, pendant des heures, elle s'entretenait avec lui de choses et d'autres. La situation politique était souvent l'objet de leurs discussions.

— La monarchie absolue a fait son temps, prétendait Guillaume. Le petit peuple des campagnes est à bout de force d'avoir été pressuré depuis des générations par des impôts injustes, qui ne servent qu'au mieux-être de ceux qui ont tout. Viendra bientôt le temps où les pauvres se révolteront et prendront le pouvoir.

Victoire souriait tristement.

— Des violences, toujours des violences, chuchotait-elle. Tu m'affliges, mon ami, de parler de la sorte. Ne pourrait-on imaginer un monde où, enfin, les êtres humains vivraient en harmonie et cesseraient de considérer la France comme un terrain de bataille ?

— Tu rêves, ma douce Victoire, faisait Guillaume en balayant de la main l'argument de la jeune femme. Mais il est salutaire de rêver, n'est-il pas vrai ?

A la longue, ses yeux se fermaient car la controverse l'épuisait. Alors, Victoire s'en retournait au château dans son fauteuil roulant que poussait Eglantine.

Namadie venait aussi très régulièrement visiter son père. Devait-elle lui avouer qu'elle avait vu le diable au portail du château ce fameux jour où il s'était effondré sous le coup de fusil ? Un matin, n'y tenant plus, elle se lança :

— Père, dit-elle, je crois connaître l'homme qui a voulu te tuer.

Levant vers lui ses grands yeux pervenche, elle poursuivit :

— Oui, je l'ai aperçu qui rôdait ce jour-là aux abords du domaine. C'était le même à qui tu avais déjà parlé quelques jours auparavant.

Elle frémit de tout son être avant de finir par avouer :

— C'était le diable !

A partir de ce jour, Guillaume fut animé par l'énergie farouche de guérir au plus vite. Car si l'enquête de police piétinait, il savait bien, lui, vers quel lieu ses pas le conduiraient lorsqu'il en aurait de nouveau la force.

L'été s'écoula. Nul autre orage ne vint saccager les récoltes. Remis en état, le jardin fut confié à Pierre et Jacques. Les jumeaux s'acquittèrent de leur tâche avec entrain. Alexandre les seconda et se montra, à l'occasion, le digne fils de son père.

L'automne arriva très vite. Sans transition, l'on passa

de la canicule des journées d'août, où l'air brûlait les poumons, à la fraîcheur des petits matins de septembre puis, carrément, après le 15 du mois, aux premières gelées qui fripèrent et roussirent les feuilles. Dès l'aube, baignées de brumes blêmes, les prairies fumaient de toute la chaleur accumulée de l'été. On levait les yeux au ciel, que striaient les derniers vols d'hirondelles avant leur exil, et l'on s'étonnait de n'y plus distinguer la couleur bleue. L'herbe elle-même prenait les teintes ocrées de la terre. Le soir tombait plus tôt, en une pluie de braises qui devenaient cendres.

C'était Guillaume qui poussait à présent le fauteuil roulant de Victoire. L'épreuve qu'il venait de traverser l'avait amaigri. Des cheveux blancs parsemaient çà et là sa tignasse, des cernes persistaient sous ses yeux qu'un air désabusé rendait plus profonds qu'auparavant. Il tenait quelquefois des propos saugrenus, que Victoire saisissait mal.

— Et si c'était lui qui avait tué Guillemette ? laissa-t-il échapper un après-midi ensoleillé du mois d'octobre.

— Que dis-tu, mon Guillaume ? fit-elle en tournant la tête vers lui.

Il avait le regard perdu, levé sur les frondaisons dépouillées des grands arbres du parc.

— Arrêtons-nous ici un instant et lisons de la poésie, ordonna-t-elle afin de faire diversion.

Ils s'installèrent sous un orme et elle sortit un livre d'un sac en toile. C'était l'ouvrage de Jacques Delille que lui avait offert le père Decombas, admirateur sans bornes du poète d'origine auvergnate.

— Ecoute, mon bon Guillaume, comme ces vers son beaux et comme ils s'accordent bien à ce si bel automne.

Alors, elle déclama :

— « Que de variété, que de pompe et d'éclat ! / Le pourpre, l'orangé, l'opale, l'incarnat, / De leurs riches couleurs étalent l'abondance. / Hélas ! tout cet éclat marque leur décadence. / Tel est le sort commun. Bientôt les aquilons / Des dépouilles des bois vont joncher les vallons. / De moment en moment la feuille sur la terre / En tombant interrompt le rêveur solitaire. »

Après un temps de silence, au cours duquel on entendit le vent torturer les ramures, elle lui demanda :

— Ne trouves-tu pas cela sublime ? Comme le poète a su traduire l'étonnante palette de l'automne ! Comme il a compris également la lente agonie de la nature ! Qu'en penses-tu, mon Guillaume ?

Mais lui, perdu dans ses propres pensées, répondit d'un ton rogue :

— S'il l'a tuée, il faudra qu'il meure à son tour.

Inquiète de la bonne santé mentale de son compagnon, Victoire frissonna.

— Rentrons, ordonna-t-elle en ajustant sur ses épaules un fichu de soie grège.

Fin octobre, à l'approche de la Toussaint, Guillaume retrouva ses activités de jardinier. Il fallait préparer la terre au long sommeil de l'hiver. Afin d'éviter que ne poussassent de mauvaises herbes, et notamment le chiendent, il fit semer par Alexandre des graines de moutarde. Les jumeaux Pierre et Jacques se virent confier la mission de pailler les laitues et l'oseille et de préparer la récolte des topinambours.

Il contrôlait l'ensemble des travaux, restait une heure

ou deux auprès des jeunes gens et disparaissait bien vite de leur vue. Il faisait alors une halte à sa maisonnette. Là, il s'emparait de son pistolet qu'il fourrait dans une poche. Puis il ceignait son épée, pendue à un baudrier de peau, et quittait Portabéraud par le portillon latéral qui débouchait sur la bourgade de Mozac.

Namadie avait vu plusieurs fois son père s'éloigner ainsi du château et prendre la route conduisant à Marsat. La tentation avait été forte de le suivre, mais toujours la fillette s'était dit qu'elle n'avait pas le droit de le pister ainsi qu'un voleur et elle était restée sagement dans la compagnie de ses arbres, de ses fées, de ses lutins.

Arrivé à Marsat, Guillaume se dirigeait immédiatement vers la masure isolée à l'orée d'un bois, là même où s'était tenue la réunion du mois de juillet, lorsque ce terrible orage s'était déclaré et qu'il avait appris la nouvelle du décès de Guillemette, sa femme, dont Jean Dumeil avait fait son amante. Pendant des heures, il restait tapi dans le taillis, aux abords de la bicoque, espérant toujours voir apparaître le grand maître de la loge ou, à défaut, son dévoué Auguste, ce fieffé coquin qui l'avait pris pour gibier.

Novembre s'écoula, avec ses jours de plus en plus courts. Vers le 25 du mois tomba la première neige. Ce fut une poudreuse qui ne laissa au sol qu'une mince pellicule. Mais, si ténue que fût la couche, Guillaume remarqua que des pas s'y étaient incrustés et que quelqu'un avait pénétré dans la bâtisse. Aussi redoubla-t-il de vigilance et, s'armant de patience, monta-t-il le guet jusque tard dans la nuit.

Le 30, une chute de neige plus importante ensevelit le

pays et, de nouveau, des traces indiquèrent qu'un visiteur était passé par là. Morbleu ! se dit-il. Je finirai bien par croiser le quidam qui rôde dans les parages.

Ce fut le 2 décembre, en milieu d'après-midi, qu'eut enfin lieu la rencontre. Guillaume était posté là, appuyé au tronc noueux d'un châtaignier, lorsque le compagnon Auguste, monté sur un canasson sans âge, apparut au détour du sentier. L'homme était enveloppé d'une houppelande de berger. Il sauta à terre, sortit d'une poche un trousseau de clefs et s'approcha de la porte d'entrée.

Le sang de Guillaume ne fit qu'un tour. En cinq bonds, il se retrouva en face de celui qui avait voulu le tuer.

— Alors, l'ami, tu me reconnais, j'espère ? lui assénat-il en se campant devant lui, une main sur une hanche et l'autre sur le pommeau de son épée.

La veine saillante qu'Auguste arborait sur le front sembla devenir noire. Il eut un mouvement de recul et, à son tour, s'empara de l'arme qui pendait à sa ceinture. Ce que voyant, Guillaume brandit son pistolet et le pointa sur l'autre.

— Je pourrais, si je n'étais bon prince, dit-il, te tuer comme un chien et te rendre la pareille, compagnon. Mais je ne suis pas un assassin, moi ! Alors, puisque tu as une épée, défends-toi, et en garde, sangdieu !

Les leçons d'escrime que Guillaume avait prises dans sa jeunesse lui permirent, dès l'abord, de se montrer meilleur bretteur qu'Auguste. Celui-ci s'empêtra dans sa houppelande et ce fut un jeu d'enfant pour son adversaire de faire sauter son arme, qui atterrit dans la neige molle.

— Vertubleu ! railla Guillaume. N'aurais-tu pas perdu quelque chose, l'ami ?

Son rire enfla et se perdit dans les basses branches du sous-bois.

— Je t'accorde une seconde chance, dit-il, redevenant tout à coup sérieux. Mais cette fois, compère, plus de cadeau, plus de sursis. Ramasse ton arme, et en garde !

Guillaume, virevoltant, bondissant, les yeux remplis d'une rage froide, semblait faire durer par plaisir le combat. Une première fois, il toucha Auguste au poignet. Le reître grimaça et serra les dents tandis qu'une flaque rouge se répandait sur sa manche. Par désespoir, il se fendit afin de repousser les assauts désordonnés de ce tigre qui avait juré sa perte. Mais, en avançant trop, il se découvrit. Guillaume esquissa un pas de côté, allongea le bras et lui passa son épée au travers du corps.

Etouffant un cri, le regard révulsé, Auguste s'écroula comme une masse.

— A présent, compagnon, ce sera bientôt le tour de ton maître. Bien sûr, tu ne seras plus là pour le voir.

Sous le couvercle gris du ciel de décembre, trois corbeaux tournoyèrent en poussant des croassements horribles. De gros flocons obliques recommencèrent de tomber.

Guillaume s'enfonça dans le bois. Cette nouvelle chute de neige effacerait ses traces.

7

1782-1785

Par quel miracle le compagnon Auguste survécut-il à ses blessures ? Un poumon perforé, crachant le sang et plus qu'à moitié mort, ce diable d'homme – ainsi qu'aurait pu dire Namadie – se raccrocha à la vie de tout le flux de ses artères. Le coup de flamberge que lui avait porté Guillaume eût sans doute occis moins coriace que lui. Mais il était de ceux qui plient et ne rompent point. De la sorte, plus roseau que chêne, il parvint à garder la tête hors de l'eau et à poursuivre son parcours d'existence ici-bas.

Ce fut un bûcheron qui, passant par là quelque temps après la joute, le recueillit dans sa pauvre chaumine et, lui appliquant des onguents de sa fabrication, finit par le ressusciter.

Deux mois plus tard, Auguste était sur pied. Son premier soin fut de se rendre à Tournoël afin de retrouver Jean Dumeil, le maître compagnon qui devait bien se demander, pour sûr, ce qu'il était advenu de son homme de confiance. Mais le bougre avait filé sans laisser d'adresse. Bien malin qui eût pu le dénicher.

Alors, Auguste revint à la maison du bûcheron. Celui-ci était un rustre, ne posant pas de questions et ne voulant jamais en savoir plus qu'il ne devait. Cette grande discrétion de nature convenait plutôt bien au compagnon. En conséquence, il décida de rester quelque temps encore auprès de celui qui lui avait évité le désagrément de mourir. Il participa aux travaux d'entretien puis, le temps passant et ses blessures n'étant plus qu'un mauvais souvenir, il accompagna son hôte en forêt et retrouva des forces en maniant la cognée.

Jamais, toutefois, Auguste ne manifesta l'intention d'exercer sa vengeance sur Guillaume. Chacun des deux, à tour de rôle, avait voulu supprimer l'autre et aucun n'y était parvenu. Pour sa part, le compagnon espérait bien qu'il n'y aurait pas de troisième occasion.

Mais chacun sait que seules les montagnes ne se rencontrent pas. Sauf en Auvergne, peut-être.

A Portabéraud, nul n'était sans avoir remarqué les sautes d'humeur de Guillaume, comportement que l'on attribuait tout autant à l'abandon du domicile conjugal par son épouse qu'à la grave blessure qui avait failli lui coûter la vie. Il fulminait souvent contre Pierre et Jacques, accusant les jumeaux de ne pas respecter ses consignes, menant le jardin à vau-l'eau. Son ire se reportait parfois sur son fils Alexandre, mais jamais il ne s'en était pris à Namadie. La fillette, qui était sa préférée, devait sans doute à sa petite taille de n'avoir pas eu à subir les foudres paternelles. Même Victoire ne pouvait en dire autant, ayant dû, elle aussi, supporter les propos aigres-doux du jardinier.

C'était sur le sujet – épineux ! – de la taille des rosiers que Guillaume avait réagi avec hargne à une remarque au demeurant anodine de celle qu'il vénérait pourtant depuis toujours.

« Victoire, s'il te plaît, lui avait-il asséné, occupe-toi de poésie si tu veux, mais ne te mêle pas de jardinage, auquel tu n'entends goutte ! »

En vérité, Guillaume n'acceptait pas l'idée qu'il fût devenu un assassin. Oui, il avait ôté la vie à celui qui avait voulu prendre la sienne. Cela seul le contrariait au plus haut point. Certes, il se disait que, contrairement à ce qu'avait fait Auguste, il n'avait pas, quant à lui, agi en traître, et que le combat qui les avait opposés n'avait en rien été déloyal. Mais c'étaient autant d'arguties qui le ramenaient à son point de départ : il avait tué !

A quelque temps de là, aux derniers jours de mars, il partit en compagnie d'Alexandre et des jumeaux au marché de Mozac. Le baron acceptait qu'il vendît au juste prix un peu de sa production du jardin potager. A cette époque de l'année, il n'y avait guère dans ses paniers que des scorsonères, des choux en inflorescences et des salsifis montés en graine. Pierre et Jacques gardaient quant à eux, à l'abri dans de la paille, deux ou trois douzaines d'œufs qui feraient le bonheur de quelque ménagère.

Guillaume s'installa à une encablure de l'église abbatiale et étala devant lui ses produits. C'était un de ces matins hésitant entre hiver et printemps, dont on ne peut dire s'ils partent dans le sens des beaux jours ou au contraire veulent retourner à la saison froide. Après que tout fut exposé à la convoitise des chalands, il laissa l'emplacement à la garde des trois jeunes gens et s'en alla se dégourdir les jambes.

D'autres maraîchers exhibaient des salades et des poireaux. Plus loin, un fermier vendait des fromages et du beurre, et celui-là des volailles et des lapins. A proximité du presbytère, une vieille femme proposait à la clientèle des corbeilles de jonc et des paniers d'osier. Tout à côté, cette autre, barbue et presque chauve, distribuait des écuelles de vin chaud en craillant comme une corneille. Des groupes d'hommes s'étaient formés tout autour de son feu. Des voix de rogomme se faisaient entendre ; des toux grasses, des accents rocailleux montaient dans une sorte de charivari d'où ressortaient parfois des piétinements de sabots et le timbre haut perché d'un marchand de bestiaux.

Sur la place du foirail, des paysans en braies de velours discutaillaient. Le bâton sur l'épaule, certains tapotaient du plat de la main l'échine d'une vache dont les cuisses étaient recouvertes d'un caparaçon de bouse séchée. Tout à côté se tenait le marché aux veaux. Les bêtes étaient attachées le long d'un mur et l'on n'en voyait que les croupes que balayaient les queues en une sorte de va-et-vient effréné.

Guillaume contourna la cohue et se retrouva devant le moulin Cheminat. Un instant, il admira la roue à aube qui, au rythme lent du courant, tournait inlassablement en laissant chuinter un son métallique. En face, le clocher de l'abbaye sonna huit coups que la brise égrena jusqu'aux rives de l'Ambène.

La température restait basse, le fond de l'air avait des relents de neige. Guillaume remonta le col de son surtout et revint à pas accélérés jusqu'à son emplacement.

Soudain, il se figea. A deux portées de fusil, près de la croix qui se dressait à droite de l'église, il reconnut la silhouette trapue de l'homme à qui il avait cru donner un coup d'épée fatal. Mais oui, il n'y avait pas à se tromper, c'était bien le fidèle de Jean Dumeil. A un moment, le gazier tourna la tête et exposa à sa vue le gros vaisseau saillant qui lui barrait le front.

— Tudieu ! jura Guillaume. Le compagnon est coriace ! Je croyais bien pourtant l'avoir eu !

Mais, au fond de lui, il éprouva une sorte de soulagement. Ainsi, il n'était pas un meurtrier, de nouveau il pouvait se regarder droit dans les yeux face à son miroir.

Après s'être fait à lui-même ces réflexions, Guillaume orienta une fois de plus son regard vers l'entrée de l'église abbatiale. Mais l'autre s'était fondu dans la foule et avait disparu.

Namadie n'avait pas grandi d'un pouce. Elle continuait de gambader parmi ses arbres et riait de n'être pas plus haute que les lutins, ses amis, qu'elle prétendait côtoyer tous les jours en compagnie des fées. Alors, elle partait pour de longues chevauchées. Au retour, fourbue, elle s'asseyait aux abords du bassin, parlait à Pataud, son poisson rouge préféré, et se prenait à imaginer qu'elle nageait à ses côtés dans une onde pure.

Jeanne et Victoire, bien qu'elles fussent toujours inquiètes quand elles la savaient loin du château, avaient fini par s'accoutumer à ses fugues.

« Cette enfant est sous la protection de Notre Dame,

affirmait Jeanne, péremptoire. Il ne peut rien lui arriver de mauvais. »

Victoire, elle, était moins affirmative. Quant au père Decombas, il entrait à présent dans des rages folles lorsqu'on évoquait devant lui les croyances naïves de la gamine.

— Il faudrait cesser ces enfantillages ! ragea-t-il un matin, lors d'une de ses nombreuses visites à Portabéraud.

Une grosse veine s'était mise à gonfler à son cou et avait aussitôt diffusé une couleur rouge cinabre à l'ensemble de son visage.

— Je vous engage fortement à lui enlever de la tête ces calembredaines selon lesquelles il existerait des êtres invisibles dans la forêt avec qui l'on pourrait entrer en communication. Il n'y a de surnaturel que Notre Seigneur Jésus-Christ, laissez-moi vous le rappeler, mes chères amies.

— Je ne comprends pas, réagit aussitôt Victoire. Vous qui goûtez la poésie de Jacques Delille, monsieur l'abbé, comment peut-il se faire que vous ne puissiez admettre que la nature est poétiquement mystérieuse ? Laissez donc cette enfant à ses illusions qui n'offensent personne.

Victoire dessina sur ses lèvres un sourire taquin.

— Et si je vous avouais que moi aussi je crois aux fées, aux elfes et aux lutins ? ajouta-t-elle en éclatant franchement de rire.

— Mon Dieu ! fit le prêtre qui, outré, lui tourna le dos et écourta sa visite.

Le baron, qui venait d'entrer au salon, entendit les derniers propos échangés.

— Palsambleu ! railla-t-il. Comme tu l'as mouché, ce sermonnaire ! Pour de vrai, ma fille, tu t'es montrée redoutable avec ton directeur de conscience !

— Gabriel, mon ami ! intervint Jeanne. Soyez un peu charitable, voulez-vous !

Mais les temps devenaient durs. Partout, au pays, l'on parlait de disette, la France entière avait faim. Certains pensaient que la situation ne pourrait durer comme cela éternellement et qu'une révolte allait éclater, qui mettrait un terme à tant d'injustices.

Guillaume était de ces gens-là, même si, échaudé par un engagement politique qui avait abouti à une impasse, il ne voulait plus foncer en aveugle, ainsi qu'il avait fait avec les compagnons de Jean Dumeil. Le soir, tout seul dans sa petite maison, il relisait Voltaire, Montesquieu et Rousseau. Ces grands philosophes du siècle étaient des précurseurs. Un jour, sans doute, ce monde dont ils rêvaient deviendrait réalité et c'en serait fini de toutes ces misères et de ces famines.

Il restait sur ses gardes à présent. Avoir revu celui qu'il pensait n'être plus de ce monde avait, certes, rassuré sa conscience, mais n'empêchait pas qu'il se considérât comme une proie toute désignée pour assouvir la vengeance du péquin. Alors, il portait toujours sur lui son pistolet et, s'il avait à sortir du château, il n'oubliait pas de se munir de son épée.

— Quand je pense que tu rechignais à aller aux leçons d'escrime lorsque tu étais petit ! lui dit un jour la servante Muguette. Aujourd'hui, voilà que tu te pavanes comme un mousquetaire du roi !

— Chat échaudé craint l'eau froide, Mamette, répondit-il en arborant une figure sombre.

Le baron Gabriel lui en fit également la remarque.

— Aurais-tu reçu des menaces, garçon, que tu ne puisses t'éloigner sans être armé jusqu'aux dents ?

— Non pas, monsieur, mais je voudrais pouvoir me défendre si de nouveau quelqu'un me prenait pour du gibier.

— Sage précaution, mon fils, fit Gabriel, qui rougit aussitôt d'avoir laissé échapper ce mot, reconnaissance de sa paternité.

Au jardin, Guillaume laissait une plus grande liberté aux jumeaux Pierre et Jacques, ainsi qu'à Alexandre. Son fils, parfaitement aguerri aux dernières méthodes de culture, essayait à son tour de mettre en pratique les principes que monsieur de La Quintinie avait élaborés à Versailles au siècle précédent. En dépit des rigueurs du climat auvergnat, il réussit à faire pousser diverses variétés de figues, dont la grosse blanche, la grosse jaune, la grosse violette, la verte, la noire et l'angélique. Les plants étaient abrités des intempéries par des caissons en bois ou palissés contre un mur qui leur renvoyait la chaleur rayonnante du soleil.

Pour le moins avare en compliments, Guillaume se contentait dorénavant de constater le bon avancement des travaux, donnant par-ci par-là quelques conseils, mais laissant la plupart du temps la bride sur le cou à ses apprentis jardiniers.

Car Guillaume, délaissant de plus en plus ses fonctions, s'était mis à battre la campagne.

On était à la saison des moissons. Fin juillet, les seigles déjà mûrs donnaient une belle couleur dorée aux ondulations de terrain. De coteau à coteau, ce n'étaient que rassemblements d'hommes et de femmes penchés sur la glèbe. Les premiers coupaient les tiges en javelles, les secondes liaient les gerbes puis les regroupaient par gros paquets qu'il fallait ensuite redresser sur le champ.

Gabriel louait quelques-unes de ses terres à un métayer. Guillaume avait en charge de lui rendre visite afin de constater que les conditions édictées par contrat chez le notaire étaient bien respectées. Jusqu'à présent, le jardinier de Portabéraud s'était montré plutôt conciliant envers le brave Léonce. Avec la bénédiction tacite du baron, il fermait les yeux sur les fourrages ou les pailles que l'autre, prétendant tirer le diable par la queue, extorquait de-ci de-là à la prétention du maître. Au demeurant, cela ne choquait pas outre mesure Guillaume, qui affirmait que la terre devait appartenir à celui qui la travaillait et non à celui pour qui on la faisait prospérer.

Depuis quelques jours, pourtant, Guillaume semblait vouloir exercer une surveillance accrue sur la métairie de Léonce. Quelle mouche l'avait donc piqué pour qu'il se montrât d'un coup si attentif aux moissonneurs et à leur travail ? A moins qu'il ne se fût agi de tout autre chose et qu'une jolie moissonneuse n'eût exercé sur lui son charme ravageur ?

Le métayer Léonce se gratta le crâne pour essayer de comprendre.

— Que se passe-t-il, Guillaume ? demanda-t-il. Ne me ferais-tu plus confiance, compagnon ? Ou bien monsieur le baron t'aurait-il donné quelque consigne et voudrait-il ne plus renouveler mon bail ?

Guillaume rassura le pauvre homme quant à cette

dernière crainte mais resta évasif pour ce qui concernait la véritable raison de son acharnement à se montrer présent au cours de ces travaux.

A vrai dire, le bougre était tombé amoureux. Une jeunette blonde, qui travaillait là pour la période des moissons, avait attiré ses regards. Elle ressemblait tant à Guillemette, il y avait de quoi s'y tromper !

Aussi s'y trompa-t-il.

Elle s'appelait Hellénie, avait tout juste dix-neuf ans et était belle à croquer. Quand elle riait – et Dieu sait qu'elle riait souvent ! – on ne voyait plus que ses dents, parfaitement alignées et blanches derrière le carmin de ses lèvres. Avec cela, des yeux myosotis à faire damner un saint quand ils se mettaient à briller comme des lucioles. Et aussi une poitrine ferme, tendant le tissu du sarrau de serge, où se devinaient les pointes délicates des aréoles.

Avec autant d'attraits réunis, il était fatal que Guillaume finît par succomber. Un soir, après la journée de moissons, il se retrouva avec elle dans le fenil et, ma foi, seules les araignées, immobiles au milieu de leurs toiles suspendues aux poutres, eussent pu dire comment cette première rencontre se passa.

Guillaume avait quarante ans tout juste. Il aurait pu être le père de cette Hellénie. Mais l'amour abolit les années, si bien que le gaillard recouvra une seconde jeunesse, délaissa son jardin, oublia pour un temps ses grandes idées sociales et politiques et ne pensa plus à se venger du compagnon Jean Dumeil, cause de tous ses tracas passés.

Fin août, elle logea chez lui, dans la petite maison de l'entrée du château. Bien que le baron ne fût guère enchanté de cette intrusion, il finit par agréer la présence de la belle.

— J'espère, mon garçon, que tu sais ce que tu fais en accueillant cette jeune personne au domaine, lui dit-il d'homme à homme. Au moins t'aurai-je prévenu.

Entêté, Guillaume ne répondit pas, restant sur son quant-à-soi. Il lui fallut donc présenter Hellénie à ses enfants. Si Alexandre se montra plutôt courtois envers la nouvelle égérie de son père, il n'en alla pas de même pour Namadie. La demoiselle commença par lui tourner carrément le dos, puis l'ignora avec superbe. Elle ne réagit à aucune tentative de rapprochement ni à aucun des sourires enjôleurs de cette poupée blondasse qui empiétait sur ses terres et elle refusa de donner suite à la proposition de se promener avec elle dans le parc.

Namadie s'esquiva dès qu'elle le put. Elle courut en direction du bassin et là, en présence de ses amis les poissons rouges, elle se résolut à épancher son cœur. Les fées furent les témoins de son ressentiment.

— Cette femme ne rendra pas mon père heureux. Le pauvre est tellement amoureux qu'il ne voit même pas qu'elle n'est pas faite pour lui. Mes amies, leur dit-elle, comment pourrais-je lui ouvrir les yeux ?

Les bonnes fées durent lui répondre car elle hocha la tête, montrant par là qu'elle avait entendu leur discours. Mais aurait-elle la force, elle, petite fille insignifiante pas plus haute que trois châtaignes et deux noisettes empilées, de libérer ce brave Guillaume d'une présence pour le moins envahissante ?

Octobre revint. De beaux jours ensoleillés, rendant plus chatoyante la couleur ponceau des feuilles de vigne vierge, qui eurent tôt fait de tourner au roux. Eglantine poussait le fauteuil de Victoire sur la terrasse. Un après-midi particulièrement doux, la jeune femme s'aventura jusqu'au bassin. Jeanne à son côté, elle étala sur la toile une palette de tons pastel qui sembla la satisfaire.

— Qu'en dites-vous, mère ?

La baronne posa près d'elle l'ouvrage au crochet qu'elle était en train d'exécuter et s'approcha du chevalet. Elle prit le temps de la réflexion, s'éclaircit la voix, et puis :

— Ne trouves-tu pas que c'est un peu trop gai pour un paysage d'automne ? dit-elle. A le voir, on se croirait presque au printemps.

Victoire laissa fuser un grand rire.

— Mais bien sûr, mère ! La vie est un éternel printemps. Même l'hiver n'est pas une saison triste, si on sait le contempler avec les yeux du bonheur.

Jeanne posa sur sa fille un regard mouillé. Quel exemple, se dit-elle, cette pauvre enfant qui est paralysée jusqu'à la fin de ses jours mais qui chante si fort son amour de l'existence !

Elle embrassa Victoire sur le front puis détourna la tête. Une voix fluette, bien connue, s'éleva soudain :

— Il est joli, ton tableau, fit Namadie en s'approchant puis se haussant sur la pointe des pieds pour mieux voir. Mais je trouve qu'il y manque quelque chose.

— Quoi donc ? s'inquiétèrent la baronne et sa fille.

L'une et l'autre considérèrent attentivement la toile, cherchant ce qui, dans la représentation du bassin, n'était pas conforme à la réalité ou était porté absent.

— Oui, quoi ? insista encore Victoire.

— Eh bien, les fées, pardi ! rétorqua la petite. Elles sont là, pourtant, et toi tu ne les as pas peintes. C'est dommage, elles auraient été contentes.

Sans plus de discours, la fillette repartit en sautillant sur une jambe, puis sur l'autre. Pour elle aussi, cet automne était un vrai printemps.

Hellénie s'ennuyait, toute seule, dans la petite maison de Portabéraud. Guillaume, de nouveau assidu au jardin depuis qu'il était en ménage, la délaissait des heures entières, ne rentrant qu'à midi et le soir, au moment des repas. Alors, elle errait comme une âme en peine, mettait le nez dehors, longeait la clôture du parc jusqu'au grand portail en fer forgé. Là, elle s'agrippait des deux mains à la barre de fermeture et, comme si elle avait été une prisonnière dans sa cellule, elle regardait avec envie le monde extérieur, toute cette nature qui s'étendait au-delà des grilles du château.

Elle avait perdu son beau rire franc et l'on ne distinguait plus chez elle ce parfait alignement de dents blanches qui avait tant séduit Guillaume.

Tu es toute tristounette, ma mignonne, s'inquiéta-t-il au soir d'une journée qui avait été particulièrement grise.

Deux larmes grossirent aux coins des paupières de la belle.

— Je m'ennuie, finit-elle par avouer.

— Tu t'ennuies ? N'es-tu donc pas heureuse avec moi ? N'as-tu pas tout ce que tu pourrais désirer ?

Elle renifla.

— Je voudrais travailler, Guillaume. Ces journées à ne rien faire que t'attendre me minent.

Alors, il fut décidé qu'elle participerait aux vendanges dans une vigne que le père Léonce avait en métayage sur les hauteurs de Riom, du côté du couchant.

Le soleil brillait en ce matin d'octobre, séchant les perles de rosée que la nuit avait déposées en douceur sur les feuilles. Les équipes étaient déjà à pied d'œuvre, hommes et femmes se tenant chacun au bas d'une rangée, le couteau ou le sécateur à la main.

Arrivée la dernière, Hellénie occupa la raie extérieure. Très vite elle eut chaud et quitta sa veste de laine qu'elle accrocha à un cep. Un sifflement, derrière elle, se fit entendre.

— Mazette ! s'exclama un jeune gars dont les yeux pétillaient de malice. Tu es plutôt gironde, ma foi, et je croquerais bien les deux petites poires qui tendent ton tissu, ma belle !

Elle sourit sous le compliment. Le lascar était bien fait de sa personne et elle décida de ne pas jouer les prudes ni les vierges effarouchées.

A midi et demi, le père Léonce ordonna la pause et l'on sortit des paniers les charcuteries et les fromages, ainsi que les litrons de vin qu'on avait pris la précaution de garder au frais dans l'eau d'une mare toute proche. De grivoises plaisanteries fusèrent. Hellénie riait de toutes ses dents blanches. Ah, oui, combien elle se sentait mieux ici, au milieu de cette jeunesse qui ne pensait qu'à s'amuser, plutôt que dans cette maison triste, à l'entrée du parc de Portabéraud ! Combien elle regrettait à présent d'avoir suivi ce Guillaume, jardinier de son état, et gai comme une porte de prison !

La journée passa vite. A six heures, la nuit tomba et il fallut s'en retourner chez soi.

— Veux-tu que je te conte fleurette, jolie vendangeuse ? fit le gaillard qui avait œuvré toute la journée près d'elle.

Il se fit pressant :

— Je pourrais même, si tu le voulais, pétrir tes petites poires et en extraire le jus.

La jeune fille s'en sortit par le rire.

— Je reviendrai demain, affirma-t-elle. Peut-être que nous serons encore dans des rangées voisines.

Elle darda sur lui un regard plein de promesses et s'en fut à Portabéraud.

Le lendemain matin, le jeunot, fidèle au poste, se retrouva à son côté.

— Alors, ma princesse, tes poires sont-elles toujours bonnes à croquer ? J'espère qu'aujourd'hui tu ne refuseras pas que j'y goûte.

Comme à l'habitude, Hellénie répondit par le rire. Finalement, elle se dit que le garçon pourrait bien, d'ici la fin du jour, arriver à ses fins et qu'il ne lui serait pas désagréable qu'ils pussent mieux se connaître l'un et l'autre. A la pause de midi, ils mangèrent côte à côte et finirent par se tenir la main. Vers quatre heures, la cueillette terminée et les dernières grappes amassées dans les *bacholles*, les équipes de vendangeurs se séparèrent. Le père Léonce compta son dû à chacun. Quand vint le tour d'Hellénie, que serrait le gaillard par la taille, elle dit au métayer :

— Je vous charge de dire au jardinier du château que je ne rentrerai pas ce soir.

Elle regarda son amoureux, éclata d'un grand rire et ajouta, sans autre manière :

— Ni ce soir, ni jamais !

Bras dessus, bras dessous, les deux jeunes gens s'éloignèrent. Après celle du raisin venait pour eux la période de la récolte des poires.

Pauvre Guillaume !

Un sort acharné semblait s'abattre sur lui et interdire qu'il connût un bonheur suivi auprès de la gent féminine.

Lorsque le père Léonce, tout penaud, était venu lui annoncer que la belle Hellénie s'était égaillée dans la nature avec un coquin de son âge et que, sans doute, elle ne remettrait plus les pieds au domaine, il avait piqué une colère de tous les diables, cassé une bêche et trois râteaux, piétiné deux rangées de laitues, puis fini par se calmer en s'adossant au tronc d'un tilleul, dont les frondaisons sont, comme chacun sait, le remède à tous les excès.

Namadie, pour sa part, était rayonnante de joie. Alexandre, qui passait près du bassin, l'entendit prononcer ces paroles :

— Merci à vous, mes amies les fées. Cette méchante Hellénie ne viendra plus tracasser mon père désormais.

La gamine, tout en restant petite, commençait à prendre des formes. Ses hanches s'affinaient, deux rondeurs se devinaient sous le corselet en pointe, une pilosité était apparue aux aisselles et près de son intimité.

— Tu deviens femme, mon enfant, lui dit la baronne.

Dame Jeanne lui expliqua en quoi cela consistait, « devenir femme ». Namadie, très attentive, ouvrait ses grands yeux de porcelaine. Un pli se dessina soudain sur son front.

— Alors, je ne verrai plus les fées ni les lutins ? s'inquiéta-t-elle.

Victoire intervint :

— Pourquoi donc ne les verrais-tu plus, ma mignonne ?

Namadie baissa la tête.

— Dame Jeanne me dit que dorénavant je ne serai plus une enfant. Or, il n'y a que les enfants pour croire que les fées existent. Quand on est grand, on trouve que tout cela n'est que sornettes.

Très émue, Victoire serra Namadie contre elle et lui susurra dans le creux de l'oreille :

— Ma chérie, si tu gardes ton cœur d'enfant toute ta vie, je peux t'assurer que les fées, tu les verras longtemps encore.

La gamine réfléchit un instant, puis se décida :

— Mais toi, Victoire, tu les vois toujours, dis ?

La jeune femme ne répondit pas tout de suite. Son visage s'illumina bientôt d'un sourire.

— Tu te souviens du tableau que j'ai peint et qui représente le bassin ? fit-elle.

Namadie opina.

— Tu m'avais dit à l'époque que j'avais omis d'y représenter tes amies les fées, n'est-ce pas ?

Nouveau mouvement de tête de Namadie.

— Eh bien, viens avec moi dans ma chambre, où j'ai fait accrocher mon tableau.

Namadie poussa le fauteuil de Victoire jusqu'au lieu

indiqué. Elle laissa échapper un grand cri de surprise quand elle vit, suspendue au-dessus du lit de Victoire, la belle toile aux couleurs vives. Dans un coin, à droite, trois minuscules bonnes femmes souriaient.

— Mes bonnes fées ! s'exclama Namadie. Toi aussi, tu les vois, même si tu es devenue grande !

Elle sauta au cou de Victoire en la couvrant de baisers.

Gabriel Mercier vieillissait. A soixante-sept ans, il s'était voûté et marchait parfois avec difficulté. Cela ne l'empêchait pas, néanmoins, de monter encore la jument Sultane. Si le trot ou le pas avaient à présent remplacé les séances de galop de naguère, il considérait comme des plus salutaires cet exercice quotidien.

Aussi, dès les premières lueurs de l'aube, qu'il plût, qu'il ventât, qu'il fît chaud ou qu'il gelât, il descendait les marches du perron et se dirigeait directement à l'écurie, où l'attendait Broussegoutte. Levé dès patron-jacquette, le palefrenier avait déjà préparé la monture.

« Sultane est parée, Monsieur le baron, disait-il régulièrement. J'espère que votre promenade sera bonne.

— Merci à toi, répondait Gabriel. Hélas, Sultane n'est pas aussi vive que l'était Zéphyr. »

Il ajoutait, in petto :

« A moins que moi aussi je ne sois moins alerte qu'autrefois. »

Il mettait le pied à l'étrier et, avec difficulté, se hissait sur la selle.

« Ah, mon brave Broussegoutte, ce que c'est que de vieillir ! »

En ce matin de fin novembre, le jour tardait à se lever.

L'Ambène, résillée de brumes blafardes, se festonnait de glaces qui avaient cristallisé les herbes sur les berges. Dans les prés, à l'entour, une neige tombée la semaine précédente avait déposé une lèpre flavescente et sale.

Emmitouflé dans une houppelande de bure, le baron descendit les marches du perron et marcha en claudiquant jusqu'à l'écurie. Il respirait bruyamment en laissant traîner dans son sillage un nuage de vapeur, presque aussitôt dissipé.

Depuis son lever, une lourdeur inhabituelle lui pesait sur l'estomac, provoquant des aigreurs et une bizarre sensation d'étouffement. Tout d'abord, il mit cela sur le compte d'une indisposition passagère, comme il n'était pas étrange qu'on en connût à son âge. Après avoir avalé un bol de soupe, le malaise resta pourtant en lui ; aussi décida-t-il de l'ignorer complètement.

Ta vieille relique en a vu d'autres, se dit-il, et ce n'est pas cela qui va t'empêcher de sortir. Non mais !

Broussegoutte, qui finissait d'apprêter la jument Sultane, lui trouva un drôle d'air et se demanda si la teinte violacée de ses lèvres était simplement due à la température glaciale de l'atmosphère.

— Etes-vous sûr que vous voulez sortir, ce matin ? lui demanda-t-il avec un peu trop d'insistance.

Gabriel Mercier s'emporta :

— Que me chantes-tu là ? C'est nouveau, à présent ? M'as-tu déjà vu vouloir rester au chaud à cause d'une toute petite gelée matinale ? Il ferait beau voir que je m'acagnasse au coin du feu comme une vieille chatte frileuse !

En grimaçant et en soufflant beaucoup, le baron grimpa vaille que vaille sur le dos de Sultane. La jument partit au petit trot, tournant à intervalles réguliers le chanfrein vers son cavalier, comme étonnée qu'il ne la sollicitât pas davantage, ainsi qu'il le faisait à l'accoutumée.

Dès la sortie du parc, une gifle de vent saisit Gabriel. Il chercha son souffle et rajusta sur son cou les pans de sa houppelande. A proximité de l'abbaye, le meunier du moulin Cheminat le salua de la main et il voulut répondre. Mais son bras gauche, ankylosé, refusa de se lever, tandis qu'il ressentait comme une déchirure dans la poitrine.

— Holà, Sultane ! grogna-t-il en tirant sur les rênes.

Soudain, il s'affaissa sur l'encolure de l'animal. Le meunier se précipita vers l'équipage et eut tout juste le temps de recevoir Gabriel dans ses bras.

— Monsieur le baron se trouve mal ! cria-t-il à ses aides postés près de l'entrée du moulin, à une simple portée de fusil.

Il leur fit signe d'accourir. L'un tirant Sultane par la bride, deux autres soutenant Gabriel Mercier qui avait perdu connaissance, ils arrivèrent à Portabéraud. Au château, ce fut un vrai branle-bas de combat. Muguette courait partout dans la maison ; Eglantine poussait des gloussements de poule effarouchée – « Un g'and malheu' est a'ivé ! » clamait-elle – ; Broussegoutte, tout essoufflé, pestait contre ce *têtaraud* qui aurait bien dû écouter ses conseils et ne pas sortir ce matin. Dame Jeanne, seule, semblait raison garder.

— Va prévenir Victoire, qui doit encore dormir, ordonna-t-elle à la servante noire.

Elle se tourna vers Alexandre.

— Toi, mon garçon, tâche de faire diligence pour t'en aller quérir le docteur Boulanger.

Le médecin constata une insuffisance manifeste du muscle cardiaque.

— Il a dû faire une crise provoquée par le froid. S'il s'en sort, je lui interdis bien désormais de commettre ce genre d'imprudence.

Le baron souleva une paupière, voulut parler.

— Ne vous énervez pas, mon ami, fit dame Jeanne. Il va falloir vous reposer, à présent. Monsieur Boulanger a raison, vous n'avez plus l'âge de ces extravagances.

Victoire plaqua une main sur le front de son père. Il était brûlant et, ainsi qu'une onde mauvaise, elle sentit cette chaleur s'irradier dans tout son corps. Furtivement, elle essuya une larme.

— Père, lui dit-elle à l'oreille. Il va vous falloir, tout comme moi, être raisonnable si vous voulez continuer longtemps encore sur le chemin de cette vie. Promettez-le-moi, s'il vous plaît.

Gabriel Mercier fit entendre un sourd grognement. Il crispa les mâchoires, fronça les sourcils, entrouvrit un œil, le ferma, puis l'ouvrit encore.

— Merci, père, chuchota-t-elle avant de lui déposer un baiser sur la joue.

Un baiser léger comme un pétale de coquelicot.

Père et fille passaient à présent des après-midi entiers face à face. Contraint à rester au logis, Gabriel ne voulait montrer mauvaise figure à Victoire, dont le sort était encore pire que le sien. Tout près, dame Jeanne s'occupait à des travaux de tapisserie. De temps à autre, elle levait les yeux de son ouvrage, appuyait son dos à la chaise en velours d'Utrecht et regardait avec une immense tendresse les deux êtres qui lui étaient les plus chers au monde.

De retour d'une de ses équipées, Namadie entrait au salon en coup de vent, apportant avec elle les senteurs de la forêt dont le baron était dorénavant privé.

— Alors, ma demoiselle, t'es-tu bien promenée avec tes fées et tes lutins ? lui demandait-il avec une nuance d'envie qui allumait sa pupille.

La petite, les joues colorées de rose par sa course à travers bois, lui dédiait un large sourire dont il savait se contenter.

Ce fut par un jour de février, alors qu'un redoux inattendu avait fait fondre toute trace de neige, que Gabriel Mercier décréta qu'il lui fallait prendre un peu d'exercice. Bien sûr, plus question de monter Sultane. Le palefrenier, respectant à la lettre les consignes de la baronne, n'eût d'ailleurs pas accepté de seller la jument pour son maître.

Bizarrement, alors que Jeanne poussait les hauts cris devant tant d'imprudence, ce fut le curé Decombas qui prit sa défense :

— Un peu de marche à pied ne peut qu'être profitable à monsieur votre époux, lui dit-il. Ce n'est pas en restant enfermé à longueur de journée que son cœur ira mieux.

Très docte, il ajouta :

— Je vous rappelle, chère madame, que le cœur est un muscle et qu'à ce titre il convient de le faire travailler.

Devant ces arguties, plus physiologiques qu'ecclésiastiques, Jeanne fut obligée de céder.

Le baron allait donc pedibus et ce fut Alexandre qui eut désormais la mission de monter Sultane. Le garçon se révéla vite un cavalier habile. Sous les yeux émerveillés de Namadie, qui eût aimé en faire autant, il partait à coq chantant, après avoir sellé lui-même la jument.

C'est ainsi que passèrent plusieurs mois, dans une tranquillité que parvenaient parfois à troubler, de-ci de-là, des échos d'un mécontentement persistant dans les basses couches de la population. Là-haut, à Paris, le ministre Necker tentait de calmer le jeu en produisant des réformes fiscales, tandis que la reine Marie-Antoinette avait atteint les bas-fonds de l'impopularité avec l'affaire du Collier.

— Un tel scandale est indigne d'une reine de France ! s'insurgea Guillaume, après la lecture d'un pamphlet sur cette ténébreuse histoire.

Le jardinier, qui venait de surmonter sa dernière peine de cœur, assimila cette intrigue royale à la trahison de sa belle Hellénie. Aussi, le naturel revenant chez lui au galop, se décida-t-il à repartir en croisade contre les nantis de la société et les tenants de la monarchie absolue.

Sans doute Guillaume était-il trop bavard. Qui donc, aux abords du château de Portabéraud, ne connaissait pas ses idées d'avant-garde ?

« Tu as tort, mon garçon, continuait de lui seriner le baron Mercier, de toujours déverser ton fiel sur nos gouvernants. Un jour, ils finiront par se fâcher et je ne pourrai rien pour toi. »

Mais le bougre était cabochard comme un mulet. Lui faire entendre raison relevait de la mission impossible. Voilà qu'un soir, *Le Contrat social* de Rousseau sous un bras, il entra dans une taverne de Riom où il se mit à lire à voix haute des passages entiers.

Parodiant Jean-Jacques, il commença ainsi sa diatribe :

— « L'homme est né libre et partout il est dans les fers. »

L'on fit silence autour de lui, ce qui l'encouragea à poursuivre. Il ouvrit le livre au hasard, monta sur une chaise et, de sa position perchée, déclama :

— « Trouver une forme d'association qui défende et protège de toute la force commune la personne et les biens de chaque associé, et sur laquelle chacun, s'unissant à tous, n'obéisse pourtant qu'à lui-même, et reste aussi libre qu'auparavant. Tel est le problème fondamental dont le contrat social donne la solution. »

Dans le fond enfumé de la salle, deux hommes étaient attablés et buvaient chopine. L'un, le plus âgé, scrutait les lieux d'un regard d'épervier qui sondait le tréfonds des êtres. L'autre, à la tête d'adolescent imberbe, semblait se désintéresser profondément de cet olibrius qui faisait beaucoup de bruit pour rien.

— Tu l'as reconnu ? dit le premier.

— Certes, c'est le jardinier du baron, rétorqua l'autre.

Ils se turent de nouveau, tandis que Guillaume venait d'entamer une nouvelle tirade.

— « Les clauses de ce contrat, clamait-il, sont tellement déterminées par la nature de l'acte que la moindre modification les rendrait vaines et… »

— Chante toujours, beau merle ! ricana le jeunot.

— Sortons d'ici, fit l'homme plus âgé. Nous l'attendrons dehors...

Il pouffa de rire.

— ... jusqu'à ce qu'il ait terminé son spectacle de foire !

Longtemps encore Guillaume continua sa lecture. Mais autour de lui on se lassait. Des quolibets commencèrent à fuser.

— Tu nous soûles, l'ami, avec tes rengaines.

— N'as-tu point d'autres histoires à nous raconter ?

— On n'y comprend rien, à ton charabia.

Puis le mastroquet vint lui-même mettre un terme à la séance.

— Je n'ai pas envie que la police du roi ferme ma boutique, gronda-t-il. Aussi je te conseille d'aller voir ailleurs si j'y suis. Allez, ouste, monsieur le beau parleur.

Un peu forcé, Guillaume se retrouva dans la rue. Une nuit sans lune épandait son encre et, pendant un court instant, il se demanda de quel côté il devait se diriger. Sur sa droite, à quelque dix ou douze toises, un autre estaminet déversait une clarté falote, si bien qu'il décida de s'en approcher.

— Halte-là, monsieur le Cicéron ! tonna une voix grasseyante.

En même temps que ce grognement, il entendit un cliquètement d'épée qu'on sort de son fourreau et, par réflexe, mit la main sur la sienne.

— Ventrebleu ! fit-il. Qui êtes-vous ?

— Police du roi ! Je te conseille de n'opposer aucune résistance.

— Viens me chercher ! cria-t-il.

Prenant ses jambes à son cou, il galopa jusqu'à la

lueur. Mais le second personnage l'y attendait et il fallut bien en découdre. Il se campa dos à la devanture de l'auberge et fit face à ses deux assaillants. Les armes se croisèrent. Des étincelles, dues au choc des lames, rayaient l'obscurité, les combattants poussaient des ahans formidables.

A un moment, Guillaume, qui venait d'esquiver une attaque du plus jeune de ses adversaires, se fendit en avant et le toucha dans le haut d'une cuisse. Le lascar laissa fuser un cri terrible qui dut se répercuter dans plusieurs rues à la ronde. Son compagnon se pencha vers lui, abandonnant pour un temps des yeux Guillaume, et celui-ci en profita pour déguerpir.

Tout essoufflé, il pénétra en trombe dans le parc du château. S'efforçant de maîtriser les battements de son cœur, il se tapit dans un fourré. Il s'attendait à voir surgir à tout instant le péquin qui devait être à ses trousses et ne manquerait pas de pointer son museau dans les parages de Portabéraud. Il demeura ainsi plus de cinq minutes, son épée à la main. Au-dessus de lui, dans les hautes branches d'un orme, un rapace nocturne faisait entendre de petits miaulements rauques. Une brise fraîche animait les feuillages en une sorte de houle régulière. Au loin s'éleva le glapissement d'un renard en chasse.

Guillaume frissonna. Puis, s'étant persuadé que son poursuivant ne se montrerait du restant de la soirée, il sortit de son poste de guet et poussa la porte de sa maisonnette.

Bien sûr, il ne ferma pas l'œil de la nuit. Dès l'aube, il était debout. Il ranima les braises de l'âtre, se fit chauffer de l'eau et but une infusion de camomille.

— Je crains, monsieur, confia-t-il au baron dès qu'il l'aperçut à l'autre bout du jardin, de m'être attiré quelque tracas avec la police de Sa Majesté.

— Qu'as-tu fait encore ?

— Je me suis battu contre eux, monsieur.

— En sont-ils morts ?

— L'un doit être blessé. Quant à l'autre...

Gabriel Mercier fulmina contre l'écervelé qui avait osé affronter à l'arme blanche les hommes du roi.

— Garçon, pendant quelque temps, il va te falloir aller te mettre au vert. Je sais une chaumine dans la montagne, vers le Cratère, sur la route de Pontgibaud. Prépare tes affaires pendant que Broussegoutte sellera Sultane pour toi. Une fois là-haut, reste sur tes gardes. La police a des yeux derrière la tête.

Dans l'heure suivante, sans demander son reste, Guillaume mit les pieds aux étriers et, hue cavalier, s'ensauva au triple galop de la jument. Il fit bien. Trente minutes plus tard, une escouade, armée jusqu'aux dents, se présentait à la grille du château.

— Au nom de Sa Majesté, nous vous signalons, monsieur le baron, que votre jardinier, le dénommé Guillaume, est en état d'arrestation, fit un gros homme joufflu qui en était apparemment le chef.

— Guillaume ? s'efforça de ricaner Mercier. Mais qu'a-t-il fait, grands dieux, pour mériter pareil dérangement ?

— Il a tenu des propos subversifs en réunion et il s'est opposé par la force aux représentants de l'ordre, blessant même l'un d'eux.

— Lui, si respectueux des lois ! Vous devez faire erreur, soldat ! affirma effrontément Gabriel.

Puis, prenant un air dégagé :

— De toute façon, continua-t-il, vous ne le trouverez pas ici. Je l'ai vu partir à cheval il y a moins d'une heure. Tout ce que je peux vous dire, c'est qu'il se dirigeait vers la plaine.

A la suite de ce gros mensonge, le baron pivota sur lui-même et agit comme si les militaires n'eussent point été là. Décontenancé, leur chef poussa un fort juron.

— Ventre-saint-gris ! gronda-t-il. Voilà qui s'appelle se moquer du monde !

Il fit signe à ses hommes de tourner bride.

— Mais ça ne fait rien, lâcha-t-il, nous finirons bien par l'avoir. Rira bien qui rira le dernier !

Montant les marches du perron, le baron Mercier n'avait pas du tout envie de rire. Mais alors, pas du tout !

— J'avais déjà perdu maman. A présent, c'est père qui a disparu.

Namadie supportait difficilement que Guillaume, recherché par les hommes du roi, eût jugé préférable de se cacher dans la nature. Elle s'adressa aux fées, ses amies.

— Trouvez-vous normal, leur dit-elle, qu'un père abandonne ainsi ses enfants ?

Elle se pencha sur les eaux du bassin, observa Pataud, le gros poisson rouge, qui n'en finissait pas de traîner sa peine. Une des fées grimpa sur la nageoire caudale de Pataud et, s'en servant comme d'un gouvernail, elle l'obligea à se diriger vers la demoiselle.

— Ton père est aussi malheureux que toi de cette absence, lui révéla-t-elle. Sache qu'il pense à toi, ainsi qu'à

Alexandre, ton frère. Ne lui complique pas la tâche en émettant des doutes. Continue de lui accorder ta foi.

Confiante en sa bonne fée, Namadie accepta l'oracle qu'elle lui donnait.

A l'entrée de l'hiver, Guillaume se calfeutra dans sa masure, ne sortant que pour s'approvisionner en bois de chauffage et relever ses collets à lapins. Son fils Alexandre lui avait procuré une belle surprise en arrivant un matin, à l'improviste, avec un sac contenant la plupart des ouvrages auxquels il tenait tant : les *Contes* de Voltaire ; *De l'esprit des lois* de Montesquieu, ainsi que *Les Lettres persanes* ; *Emile* et *Le Contrat social* de Rousseau ; le premier volume de l'*Encyclopédie*, avec des articles signés par d'Alembert et Diderot ; et d'autres livres, également, de Jaucourt, Marmontel, La Condamine et Duclos.

Durant des journées entières, alors que dehors les assauts de la bise drossaient contre la maison des congères de neige, il lisait ses chers auteurs dont les idées neuves bouleverseraient un jour l'ordre établi. Ses voisins les plus immédiats, un couple de métayers du baron Mercier, tenaient celui-ci en haute estime. Il n'y avait donc pas à craindre que, de ce côté-là, une trahison s'en vînt troubler la vie de Guillaume, si bien ordonnée.

Entre deux lectures, il lui arrivait toutefois de se demander combien de temps durerait encore cet exil et s'il pourrait retrouver bientôt son jardin de Portabéraud. Ses enfants, bien sûr, lui manquaient. Namadie lui avait fait passer un mot par Broussegoutte, qui était venu reprendre la jument Sultane pour la ramener au château. La demoiselle avait écrit :

Mon cher père,

Ton absence nous pèse, à Alexandre et à moi. Mais je suis certaine qu'un jour viendra bientôt qui nous annoncera ton retour parmi nous. En attendant, prends soin de toi. Je sais que les esprits de la forêt veillent sur toi.

Namadie, ta fille qui t'aime très fort.

Face au palefrenier qui l'observait, Guillaume lutta pour ne pas verser sa larme. Il ravala son émoi puis s'informa de chacun des habitants du château. Dame Jeanne était de tous la plus forte, réconfortant les uns, insufflant de l'énergie aux autres. Le baron parlait de remonter à cheval et Victoire continuait de peindre les allées du parc, paysages dans lesquels elle insérait de petits personnages qui faisaient penser à des fées et à des lutins. Le jardin ? Ah, certes, il manquait bien la patte du maître, mais Alexandre, de même que les jumeaux Pierre et Jacques, se dépensait sans compter et, finalement, réussissait plutôt bien dans ses entreprises.

— Merci, mon brave Broussegoutte, pour toutes ces bonnes nouvelles. Quant à moi, vois-tu, eh bien, je me morfonds dans ce cabanon. Si je n'avais pas mes amis les écrivains et les philosophes, je crois, pour de vrai, que je n'aurais plus envie de vivre.

Il hésita un instant, se demandant sans doute si ce qu'il avait encore à dire serait compris du palefrenier qui n'avait, à coup sûr, pas inventé la poudre.

— Car vois-tu, se décida-t-il enfin, un bon livre est le viatique le plus efficace qui soit pour juguler l'ennui aussi bien que le chagrin.

— A condition de savoir lire ! répliqua le vieux Broussegoutte. Moi, je ne sais pas, mais pardieu, je n'ai pourtant pas le temps de m'ennuyer ! Allez, à la revoyure, jardinier, va falloir que je m'en retourne avec Sultane.

Dans son château, le baron faisait des pieds et des mains pour que Guillaume pût, de nouveau, agir à visage découvert et ne plus être inquiété par la police royale. Arguant de son ancien titre d'écuyer ainsi que de la charge de conseiller au Présidial de Riom qu'il avait un temps occupée avant de la revendre, Gabriel demanda audience au procureur du roi du tribunal de Clermont-Ferrand. L'homme le reçut en robe, en toque et la fourrure d'hermine rejetée sur l'épaule.

— Que me vaut, cher baron, l'honneur de votre visite ? fit le magistrat qui prenait des poses en s'admirant dans la grande psyché de son bureau.

C'était un individu à la prestance remarquable. La cinquantaine alerte, il paraissait régner sur son domaine ainsi qu'un prince en son castel. Ses joues striées de couperose semblaient en outre trahir chez lui un certain penchant pour une vie de sybarite, et la gastronomie devait être l'un de ses soucis premiers.

— Oui, mon cher, reprit-il en s'affalant dans un fauteuil recouvert de brocart argenté, votre présence en ces lieux est plutôt surprenante. Il doit y avoir à cela une bonne raison, je présume.

Il plongea son regard d'aigle dans les pupilles de Gabriel Mercier. Le baron mit un point d'honneur à ne pas baisser les yeux. Aussi, affectant un air dégagé, prit-il le parti de ne pas biaiser et d'aller droit au but.

— La raison est la suivante, monsieur le procureur...

Alors, il expliqua l'altercation de Guillaume avec deux

hommes de la police du roi, le duel qui s'était ensuivi et la blessure de l'un d'eux, puis la fuite et l'exil dans un lieu qu'il prétendit ne pas connaître mais où le pauvre garçon devait se morfondre bien plus sûrement que s'il était en prison.

— Vous escomptez, je présume encore, que je fasse preuve de la plus grande mansuétude à l'égard de votre employé ?

— Je l'appelle de tous mes vœux, monsieur le procureur, et je…

L'homme de loi l'interrompit :

— Mais cette mansuétude pourrait passer pour de la pusillanimité ; il serait à craindre que les adversaires de la royauté ne s'engouffrassent dans la brèche et ne fomentassent de plus graves troubles encore que celui causé par votre…

Il réfléchit un instant.

— … par votre Guillaume, jardinier de son état.

Le baron ébaucha un sourire énigmatique.

— Ce Guillaume, dit-il, pourrait pourtant vous être particulièrement proche, savez-vous ?

— Plaît-il ?

— Oui, mon cher procureur. Imaginez que tous deux, vous soyez un peu parents.

— Vous déraisonnez, mon ami.

— Je crois, au contraire, jouir de toutes mes facultés.

Gabriel Mercier s'approcha de la croisée. Une nuée de moineaux s'abattit dans un marronnier, dont, de la pièce, on pouvait voir les hautes branches. Brusquement, il se retourna.

— N'êtes-vous point le frère de la duchesse de… ?

— Qu'est-ce à dire ?

— Eh bien, figurez-vous que la duchesse et moi, autrefois, avons…

Le reste du discours fut murmuré dans le creux de l'oreille du procureur. Sa figure devint soudain cramoisie, sa couperose vira au violet aubergine ; il ne savait plus que répéter : « Oh ! bien, alors ! C'est fort que tout cela ! Oh ! bien, alors ! »

— Donc, pour en finir, monsieur le procureur, vous vous trouvez être l'oncle de Guillaume, mon jardinier de fils.

— Oh ! bien, alors !

L'homme de loi fut soudain pris d'un doute :

— Mais qui me prouve, monsieur le baron, que vous dites vrai ?

— Ma parole de gentilhomme, voyons ! Et puis, il y a votre sœur. Madame la duchesse ne saurait mentir à son petit frère, qu'elle a élevé, d'après ce que je sais, comme l'eût fait votre propre mère si elle avait vécu.

Les yeux du procureur s'embuèrent.

— Oh ! bien, alors ! articula-t-il une fois encore.

C'est ainsi que, sans savoir vraiment le pourquoi du comment, Guillaume délaissa sa masure et sa solitude pour s'en retourner vivre auprès des siens ces quelques années qui restaient avant qu'un monde s'écroulât et qu'en naquît un autre, plus conforme à ses idéaux de justice et de liberté.

Il revint à Portabéraud. C'était le beau printemps d'avril.

8

Les années avant le grand chambardement de 1789

Ce printemps 1785 fut d'une sécheresse redoutable. Guillaume se démenait comme un diable pour irriguer ses plantations. Grâce à l'eau de l'Ambène qui descendait des hauteurs d'Enval, il avait réussi, tant bien que mal, à s'approprier une partie du maigre débit fourni par une des dérivations du ruisseau. Mais ses légumes ne poussaient pas aussi dru qu'il l'aurait souhaité.

— Je crains que ce ne soit la pire récolte de ces dernières années, confia-t-il au baron qui, comme tous les jours, était venu s'enquérir de l'état du potager.

— Eh bien, si tel est le cas, répondit Gabriel, c'est que Dieu en aura décidé ainsi. Il ne sert donc à rien de te mettre martel en tête.

L'on fêta Pâques avec un éclat particulier. Très tôt, en ce dimanche, le vieux Ferrebœuf avait fait rôtir au tournebroche le traditionnel agneau. A dix heures, le père Decombas célébra la messe en la chapelle. Le baron, ainsi que Jeanne et Victoire, était assis au premier rang. Se tenaient en retrait Guillaume avec Alexandre et

Namadie, ses enfants. Puis, derrière, les jumeaux Pierre et Jacques, Broussegoutte et les servantes. Le docteur Boulanger arriva quasiment en même temps que le prêtre et s'installa à l'écart, près du tableau représentant l'Annonciation qu'avait peint Victoire.

— *Resurrexi, et adhuc tecum sum, alleluia*, commença le desservant.

Sur un ton monocorde, il abandonna le latin et poursuivit en français :

— O Dieu, qui nous avez ouvert aujourd'hui l'entrée de l'éternité par la victoire que votre Fils unique a remportée sur la mort, secondez, par votre divin secours, les prières et les vœux que vous nous inspirez vous-même en nous prévenant par votre grâce. Nous vous en prions par Notre Seigneur Jésus-Christ.

Namadie s'efforçait d'être attentive. Le père Decombas lui avait suffisamment fait le reproche de papillonner ou d'être trop souvent dans la lune. Alors, en ce dimanche pascal, il lui fallait montrer ses bonnes résolutions et prouver au prêtre qu'elle n'était plus une petite fille écervelée.

Comme tout un chacun, elle se mit debout tandis que l'officiant lisait l'Evangile.

— « En ce temps-là, Marie-Madeleine, Marie, mère de Jacques et Salomé, achetèrent des aromates pour aller embaumer Jésus. Et le premier jour de la semaine, étant parties de grand matin, elles arrivèrent au sépulcre au lever du soleil. Elles se disaient entre elles : “Qui nous ôtera la pierre de l'entrée du sépulcre ?” Mais, en y regardant, elles virent que cette pierre, qui était fort grande, avait été ôtée. Puis, entrant dans le sépulcre, elles virent un jeune homme assis du côté droit, vêtu d'une robe blanche, et elles en furent effrayées. Mais l'Ange leur dit... »

Que l'histoire était belle ! Combien cet ange qui apparaissait à Marie-Madeleine et à Marie, elle le trouvait séduisant ! Comme elle aurait aimé le rencontrer !

Le prêtre poursuivait, de sa voix nasillarde :

— « ... Jésus de Nazareth qui a été crucifié. Il est ressuscité, il n'est point ici : voici le lieu où on l'avait mis. Allez, dites à ses disciples et à Pierre qu'il vous précédera en Galilée. C'est là que vous le verrez, comme il vous l'a dit. »

L'office se déroula comme dans un rêve pour Namadie. A l'instant de la communion, elle reçut l'hostie sur la langue et, fermant les yeux, elle pria avec toute la conviction de ses quatorze ans.

Face aux fidèles, le père Decombas écarta les bras avec solennité.

— Répandez en nous, Seigneur, l'esprit de votre charité, clama-t-il. Gardez-nous unis dans votre amour. Amen !

Puis ce fut le *Ite missa est* final, avant la sortie des ouailles. Dès qu'elle eut franchi le portail de la chapelle, la demoiselle partit au pas de course jusqu'au bassin. Un mince filet d'eau fluait de la gueule édentée d'un animal étrange, mi-poisson, mi-grenouille, que le baron – allez donc savoir pourquoi ! – avait placé en cet endroit, au lieu du vulgaire tuyau qui existait auparavant.

— Alors, mon beau Pataud, dit-elle à son animal préféré. Comment te sens-tu en ce jour de Pâques ?

Elle fut bien sûr la seule à entendre la réponse du poisson rouge. Elle commençait à engager une conversation avec lui et les fées qui étaient apparues lorsque Alexandre arriva près d'elle en courant.

— Namadie ! Namadie ! cria-t-il du plus loin qu'il le put. Namadie, il faut que tu rentres au château. Le père curé veut te parler.

— Le père curé ? Que me veut-il ? N'ai-je pas été sage à la messe ? Me serais-je mal tenue ?

Le cœur battant un peu trop vite, elle suivit son frère le long de l'allée centrale. Au salon, autour du fauteuil de Victoire, étaient réunis le baron, dame Jeanne, Guillaume et le prêtre. Celui-ci paraissait fort animé et dessinait de grands moulinets de bras, comme s'il voulait chasser des mouches.

— Il faut lui donner une instruction religieuse et lui enlever ces sottes idées qu'elle a dans la tête, clamait le père Decombas.

— Ces idées ne sont peut-être pas aussi sottes que vous le pensez ! s'enflamma Victoire, dont le rose colora soudain le teint naturellement pâle.

Dame Jeanne, qui était la sagesse personnifiée, s'efforça de pondérer ses propos.

— Je vois dans votre projet, monsieur l'abbé, une utilité certaine, dit-elle posément. A savoir que Namadie pourra bénéficier d'une véritable éducation chrétienne, ce que nous ne pouvons faire ici qu'imparfaitement.

Guillaume, qui n'avait rien dit jusqu'à présent, intervint :

— Curé, fit-il en le regardant droit dans les yeux. A ce qu'il me semble, Namadie est ma fille et j'aurais apprécié que vous me fissiez part de vos intentions sans pour autant recourir à un conseil de famille, ainsi que vous le faites. Néanmoins, je vous accorde que la petite ne pourra que se trouver mieux de recevoir un enseignement religieux solide. Qui, mieux que les ursulines, pourrait le dispenser ? Toutefois...

Guillaume s'approcha de Namadie et posa paternellement une main sur son épaule.

— Toutefois, curé, j'émets une réserve, et elle est d'importance. Nous allons faire un essai de trois mois et si, au bout de cette période, la petite ne réussit pas à s'accoutumer, eh bien, elle reviendra ici.

C'est ainsi que l'accord se conclut. Namadie partirait donc au couvent dès le mois de juin pour partager la vie des ursulines durant toute la saison d'été. Et davantage en cas de besoin.

Les bonnes fées et les esprits de la nature n'allaient-ils pas trop manquer à celle qui, en dépit de sa petite taille, était devenue une jeune fille ? Ce brave Pataud pourrait-il rester sans la voir pendant tout ce temps ?

Namadie se dégagea de l'emprise de son père et partit se réfugier dans le parc, où elle pleura tout son soûl. Ah, elle s'en souviendrait de ce dimanche de Pâques !

Et à Paris, de même, la reine Marie-Antoinette. Pour ses relevailles – le petit Louis, qui serait le dix-septième, venait de naître – elle avait décidé de se montrer en grand cortège dans la capitale. Parée de ses plus beaux atours, portant une paire de boucles d'oreilles qui valaient huit cent mille livres, elle avait fière allure, la fille de l'empereur germanique et épouse de Louis XVI. Sans doute s'attendait-elle à des acclamations. Le peuple aurait dû lui être reconnaissant d'avoir donné à la France son prochain monarque.

Mais le peuple parisien se montra distant, voire hostile, envers cette souveraine qui affichait si ostensiblement son luxe alors que lui mourait de faim.

— Qu'est-ce donc que je leur ai fait ? soupira-t-elle en rentrant, abattue, au palais des Tuileries.

Guillaume, en ce matin, lisait une gazette où il était question de cet événement.

— Quand la reine cessera-t-elle de montrer cette morgue et ce mépris à l'égard des petites gens ? grogna-t-il en tournant rageusement les pages du journal.

Se parlant à lui-même, il poursuivit :

— Son égoïsme la perdra. On ne peut impunément se moquer du monde ainsi qu'elle le fait.

Puis il se leva et mit le nez dehors. Les brumes s'estompaient aux abords du château. Il put entrevoir son fils Alexandre, bêche sur l'épaule, qui se dirigeait du côté du jardin potager, où il fut bientôt rejoint par les jumeaux Pierre et Jacques. Les trois compères s'entendaient bien, leur travail de maraîchers ne semblait pas trop leur peser.

Guillaume pensa soudain à Namadie. La petite, depuis le dimanche de Pâques où on lui avait annoncé qu'elle entrerait au couvent, paraissait triste. Avait-il bien agi, lui, son père, d'accepter la proposition du curé Decombas ? N'aurait-il pas dû réfléchir davantage avant de donner son aval ? Si Guillemette avait été là, sans doute n'aurait-elle pas été d'accord, elle !

Guillemette...

Il y pensait encore. A certains moments de solitude, sa douleur revenait, comme un écho assourdi qui rebondit sur les versants de la montagne.

Il réagit. Allons, à rien ne servait de vouloir remuer le

passé. Ni Guillemette – et encore moins cette Hellénie qui avait traversé sa vie ainsi qu'une étoile filante pendant une nuit d'été – ni aucune femme au monde ne méritait que l'on se détruisît pour elle.

Alors, il repensa à la reine Marie-Antoinette et à ses boucles d'oreilles d'une valeur de huit cent mille livres, ferma la porte de sa maisonnette et dirigea ses pas vers le jardin.

Accroupie au-dessus de l'eau du bassin, Namadie jetait de la mie de pain aux poissons rouges.

— Ma fille adorée, murmura Guillaume.

La calèche déposa Namadie devant une grande porte cintrée, encadrée d'un fort linteau de pierre. La petite resta un moment immobile, avec l'impression de ne plus pouvoir faire un pas en avant.

— Viens, ma fille, lui dit dame Jeanne d'une voix qui se voulait rassurante.

La vieille femme lui tendit la main, à laquelle elle s'accrocha avec force.

— J'ai peur, si vous saviez !

— Mais non, ma chérie, il ne faut pas. Tu verras, tout va bien se passer.

Broussegoutte, qui avait conduit la voiture, souleva deux grands sacs d'affaires et précéda la baronne et Namadie le long d'un profond couloir où le choc des semelles sur les dalles semblait amplifié par la voûte. Une religieuse sortit soudain d'une loge et vint à la rencontre des arrivants.

— Je vais vous emmener auprès de notre mère, fit la nonne, qui ne pouvait détacher son regard de Namadie.

— Quel âge a donc cette enfant ? questionna la supérieure du couvent en les recevant.

— Namadie a quatorze ans et n'est plus une enfant, rectifia aussitôt dame Jeanne.

— Sainte Vierge ! Elle a oublié de grandir ?

Des larmes affluèrent aux paupières de Namadie. Elle s'efforça de les refouler et s'attacha à fixer son attention sur l'imposant crucifix accroché au mur du bureau. Le Christ penchait la tête sur le côté et une grosse tache rouge ensanglantait son flanc, si bien qu'à la vue de cette souffrance la jeune fille eut de nouveau envie de pleurer.

— Sœur Agnès, reprit la voix un peu rauque de la mère, vous conduirez mademoiselle Namadie jusqu'à sa cellule.

Puis, se tournant vers la baronne :

— Voici venue l'heure de lui faire vos adieux, madame, lui dit-elle après avoir soulevé ses fesses du large fauteuil de brocart d'or dans lequel elle était affalée.

Namadie se réfugia dans le giron de Jeanne. De grosses larmes roulèrent sur ses joues. D'ailleurs, elle n'essayait même plus de les juguler et pleurait en silence, semblable à un petit oiseau blessé dont on ne distingue que le soulèvement régulier du poitrail sans entendre aucun cri.

— Allons, mademoiselle, c'est le moment de montrer que vous n'êtes plus une enfant ! gronda la supérieure qui paraissait s'impatienter.

A regret, dame Jeanne serra une dernière fois contre elle la petite Namadie.

— Tout ira bien, j'en suis sûre, lui chuchota-t-elle

dans le creux de l'oreille. Je te promets de revenir te voir bientôt. Au revoir, ma chérie.

Avec docilité, Namadie suivit sœur Agnès. Celle-ci avait pris hardiment des mains de Broussegoutte les bagages de la jeune fille à qui elle décocha son plus joli sourire.

— Suis-moi, dit-elle. Ne te tracasse pas. La mère est un peu bourrue, au premier abord, mais tu constateras que ça n'est pas une mauvaise personne.

Elle marchait vite dans le long couloir, si bien que Namadie, pour la suivre, fut obligée de trottiner. Elles arrivèrent enfin devant une lourde porte en chêne qui donnait accès à une minuscule cellule. Au milieu d'une table, dans le coin droit de la pièce, un moignon de chandelle éclairait d'une pâle lueur un mur lépreux dont le crépi se desquamait. A l'opposé, sous un petit crucifix, un simple lit de noyer clair avec un chevet qui abritait un pot de chambre.

— Voilà ton nouveau domaine, petite Namadie, fit sœur Agnès sans se départir de son sourire.

Elle ajouta :

— J'espère que tu t'y plairas et surtout que ce lieu sera propice à tes dévotions.

Namadie baissa la tête. Les larmes étaient toujours sur le bord de ses paupières, prêtes à s'épancher. Ce que voyant, sœur Agnès s'évertua à chasser ses idées noires.

— Namadie, fit-elle, connais-tu au moins l'origine de ton prénom ?

— Non, renifla la gamine.

— Eh bien, sache que Namadie a vécu au VIe siècle – d'autres disent au VIIe – et qu'elle était l'épouse de Calmin. C'est elle qui a fondé le couvent des moniales de Marsat, dont dépend aujourd'hui encore l'abbaye de Mozac. Toute petite, cette Namadie était en parfaite harmonie avec la nature. Ainsi, sais-tu qu'elle parlait aux plantes, qu'elle pouvait voir leur aura et discutait avec les fées ?

La jeune fille ouvrit deux grands yeux étonnés.

— Elle discutait avec les fées ?

— C'est du moins ce que dit la légende, s'empressa de préciser sœur Agnès. Comme dans toute légende, il convient de faire la part du vrai et celle de l'imaginaire.

La religieuse posa les deux sacs sur le lit.

— Voudrais-tu t'occuper du jardin du couvent ? questionna-t-elle soudain. Ce serait merveilleux que tu puisses faire pousser de bons légumes. Si tu étais d'accord, j'en parlerais à notre mère supérieure, qui ne pourrait qu'agréer ce projet.

— C'est d'accord, fit Namadie.

Elle sécha une dernière larme qui s'apprêtait à rouler dans le coin d'une paupière. Il faisait, semblait-il, un peu moins gris en son cœur.

Marie-Antoinette, en son château de Versailles, devenait de plus en plus impopulaire. Le scandale du collier avait fini de saper la confiance que quelques-uns continuaient, malgré tout, de lui accorder.

A Portabéraud, Guillaume clamait haut et fort sa colère.

— Ne sois pas si virulent, garçon ! tâcha en vain de le raisonner le baron Gabriel. Ne t'a-t-il pas suffi que, déjà, je doive intervenir auprès de qui de droit pour te tirer d'affaire ?

— Eh bien, je suis prêt à aller en prison, pourvu que justice soit faite ! répondit le jardinier, au comble de l'exaspération.

Sur le territoire de la paroisse de Mozac, il réunissait une fois par semaine un groupe de mécontents dont la devise était : « Que l'équité soit faite, et non plus Marie-Antoinette ! » C'étaient pour la plupart des commerçants, des négociants, des artisans. Tous se voulaient en révolte contre des lois iniques qui les amputaient d'une large part de leurs revenus. Guillaume, quant à lui, se préoccupait davantage du sort des plus miséreux, paysans et petit peuple, ce qui le mettait souvent en porte-à-faux avec ses affidés.

— A quoi servira-t-il d'abattre la tyrannie si c'est pour la remplacer par une autre ? s'emporta-t-il un soir où les débats avaient été particulièrement houleux.

— Tu cries haro sur la noblesse et tu as toi-même du sang noble dans les veines ! railla quelqu'un qui venait d'entrer dans le fond de la salle.

Prêt à soutenir une harangue, Guillaume s'interrompit d'un coup. Le noiraud qui venait de l'agonir et avait déclenché autour de lui des rires gras et bêtes, il le reconnut soudain. C'était le sieur Auguste, séide de Jean Dumeil, celui-là même qui avait voulu le tuer dans les jardins de Portabéraud et dont il avait cru à son tour s'être débarrassé en lui passant l'épée au travers du corps.

— Tudieu, compère ! tonna Guillaume dont le visage avait pris la couleur d'une porcelaine pâle. Tu me parais bien fort en parlotes dans ton coin. Il est vrai que tu sais rester dans l'ombre pour tirer à boulets rouges sur les gens sans défense.

L'autre se leva, quitta sa place et vint se planter à deux toises de Guillaume.

— Viens-t'en te battre dehors si tu es un homme ! fit-il en écumant de rage.

— Une fois ne t'a donc pas suffi, compagnon ? ironisa Guillaume en portant la main au pommeau de sa flamberge.

Mais déjà certains tentaient de s'interposer entre les deux hommes.

— A quoi vous servira de vous entre-tuer, cré nom ? fit l'un d'eux. N'avez-vous pas pour objectif, l'un et l'autre, de chasser la tyrannie et d'imposer un ordre nouveau ?

Auguste et Guillaume durent en convenir. Un instant encore ils se défièrent. Et puis, la raison l'emportant, chacun amorça un pas en arrière et rengaina son arme.

Il n'empêche : à dater de ce jour, Guillaume renforça sa vigilance. Le soir, après sa journée de labeur au jardin, il était en alerte au bruit le plus léger. Une souris qui chicotait dans le grenier le faisait sursauter. Les souffles nocturnes du vent le mettaient en transe.

En transe et en sueur.

Après un exil de plusieurs mois, Jean Dumeil était revenu à Clermont et, de nouveau, fréquentait certains cercles révolutionnaires. Très vite, il sut imposer ses qualités de discoureur et de meneur d'hommes. Afin de sonder le pays et se rendre compte par lui-même de la progression des idées nouvelles, il voyagea beaucoup. Les courses de son cheval le conduisirent à Ambert, à Thiers et à Issoire. Partout, en ces lieux, il faisait entendre sa voix. Elle s'élevait contre les nantis, tous ceux qui possédaient des privilèges et désiraient, à l'évidence, les conserver.

Il n'avait pourtant guère à se plaindre de son sort. La fortune de feu sa femme – elle était morte subitement, dans des circonstances assez floues qu'une enquête policière n'avait pas permis d'éclairer – lui procurait une aisance matérielle suffisante pour qu'il pût mener à sa guise une vie sans contraintes.

Longtemps il hésita à se montrer de nouveau sur le secteur de Riom. La présence de ce Guillaume, qui avait été le mari de sa chère Guillemette, le révulsait. Auguste, son homme lige, n'avait pas été capable de s'en débarrasser. Mieux, c'est lui-même à présent qui avait disparu !

Malgré tout, il s'en revint à Riom comme en pèlerinage. Ressentant le besoin de revoir la maison qui avait abrité ses amours avec sa bergère, il grimpa un soir sur la butte de Tournoël, où se dressait toujours la forteresse médiévale. Le soleil venait de se fondre en des lueurs rougeoyantes derrière la guipure des volcans. De l'autre côté, par-delà la plaine de Limagne, les montagnes du Livradois et du Forez dessinaient une muraille dont les parties basses se trouvaient déjà dans l'ombre.

Jean Dumeil soupira. Il pensa que Guillemette eût aimé assister au spectacle de ce lent déclin du jour. Il en fut d'autant plus affecté de ne plus l'avoir à son côté en cet instant.

— Ma pauvre chérie, dit-il tout bas. Comme tu me manques !

Un bruit de pas près d'un hallier voisin le mit sur ses

gardes. Aussitôt il porta la main à son épée, prêt à affronter l'intrus.

— Auguste ! cria-t-il soudain en reconnaissant dans cette masse sombre qui sortait du buisson son ancien prosélyte.

Le noiraud sursauta, puis se fendit d'un large sourire.

— Compagnon ! s'exclama-t-il. Par le diable, si je m'attendais !

Effusions terminées, les deux hommes s'assirent sur une souche et s'avisèrent de leurs destins respectifs. Auguste raconta son duel à l'épée contre Guillaume.

— Il m'a eu, le bougre ! dut-il reconnaître, la rage au ventre.

Ses yeux lancèrent des éclairs, il serra les poings à s'en faire craquer les articulations et enchaîna :

— Mais ma carcasse est plus solide qu'on pourrait le penser et je suis encore là. Le Guillaume, je l'ai vu il n'y a pas si longtemps. Même que de nouveau on a failli se battre. Alors, la prochaine fois, il n'a qu'à bien se tenir, je te prie de me croire !

Jean Dumeil grogna lui aussi dans son coin.

— Il va falloir qu'on en finisse une fois pour toutes avec lui, conclut-il en écrasant une mouche qui avait atterri sur son bras.

Dans son regard posé sur la ligne des volcans qu'envahissait l'ombre de la nuit, Auguste put lire la froide détermination de qui va entamer une lutte finale.

Dans les lointains, un chien esseulé hurlait à la mort.

Sœur Agnès avait toujours le sourire au bord des lèvres et l'on eût pu croire que sa vie était une perpétuelle fête. Grâce à elle, en tout cas, Namadie ne paraissait pas trop affectée par sa nouvelle existence conventuelle.

Ainsi qu'elle le lui avait promis le jour de son admission, l'ursuline lui confia l'entretien du jardin potager. Aussi, chaque matin de neuf heures à midi, la demoiselle s'évertuait-elle à désherber, à sarcler, à semer. De la sorte, elle ne voyait pas le temps passer.

A midi très précisément retentissait la cloche qui appelait les sœurs au réfectoire. Sous le regard sévère de la mère supérieure, l'on mangeait dans un silence que troublaient seulement la toux sèche de quelque religieuse et le bruit des couverts en bois dans les écuelles.

C'était ensuite l'heure du chapelet. Chacune, assise à son banc, devait réciter des dizaines. La petite chapelle résonnait de ces murmures accumulés, tandis que les flammes des cierges semblaient se courber sous la force des prières.

Namadie s'efforçait de se montrer fervente. De tout son cœur, du fond de son âme, elle proférait des « Je vous salue, Marie pleine de grâce... » et souvent, avant la fin de l'invocation, survenaient des larmes qu'elle ne pouvait contenir.

Vers quinze heures, à un nouveau son de cloche, il fallait retourner aux cellules. Là, chacune confrontée à sa solitude, arrivait le moment de la méditation. L'esprit de Namadie était comme un feu follet et il lui était difficile de rester concentrée pour faire le vide en elle. Alors, elle vagabondait du côté de Portabéraud, pénétrait dans le parc, contournait le bassin, s'attristait à croire que son vieux Pataud s'ennuyait d'elle, revoyait ses fées et ses lutins, se demandait encore si Victoire et dame Jeanne pensaient toujours à elle.

Au beau milieu de l'été, fidèle à sa promesse, la baronne s'en vint lui rendre visite. C'était un matin, à l'heure où Namadie besognait au jardin. La terre sèche se craquelait et la jeune fille peinait à transporter une seille presque aussi lourde qu'elle du puits jusqu'à ses rangées de légumes.

— Comme tu as de belles couleurs, ma chérie ! s'extasia Jeanne à la vue de ses joues rosies par l'effort autant que par le soleil.

— Voyez comme le potager a fière allure depuis que notre demoiselle s'en occupe, enchaîna sœur Agnès, qui avait tenu à accompagner la visiteuse.

Namadie se précipita dans les bras de la baronne et ne put empêcher quelques larmes de couler.

— Comment te portes-tu, mon ange ? fit la vieille femme.

D'un geste furtif, la petite essuya ses yeux.

— Je vais bien, dit-elle en s'efforçant de sourire.

— Parfait. Voilà qui me rassure et qui rassurera aussi Guillaume, ton très cher père.

A cet instant, Namadie aurait pu avouer que rien n'était vrai dans ses propos, qu'elle s'ennuyait au couvent et que, malgré la gentillesse de sœur Agnès, elle n'avait qu'une hâte, celle de s'en revenir au château de Portabéraud pour retrouver les siens, de même que ses fées, ses lutins et les poissons rouges du bassin. Oui, elle aurait pu dire tout cela, dame Jeanne l'aurait entendue et se serait empressée de la ramener avec elle. Mais Namadie n'en fit rien et préféra se taire.

— Le père Decombas sera heureux lui aussi de savoir que ta nouvelle vie te convient, ajouta la baronne.

— Oui, il sera heureux, répéta machinalement la jeune fille.

Namadie leva soudain ses grands yeux vers dame Jeanne.

— Dites à mon père que mes légumes poussent bien. Tenez, regardez ces pommes de terre. N'ont-elles pas fière allure et ne sont-elles pas aussi belles qu'à Portabéraud ? Admirez mes fraises, qui font les délices des religieuses. N'est-ce pas, sœur Agnès ?

Namadie se grisait d'un flux de paroles. Comme si elle avait voulu oublier sa condition de recluse, elle parlait, parlait encore, parlait à n'en plus finir.

Sœur Agnès intervint :

— Notre chère petite ne vous a pas tout montré, madame la baronne.

— Ah, bien. Qu'est-ce à dire, mon enfant ?

— Voilà, reprit l'ursuline. Namadie, tout comme la sainte dont elle porte le prénom, est la reine des fleurs. Depuis qu'elle est là, nous assistons à l'éclosion d'une profusion d'espèces qu'on n'eût osé imaginer naguère. Regardez ces bluets, ces coquelicots, ces marguerites, ces pâquerettes.

— Et aussi ces myosotis, ajouta la petite.

De nouveau, elle s'enroba d'un air triste.

— En langue anglaise, cette fleur s'appelle *forget me not*. Cela veut dire : ne m'oubliez pas.

Tout bas, elle répéta :

— Ne m'oubliez pas…

Derrière son chevalet, entourée de son attirail de peintre, Victoire paraissait soucieuse. De la terrasse du château, elle porta son regard sur la longue allée de hêtres et de marronniers dont les feuillages bruissaient sous une brise tiède. Tout près, deux pies jacassaient effrontément. L'une d'elles alla se poser sur la statue en terre cuite qui représentait la négrillonne. Immédiatement, le second volatile l'y rejoignit et, de nouveau, recommença leur insupportable babillage.

Du jardin montaient des bribes de conversation entre Guillaume et ses apprentis jardiniers. Les plus bavards semblaient être les jumeaux Pierre et Jacques.

— Namadie serait si heureuse d'être avec eux, se prit à dire Victoire.

L'écho de sa voix la surprit, comme si une personne étrangère avait elle-même prononcé ces mots. Elle se cala dans son fauteuil et se remit à peindre.

Mais son mal-être subsistait. C'était en elle ainsi qu'une vieille douleur qui se serait réveillée soudain, comme cela, sans prévenir. Elle releva son pinceau de la toile, observa les nuages. Sous le métal du ciel passaient des hordes de strato-cumulus tout pommelés, blancs et légers comme des duvets de canard.

De l'église abbatiale toute proche monta le branle d'une cloche. Le son était triste et lancinant. Victoire se demanda qui l'on enterrait en cet après-midi de fin d'été.

Soudain, les deux pies vinrent se poser sur la balustrade, face à elle. Bientôt, elle eut l'impression que les oiseaux voulaient lui annoncer une nouvelle ou, peut-être, la prévenir d'un danger imminent, d'une menace quelconque qui pesait sur elle ou sur un membre de son entourage.

— Qu'avez-vous donc à me dire, mes amies ? articula-t-elle en les regardant intensément.

Mais le son de sa voix fit s'envoler les agasses. Elles repartirent à tire-d'aile et se posèrent à la cime du plus haut des fayards du parc, où elles se remirent à jacasser de plus belle.

— Namadie ! hurla-t-elle. Il est arrivé quelque chose à Namadie !

Le cri poussé par Victoire attira dame Jeanne. Tout essoufflée, la vieille dame s'approcha de sa fille.

— Que t'arrive-t-il, ma chérie ? Tu m'as fait peur. J'ai cru que tu étais tombée de ton fauteuil.

— Namadie ! recommença Victoire. Il faut tout de suite se rendre auprès des ursulines. Mère, je sens qu'un événement grave s'est produit.

Au loin, comme une morne antienne, continuait de sonner le glas.

Comme chaque matin, Namadie s'était levée à quatre heures. Les yeux encore remplis de sommeil, elle quitta sa cellule et chemina vers la chapelle. Sœur Agnès, qui marchait en tête d'un petit groupe de nonnes, se retourna et lui adressa un signe de la main, auquel elle répondit.

La mère supérieure était déjà installée. Face à la statue de la Vierge Marie, elle dirigea la litanie. Namadie, les paupières lourdes, répétait machinalement des *Ave* et des *Pater noster* en s'efforçant de rester concentrée sur les paroles latines qu'elle comprenait mal et d'ignorer le froid qui lui arrivait dans le cou.

Puis vint la prière du matin, qu'il fallut réciter debout.

— *Angelus Domini nuntiavit Mariae, et concepit de Spiritu Sancto, Ave Maria*, entonna la mère.

Le chœur des ursulines poursuivit l'invocation à la Vierge. Comme au travers d'un brouillard, Namadie percevait des paroles lointaines.

— *Mater purissima... Mater castissima... Mater inviolata... Mater intermerata... Mater amabilis... Mater admirabilis...*

Son esprit s'évada, elle était à cent lieues de cette chapelle glaciale et sombre où on la forçait à réciter des mots qui ne lui disaient rien. Depuis combien de jours, à présent, devait-elle, comme ce matin, satisfaire au rituel liturgique ? Combien de jours cela durerait-il encore ?

Brusquement, elle frissonna. Puis son corps tout entier se mit à trembler. Autour d'elle, les nonnes continuaient de psalmodier :

— *Agnus Dei, qui tollis peccata mundi, miserere nobis. Agnus Dei, qui tollis peccata mundi, dona nobis pacem.*

Ses jambes ne la tenaient plus. Elle s'écroula d'un bloc sur la dalle.

Lorsque Namadie reprit conscience, elle était allongée dans un grand lit, au milieu d'une chambre spacieuse. Sur un mur trônait une peinture représentant le Christ ressuscité, debout au-dessus de son tombeau ouvert, sur lequel se penchaient trois femmes, tandis qu'à côté, assis sur un bord du sépulcre, un ange ailé pointait l'index en direction du ciel.

La voix de la mère supérieure s'éleva soudain :

— Alors, ma petite, on a enfin retrouvé ses esprits ?

Savez-vous que vous nous avez fait très peur ? N'est-ce pas, sœur Agnès ?

La religieuse, qui se tenait en retrait, s'avança au chevet de Namadie.

— Que je suis aise de te voir ouvrir les yeux ! s'exclama-t-elle. Notre mère a raison quand elle dit que tu nous as fait peur. Pour ma part, j'ai bien cru que tu allais avaler ta langue.

— Symptôme classique du grand mal, autrement dit l'épilepsie, constata doctement la supérieure. Sans la promptitude de réaction de sœur Agnès, vous ne seriez plus de ce monde, mon enfant. Il faudra désormais l'associer dans vos prières.

Namadie essaya de remuer les lèvres afin de remercier sa bienfaitrice. Mais elle était trop faible encore et aucun son ne sortit de sa bouche. Une lassitude générale l'avait gagnée et elle n'avait qu'une envie, celle de dormir, dormir, dormir.

Avant de sombrer dans le sommeil, elle entendit pourtant la voix apaisante de sœur Agnès :

— Repose-toi, mon ange. C'est la meilleure de toutes les médications.

Quant à la supérieure, elle eut cette remarque :

— Il faudra prévenir prestement madame la baronne. Cette enfant n'est pas faite pour une vie de cénobite et devra rentrer chez les siens.

Guillaume s'en fut lui-même au couvent pour ramener sa fille au château. Il partit de bonne heure en ce lundi matin de grand soleil. Victoire, en dépit de son handicap, insista tant pour l'accompagner qu'il fallut bien céder à sa volonté. Aussi Broussegoutte eut-il l'ordre d'arrimer son fauteuil au siège de la carriole avec toute une armée de cordes de chanvre et, hue dia, l'équipage se mit en branle.

— C'est étrange, expliqua Victoire à son compagnon de route, combien j'ai ressenti avec force qu'un événement s'était produit. C'est comme si Namadie, par-delà la distance, m'avait appelée au secours.

— Oui, c'est vraiment étrange, fit Guillaume, rêveur.

Il semblait inquiet. Sans cesse sur le qui-vive, il portait son regard à droite, puis à gauche, et de nouveau à droite. Parfois, il se retournait, surveillant derrière lui la route qui défilait au trot de la jument Sultane.

La veille encore, il avait cru apercevoir, à travers les feuillages de l'entrée du parc, la silhouette massive d'Auguste. L'image avait été fugitive ; un moment, il crut avoir été victime d'une illusion et il voulut se persuader que sans doute son imagination lui jouait des tours.

Il n'empêche, ce matin, en préparant ses affaires, il n'avait eu garde d'oublier deux pistolets chargés, qu'il s'était empressé de cacher sous son siège.

Qu'il y vienne, le gars Auguste ! pensa-t-il. Il aura à qui parler !

— Que se passe-t-il, Guillaume ? s'alarma Victoire. Toi aussi, tu me parais étrange ce matin.

Il se voulut rassurant et se força à sourire.

— Ne t'inquiète pas. Tout va bien. Je suis un peu nerveux à l'idée de retrouver ma fille. Mais vois, le soleil brille, la vie est belle.

En ce mois de septembre, la nature flambait de tous ses feux. Pas un nuage au ciel mais, au contraire, des éclaboussements de lumière, un ruissellement doré. Avant leur grand départ pour des terres plus chaudes, des hirondelles dessinaient, très haut, de larges ellipses que l'œil avait peine à suivre. Tout au long du chemin, des ronciers étaient couverts de mûres sur lesquelles dansaient des myriades de guêpes et de bourdons.

— On se croirait en plein été, constata Victoire, pour dire quelque chose.

Elle continuait d'observer Guillaume, toujours aux aguets.

A un moment, la carriole pénétra sous le couvert d'un bois de bouleaux. Un geai passa devant les naseaux de la jument et, en cajolant avec force, alla se percher sur une haute branche.

— La nature est bien belle quand arrive l'automne, n'est-ce pas, mon ami ?

Guillaume ne sembla pas avoir entendu la remarque. Il donna un léger coup de cravache sur la croupe de Sultane afin d'accélérer l'allure et s'appliqua à demeurer attentif au moindre signe suspect.

Soudain, en même temps que la déflagration, une balle siffla à ses oreilles et vint se loger dans un accoudoir du fauteuil occupé par Victoire.

— Mon Dieu ! cria celle-ci.

— Hue, ma belle ! tonna Guillaume, qui se mit debout sur le devant de la voiture et fouetta la jument avec la plus grande vigueur.

L'équipage sortit du bois à bride abattue. Une autre balle retentit sous le couvert, mais la carriole était loin déjà et, en tout cas, hors de portée des assaillants.

Au bout d'une demi-lieue, et après s'être assuré que personne ne les avait pris en chasse, Guillaume tira sur les rênes et ralentit la cadence. A sa gauche, Victoire était toute pâle.

— Il me semble, mon bon Guillaume, qu'on a encore essayé de te tuer, s'efforça-t-elle d'articuler posément.

Elle le regarda de ses grands yeux d'azur qui cherchaient à comprendre.

— Pourquoi ? souffla-t-elle en enfonçant un doigt dans le trou de l'accoudoir où s'était logée la balle.

Elle répéta, pour elle-même :

— Oui, pourquoi ?

— Quel maladroit tu fais ! Tu l'as encore raté, vertubleu !

Jean Dumeil ne décolérait pas. A ses côtés, Auguste regardait sans comprendre son vieux tromblon, tout fumant encore, et qui s'était avéré inapte à atteindre sa cible.

— Tu es vraiment un fichu incapable, compagnon, laisse-moi te le dire !

Piteusement, Auguste baissa la tête, acceptant sans mot dire la mercuriale de son maître. Celui-ci était sorti de sa cachette, à l'abri d'un buisson d'aubépine. Là-bas, dans un nuage de poussière, la carriole de Guillaume s'éloignait d'eux à grande vitesse.

— Encore une occasion gâchée, et par la faute de ta maladresse, imbécile !

De rage, Dumeil piétina son tricorne et tapa du pied sur le sol couvert de mousse.

— Tout est à recommencer, à présent ! rugit-il. Tiens, si je ne me retenais pas, je te rouerais de coups de bâton pour t'apprendre à vivre !

A en rendre douloureuses ses articulations, Auguste serra dans sa main la crosse de son tromblon.

— Ce qui est fait est fait, dit-il d'une voix grave que Dumeil lui avait rarement entendue.

Après un moment au cours duquel même les oiseaux de la forêt s'étaient tus, il reprit :

— Et puis, je n'aime pas qu'on m'insulte, compagnon. Je n'aime pas non plus qu'on me menace ni qu'on me traite comme le dernier des manants.

Dumeil éclata de rire.

— Monsieur est vexé ! ricana-t-il. Monsieur a ses humeurs ! Monsieur n'accepte pas qu'on lui dise qu'il est un incapable et un âne bâté !

Le visage d'Auguste tourna au gris. La grosse veine qui lui barrait le haut du crâne parut grossir d'un sang noir et épais comme de la glu. Alors, posément, sans un geste de trop, il réarma son fusil et, regardant fixement Dumeil dans le fond des prunelles :

— Retire ce que tu viens de dire, compagnon ! proféra-t-il.

— Je ne retire rien du tout. Je persiste et je signe : tu es un maladroit, un imbécile et un demeuré. Toutes les missions que je t'ai confiées, tu les as ratées. Je ne veux plus te voir.

D'une voix encore plus sourde, Auguste articula :

— Rassure-toi, tu ne me verras plus jamais.

Il pointa le canon du tromblon sur la poitrine de Dumeil.

— Tu es fou ! Arrête ! Qu'est-ce que tu...

Le coup partit. Sans un cri, Dumeil s'écroula au pied d'un bouleau. Une flaque rouge s'étendit presque instantanément sur les premières feuilles mortes de cette fin d'été.

Namadie retrouva ses fées et ses lutins.

Un qui ne goûta guère ce retour fut le curé Decombas. Pendant quinze jours au moins, il ne remit les pieds au château.

— L'abbé boude et commet ce faisant un très gros péché, railla le baron Mercier.

Mais l'heure n'était pas à la plaisanterie. La tentative d'assassinat dont avait été victime Guillaume, aggravée par la découverte du cadavre de Dumeil à moins de deux lieues de Portabéraud, posait une véritable énigme à la police du roi.

Aux questions qui lui furent posées, Guillaume répondit que, ne se connaissant pas d'ennemi, il ne pouvait énoncer la moindre hypothèse concernant l'identité de son agresseur. Quant à l'individu retrouvé dans un bois tout proche, il prétendit qu'il lui était parfaitement inconnu.

Au fond de lui, toutefois, il croyait avoir compris le canevas de ce qui s'était réellement passé : le guet-apens monté par Dumeil et Auguste et les coups de feu tirés pour essayer de le mettre hors d'état. Ensuite, leur acte manqué, les deux malandrins avaient dû avoir une prise de bec qui s'était envenimée jusqu'à aboutir au décès, par balle, de Dumeil. De tout cela, bien sûr, il ne pipa mot et resta sur une prudente réserve.

Victoire, pour sa part, n'était pas dupe.

— Je suis sûre, mon bon Guillaume, lui dit-elle un

jour, que tu connais l'exacte version de cette triste affaire mais que tu préfères la garder pour toi. Je me trompe ?

Il ne se résolut pas à réfuter l'allégation et changea de sujet.

Pas plus que sa fille le baron Mercier ne voulait croire que Guillaume, qu'on avait déjà par deux fois essayé de tuer, était tout blanc dans cette histoire.

— J'espère, lui dit-il un matin au jardin, alors qu'ils étaient tous les deux seuls, que cela n'est pas lié à tes idées philosophiques. Car si cela était, il te faudrait rester vigilant, garçon.

Mais rien, dans les semaines qui suivirent, ne laissa supposer que Guillaume était de nouveau menacé. Aussi le jardinier finit-il par acquérir la certitude que le sieur Auguste, son crime accompli sur la personne de Jean Dumeil, avait jugé opportun de se faire oublier quelque peu.

A moins qu'il n'eût quitté la contrée pour aller sévir ailleurs.

L'automne, puis l'hiver. Et un nouveau printemps précédant un autre été.

Namadie ne grandissait toujours pas, tandis qu'Alexandre, son frère, était à présent un fort et beau jeune homme à la voix grave et à la barbe déjà drue. Grâce aux conseils avisés de Victoire, la jeune fille s'était mise à la peinture et c'était un spectacle ravissant de les voir toutes deux, assises à la terrasse du château, sous le regard bienveillant et attendri de dame Jeanne.

La baronne s'était ridée, avait beaucoup vieilli. Percluse de rhumatismes, elle ne se déplaçait plus qu'avec des cannes et mettait un temps infini à passer du boudoir au grand salon et à descendre les marches du perron.

— Il n'est pas très sensé, madame mon épouse, de vouloir à tout prix continuer à vous promener dans le parc, la grondait tendrement Gabriel.

Mais elle se rebiffait.

— Monsieur mon mari, pourquoi ce droit de sortir à mon gré m'écherrait-il moins qu'à vous ?

A plus de septante ans, et bien qu'il eût abandonné ses randonnées équestres, le maître de Portabéraud se prétendait encore ingambe. D'ailleurs, il n'était pas un jour, quel que fût le temps, où il ne marchât une heure et davantage pour « se dérouiller », ainsi qu'il le clamait.

« Ma vieille guenille, comme aurait pu écrire notre génial Molière, a besoin de cet exercice quotidien. Ma foi, je ne m'en porte pas plus mal », avait-il plaisir à claironner quand on s'étonnait devant lui d'une telle exigence, peu commune à son âge.

Guillaume...

A un peu plus de quarante-cinq ans, il paraissait désabusé par les épreuves. En une saison, ses cheveux étaient devenus blancs comme neige. Presque à livre ouvert, l'on pouvait lire sur sa tête chenue et dans les premières rides qui barraient son front les épisodes de son histoire. Le dernier en date, surtout, quand pour la seconde fois l'on avait attenté à sa vie, l'avait marqué plus que de raison. Aussi, depuis, se méfiait-il de tout et de tous, sursautant au moindre bruit, surpris de sa propre image dans un miroir ainsi que de son ombre.

Namadie, sa fille bien-aimée, réussissait, seule, à le

divertir quelque peu. Dieu ! N'eût été sa petite taille, qu'elle ressemblait à sa mère !

A présent, la demoiselle passait de longues heures à baguenauder en compagnie des êtres de légende que son imagination s'était forgés. Elle continuait de leur parler, de même qu'aux grands arbres du parc et à la kyrielle d'existences minuscules qui les peuplait.

— Crois-tu, chère Victoire, qu'un jour Namadie quittera ce monde de l'étrange pour entrer dans celui des adultes ? s'inquiéta Guillaume, un soir d'automne qu'il était particulièrement morne.

Le soleil venait de franchir la ligne d'horizon. Des tons orangés et des lueurs sanguines se partageaient le ciel au ponant. Une brise discrète décrochait quelques feuilles sur les branches des fayards de l'allée centrale. Au loin, dans un village, un chien aboyait sourdement.

— Pourquoi veux-tu, mon bon Guillaume, qu'elle abandonne les croyances de son enfance ? Qui sait, après tout, si elle n'est pas dans le vrai quand elle prétend voir ses fées et s'entretenir avec elles ?

Victoire remonta un pan de son peignoir de fine toile des Indes.

— Et puis, n'est-ce pas toi qui, il y a quelques années, prétendais que les plantes et la nature tout entière ont une âme ? Aurais-tu oublié ces grandes théories et pratiquerais-tu aujourd'hui la palinodie ?

Guillaume baissa la tête puis, après quelques instants, osa la regarder. Sous les feux du couchant, les yeux de la jeune femme brillaient comme deux onyx et, très fugitivement, il eut l'illusion qu'ils allaient s'enflammer.

La brise se fit soudain plus forte et rabattit sur le visage de Victoire quelques mèches folâtres.

— Les années ont passé, mon bon Guillaume, dit-elle dans un sourire un peu triste qui assombrit ses traits.

Elle soupira.

— Oui, les années ont passé. Mais, vois-tu, je retrouve ce soir, à discuter avec toi, la petite fille que j'étais et qui avait fait peur à tout le monde en décidant d'aller entendre chanter le rossignol dans les bois, au beau milieu de la nuit.

Guillaume, à son tour, éprouva à ce souvenir une grande bouffée de nostalgie.

— C'est vrai, dit-il, tu avais passablement émotionné la maisonnée avec ta fugue.

Brusquement, tout essoufflée, Namadie pointa son fin museau au bas des marches du perron. Elle grimpa les marches et vint s'installer sur les genoux de Victoire. Dans ses cheveux s'exhalaient toutes les fragrances des mousses, des fleurs et des feuilles de l'automne.

Elle cala sa tête contre l'épaule de sa marraine et regarda Guillaume.

— Père, lui dit-elle, les fées m'ont raconté ce soir une drôle d'histoire.

— Une histoire, ma fille ?

— Oui, celle d'un monde en train de disparaître, et la naissance d'un autre où les pauvres ne seront plus jamais pauvres et ne mourront plus de faim.

Alors, comme autrefois, Guillaume se prit à croire de nouveau que la nature avait une âme et qu'elle sentait, bien avant les humains, les événements susceptibles de changer le cours de leur histoire.

Un vent plus vif se leva. Au couchant ne subsistait plus qu'une lueur rosâtre ténue.

— J'ai un peu froid, fit Victoire. Rentrons.

9

1789, l'année des fées de Namadie

L'hiver, cette année-là, fut le plus sévère qu'on eût jamais connu. Figée sous une épaisse couche de glace, l'Ambène ne coulait plus. A Mozac, le moulin Cheminat avait cessé de tourner. Ce n'était que désolation dans la campagne, qu'avaient pétrifiée des températures extrêmes. De-ci, de-là, à l'aplomb des toitures ou au revers des ponts, pendaient de longues stalactites effilées. Chacun, chacune se rencognait chez soi, auprès de l'âtre, sous des doublures de lainage ou des bonnets capitonnés.

Aux premiers jours de janvier, le palefrenier Broussegoutte, usé par des années de labeur, rendit son âme à Dieu. Au matin, ce fut le baron lui-même qui le trouva étendu à l'entrée de la stalle occupée par Sultane. La jument hennissait doucement, on aurait cru qu'elle pleurait.

La messe d'enterrement eut lieu en la chapelle du château, puis il fut enseveli dans la partie du parc réservée aux domestiques de la maison.

— Paix à son âme, prononça Gabriel Mercier en lançant dans la fosse une motte de terre.

Le baron le remplaça le jour même et ce fut Pierre, le jumeau de Jacques, qui eut à charge de remplir cet office.

Quelque temps plus tard, grimpés sur la carriole, le maître de Portabéraud et Guillaume se rendirent à Mozac. Le premier, en qualité de seigneur de la paroisse, y présidait l'assemblée municipale qu'un édit royal du 8 juillet 1787 avait créée un peu partout en France dans le cadre des parlements de province. Le second, récemment désigné député du tiers état, voulait y faire entendre sa voix au moment où l'on commençait à parler de « cahiers de doléances » dans le royaume.

— C'est une chance inespérée, mon garçon, que nous accorde Sa Majesté, fit Gabriel, engoncé dans un long manteau de laine.

A sa droite, Guillaume tenait les rênes et était attentif au pas de Sultane que Pierre avait ferrée à pointes en ce matin pour éviter qu'elle ne glissât sur le verglas. De glacials coups de vent prenaient la voiture de travers et plaquaient sur les jambes des voyageurs des poussières de neige fine.

Le baron essuya ses yeux que le froid rendait larmoyants et se moucha bruyamment.

— Oui, le roi a agi en sage, reprit-il. Grand bien nous fasse.

Guillaume baragouina quelques mots inaudibles, puis :

— Il ne suffit pas d'exprimer ses doléances au monarque, grogna-t-il. Il faut ensuite qu'il les entende et agisse pour les faire aboutir.

— Comment peux-tu en douter, mon fils ? Louis XVI est plein de sollicitude et ne veut que le bonheur de son peuple !

— Hum ! fit Guillaume.

Ils arrivèrent à la salle paroissiale où ils furent accueillis par le curé Decombas. Celui-ci, quelque peu rancunier par rapport au trop court séjour de Namadie chez les ursulines, salua ses hôtes du bout des lèvres.

— Mes amis, commença Gabriel en s'adressant aux six membres de l'assemblée qu'avait prévus la loi [1]. Mes amis, je vous ai réunis afin que tous ensemble nous puissions établir un cahier de doléances. Il nous faudra ensuite le transmettre aux députés qui siégeront au mois de mai prochain aux états généraux de Versailles. Guillaume, vous le savez, sera notre député. Aussi, sans plus tarder, je vous engage à entreprendre nos travaux.

Le syndic à sa droite et le curé Decombas à sa gauche, le baron déclara ouverte la séance. Les débats durèrent plus de quatre heures. A deux heures et demie de l'après-midi, quelque peu éreintés, les participants mirent fin à ce long conciliabule.

Déchiffrant les notes manuscrites du syndic, Gabriel Mercier fit enfin lecture du texte définitif.

— La sollicitude paternelle d'un monarque qui ne veut être heureux que du bonheur de ses peuples, commença-t-il, appelle la Nation auprès du trône et lui rend le plus précieux de ses droits, celui d'approcher sa personne auguste, de déposer dans son sein les plaintes et les vœux des provinces.

1. Trois, six ou neuf membres composaient les assemblées municipales, en fonction du nombre de feux recensés dans chaque paroisse.

S'ensuivait une litanie de plusieurs pages, de laquelle il ressortait des idées majeures comme la reconnaissance de la liberté individuelle et de la presse, ainsi que la demande que les lettres de cachet soient déclarées inconstitutionnelles et que les tailles, capitations et autres impositions comme la corvée ou le vingtième soient remplacés par un impôt réel portant indistinctement sur toute espèce de revenus et jouissances.

— Alors, mon Guillaume, que penses-tu de cette réunion ? fit le baron en remontant dans la carriole. Ne crois-tu pas que nous avons accompli un pas de géant en demandant l'abolition de quelques excès et privilèges ?

Guillaume prit le temps de s'installer sur son banc et de rabattre une couverture de laine sur ses genoux et ceux de son passager.

— Je souhaite tout simplement, répondit-il, que le roi ait la sagesse de recevoir les doléances des provinces et qu'il cesse de faire la sourde oreille ainsi qu'il l'a trop souvent fait dans le passé.

— Guillaume ! s'insurgea Gabriel Mercier.

— Veuillez m'excuser, monsieur. Mais vous savez que je ne manie pas la langue de bois et qu'en ce domaine comme en d'autres je ne sais pas faire semblant.

Pourtant, à présent que tu es député du tiers état, il va te falloir apprendre à la tourner sept fois dans ta bouche, ta langue, même si elle n'est pas de bois. Allez, avance, mauvaise troupe, car on se gèle ici !

Par un vieux réflexe de méfiance, Guillaume se retourna pour s'assurer que personne – et surtout pas le compagnon Auguste ! – ne traînait dans les parages.

— Allez, hue, Sultane ! cria-t-il.

Il avait tellement changé, Guillaume. Ça n'était certes pas sa nouvelle fonction de député qui aurait pu lui ôter de l'esprit cette idée fixe qui hantait ses nuits et ses jours : sa vie était en danger, par deux fois déjà on avait essayé de le tuer. Pourquoi n'y aurait-il pas de troisième tentative ?

Afin de se protéger, il était armé en permanence de deux pistolets chargés, l'un glissé à sa ceinture et l'autre caché dans une fonte suspendue à l'arçon de la selle de Sultane.

Mais, bien sûr, il pensait que jamais l'on n'est trop prudent et que deux précautions valent mieux qu'une.

Député ! On l'avait désigné député du tiers état pour la circonscription de Riom. Au mois de mai prochain, lorsque les beaux jours seraient revenus, il lui faudrait se rendre à Versailles. Là-bas, dans l'enceinte de ce château prestigieux, il présenterait, avec ses collègues, quelques-unes des doléances de la Nation. Quel honneur !

Souvent, au milieu de ses légumes qu'il continuait de soigner avec amour, il réfléchissait. Est-ce que la vie que j'ai menée est conforme à ce que j'aurais voulu qu'elle fût ? se disait-il.

Il observait son fils Alexandre, penché, en compagnie de Jacques, sur des semis, et il faisait en quelque sorte le bilan de ses années d'existence. Guillemette revenait souvent dans ses pensées. Pourquoi l'avait-elle trahi pour s'en aller avec ce Jean Dumeil ? Qu'est-ce que celui-là avait eu de plus que lui ? Ah ! certes, les amants avaient été bien punis l'un et l'autre, qui n'étaient plus de ce monde. Sans doute devait-il y avoir une justice immanente et chaque mauvaise action commise ici-bas était-elle un jour ou l'autre sanctionnée comme de raison.

Oui mais, à ce compte, pourquoi tant d'êtres innocents se trouvaient-ils affligés de tous les maux de l'univers ? Qu'avait fait au bon Dieu sa petite Namadie, qui ne grandirait plus à présent et resterait naine jusqu'à son dernier souffle ?

Namadie... Une affection nouvelle s'était greffée par-dessus tout cela, comme si la pauvre n'avait pas eu déjà son compte de déboires. « Le grand mal », avait diagnostiqué la mère supérieure du couvent des ursulines. Le grand mal, autrement dit l'épilepsie, cette morbidité qui pouvait survenir à tout moment, surtout quand on s'y attendait le moins.

Certes, depuis son retour à Portabéraud, la jeune fille n'avait plus subi d'attaque sournoise de ce démon caché en elle ainsi qu'un fauve prêt à bondir sur sa proie. Il n'empêche, Guillaume restait, en ce domaine aussi, sur ses gardes, s'attendant à ce qu'on vînt l'avertir un jour ou l'autre que la petite avait failli avaler sa langue.

L'hiver égrenait ses froidures. Jusqu'à présent, rien n'avait laissé présager l'approche d'une seconde crise. Mais était-on jamais sûr de rien ?

Cela n'était certes pas le froid qui eût pu empêcher Namadie de gambader dans les bois. Pourtant, par des températures à ne pas mettre un lutin dehors, elle courait par monts et par vaux, outrepassant très largement les limites du parc de Portabéraud.

De tous, Victoire n'était pas la moins inquiète de ces excursions quotidiennes.

— Père, supplia-t-elle un jour le baron. Demandez à Namadie de ne point trop s'éloigner du château. Elle nous angoisse à ne s'en revenir qu'à nuit noire.

— Il faut la laisser faire, ma fille, si tel est son destin, répondit Gabriel.

Sans doute n'avait-il pas été le dernier, en son temps, à partir seul pour de longues chevauchées solitaires, et il n'eût pas aimé alors qu'on l'empêchât d'agir à sa guise.

Les paysans la connaissaient, qui la voyaient courir par les guérets, engoncée sous une casaque ne lui découvrant que les yeux, ses beaux yeux de porcelaine azur. Ils l'avaient surnommée « la petite demoiselle aux fleurs sauvages », depuis l'époque où ils l'avaient découverte au milieu des prés et des champs, libre comme l'air et rapide comme le vent, à s'ensauver dès qu'elle se sentait observée.

Elle savait les entrées des terriers, ceux du lapin de garenne, de la fouine ou de la belette, pouvait identifier une harde de sangliers qui avaient vermillé dans une forêt de chênes et distinguer le frouement d'un coq faisan dissimulé dans les fougères. Les plantes n'avaient plus de secrets pour elle et, d'instinct, elle était capable de dire que l'absinthe et la guimauve soignaient les maux de l'intestin, l'aneth ceux de l'estomac ; l'achillée millefeuille accélérait la cicatrisation des blessures et l'armoise, dont elle avait fait pour elle une forte provision, était utile pour les crises d'épilepsie.

Namadie se rappelait souvent que c'était grâce à sœur Agnès, au couvent des ursulines, qu'elle s'était découvert cet attrait pour le monde des végétaux, et en particulier des fleurs.

« Tu es comme la sainte dont tu portes le prénom, lui

avait répété la religieuse à longueur de journée. Tu aimes la nature, et la nature te le rend bien. »

Le soir, recrue de fatigue, elle rentrait au château. La nuit tombait vite à cette période de l'année et il était bien rare qu'elle arrivât avant les derniers rayons du jour.

— Namadie ! grondait gentiment la baronne. Victoire et moi commencions à nous demander où tu étais passée. Un accident est si vite arrivé !

— Mais non, dame Jeanne, il ne fallait pas. Vous savez bien que les fées et les lutins me protègent.

Les deux femmes se regardaient et finissaient par sourire. Décidément, la jeune fille gardait ses convictions. Heureusement que le curé Decombas n'était pas là pour entendre ce qu'il appelait les inepties de Namadie !

Tout doucettement renaissait le printemps. A certains signes dans l'air et dans la lumière du jour, on pouvait envisager le retour à un temps plus clément.

— Nos paysans ressortent très affaiblis de ce rude hiver, constata le baron Mercier en préambule à une réunion de l'assemblée municipale qu'il présidait à Mozac.

— La famine est grande dans les campagnes, enchaîna Guillaume. Mais le froid n'est pas la seule raison de cet état de fait. La politique menée par nos gouvernants ces dernières années a malheureusement conduit les basses couches de la société à mourir de faim.

— Ce n'est tout de même pas la faute du

gouvernement si la morte saison a été aussi glaciale ! s'insurgea l'abbé Decombas.

— Certes, curé, je vous le concède. Mais vous, accordez-moi que sans les impôts iniques dont on les accable et les lourdes charges qui pèsent sur eux, nos pauvres paysans seraient sans doute un peu moins pauvres !

La joute verbale entre les deux hommes risquait de se prolonger. Gabriel y mit un terme en rappelant à l'assemblée quel était l'ordre du jour.

— Mes amis, dit-il, je vous exhorte aujourd'hui à établir ensemble le texte final de nos doléances que Guillaume, ici présent, aura l'honneur de s'en aller présenter à Versailles, au cours de la réunion des états généraux voulue par Sa Majesté, notre roi bien-aimé. Alors, sans plus tarder, je vous propose de commencer nos travaux et, pour ce faire, je cède tout de suite la parole à notre syndic.

A l'issue de la séance, Guillaume se trouva chargé d'une prose copieuse, de laquelle il ressortait que des impôts comme la taille ou la gabelle devaient être adoucis, sinon supprimés dans leur totalité. En outre, l'on s'insurgeait contre les privilèges de la noblesse, cette caste qui opprimait le petit peuple et qu'il était urgent de remplacer par le tiers état, la force nouvelle de l'avenir pour la Nation tout entière.

— Vous voulez chambouler la société ! s'indigna le curé Decombas dont le visage était devenu aussi blanc que ses hosties de la grand-messe.

Il se leva brusquement, renversa son siège et marcha vers la sortie.

— Vous serez redevables devant Dieu de ces idées

sacrilèges ! clama-t-il au moment de franchir le seuil et de disparaître.

Le baron et Guillaume s'en retournèrent au château.

— Notre capelan semble ne pas avoir digéré certaines de nos doléances, ricana Guillaume.

— Ne te gausse pas de lui, mon garçon. Si certains ecclésiastiques sont favorables aux idées nouvelles, il en est d'autres - et c'est le cas de notre bon abbé - qui ne peuvent les admettre. Je crains fort que la réunion des états généraux, à laquelle tu vas te rendre très bientôt, ne soit quelque peu houleuse.

Gabriel s'enveloppa dans sa houppelande tandis que la carriole s'éloignait de la salle paroissiale.

— Les représentants de la noblesse ne céderont pas facilement eux non plus, ajouta-t-il. Vois-tu, mon bon Guillaume, sans jouer à la pythie, je redoute pour notre vieille France des jours difficiles.

Il soupira très fort.

— Oui, des jours, des mois et des années difficiles.

Il fallut préparer le voyage et le séjour de Guillaume à Versailles.

— En tant que député du tiers état, lui dit Gabriel Mercier, tu te dois de te montrer présentable et, si possible, sous tes meilleurs atours. Aussi, je t'engage, mon fils, à te vêtir convenablement, sans barguigner ni lésiner en aucune façon.

Le baron fit appel au meilleur tailleur de la ville de Riom, qui lui confectionna une redingote bleue à col de velours avec des boutons de nacre, une veste de brocart d'or sur un pantalon collant de couleur claire et une autre en piqué blanc, très serrée à la taille.

— J'ai l'air d'un pantin dans ces accoutrements, se plaignit Guillaume. C'est bien de la dépense pour rien, quand on pense qu'à côté de cette mascarade le petit peuple continue de mourir de faim.

— Que nenni ! rétorqua le baron. C'est toi et tes collègues qui allez le représenter, ce petit peuple. Il est essentiel que vous ne vous avanciez point devant le roi dans des loques de mendiants.

Ainsi fut donc fait. Content ou pas content, Guillaume dut se plier aux contraintes de l'essayage. Sa fureur rentrée mettait en joie la vieille servante Muguette. Quant à la moricaude Eglantine, elle riait de toutes ses dents blanches en se tapant sur les cuisses devant l'air effaré du jardinier que l'habilleur tripotait sous toutes les coutures afin d'ajuster un col ou de resserrer un tour de taille.

— Je c'ois, confia-t-elle à Muguette, que missié Guillaume, y plaît beaucoup au tailleu' ! Hi hi hi !

Les deux femmes partirent d'un grand rire dont les éclats furent perçus dans toutes les pièces du château.

Pourtant, la situation générale était moins réjouissante. L'état des finances du pays était au plus bas et avait forcé le roi à lever des impôts nouveaux tout en recourant à un énième projet d'emprunt national.

A Portabéraud, Guillaume ne décolérait pas.

— Nous allons montrer à tous, clama-t-il au cours d'une énième séance d'essayage, que le peuple a désormais droit à la parole et qu'il ne veut plus être considéré comme le dindon de la farce !

— Sans doute as-tu raison, mon garçon, finit par

concéder le baron Mercier. Plaise au Ciel que Sa Majesté daigne entendre la voix de la Nation.

— Si tel n'était pas le cas, nous emploierions la force !

Une lueur fugitive venait d'allumer sa prunelle, il repoussa brutalement l'habilleur qui le serrait d'un peu trop près et continua sur sa lancée :

— Voulez-vous mon avis ? lança-t-il à Gabriel. La reine mène le souverain par le bout du nez et lui fait prendre des vessies pour des lanternes. Mais ça ne durera pas toujours, ah ça, non ! Nous serons là pour que ça change et le plus vite sera le mieux.

Tout à côté de Muguette, le tailleur mangeait Guillaume des yeux.

— Il est beau, votre petit monsieur, quand il se met en colère, lui souffla-t-il dans l'oreille.

De nouveau, Muguette et Eglantine pouffèrent, puis sortirent de la pièce afin de rire tout leur soûl.

Le printemps s'était enfin installé. De jour en jour plus haut dans le ciel, le soleil avait fait fondre les dernières croûtes de neige. C'étaient à présent des ruissellements d'eaux vives, des débordements de rus dans les pâturages, des terres imbibées où surnageaient des plantes uligineuses. Les matins, très clairs, scintillaient de rosée que des rayons tièdes buvaient avidement. Rampaient alors, en suivant le cours de l'Ambène, des lambeaux de brume, mais une brise légère qui s'était levée finissait par les lécher et une grande clarté éclaboussait le paysage jusqu'en ses recoins les plus abrités.

Les premières hirondelles étaient revenues et réparaient leurs anciens nids sous les toitures des granges.

A Portabéraud, elles avaient réinvesti la faîtière, à l'aplomb de l'entrée de l'écurie. Comme si elle les reconnaissait, la jument Sultane hennissait avec entrain et s'agitait dans son box. Pierre était obligé de la sortir et de lui accorder quelques instants de liberté dans le pré. Elle démarrait comme une folle, galopait jusqu'aux limites de la propriété, freinait des quatre fers, faisait volte-face et repartait dans l'autre sens.

Namadie s'amusait de la voir faire.

— Te plairait-il de monter Sultane ? lui proposa Pierre un matin.

— Oh oui, cela me ferait très plaisir. Mais je suis trop petite pour atteindre les étriers.

Qu'à cela ne tienne : le jeune palefrenier ajusta les courroies, resserra les arceaux métalliques et Namadie se sentit soulevée de terre pour se retrouver assise sur la selle.

— Oh, Pierre, je vais tomber si Sultane se met au galop !

— Mais non, tu verras, elle est sage comme une image si on sait lui parler gentiment.

C'est ainsi que tous les jours, fière comme Artaban, Namadie se prit d'amitié pour la jument qui, comprenant sans doute que sa cavalière était bien fluette, adopta avec elle une allure raisonnable.

Mais il était temps pour Guillaume de quitter Portabéraud et de se rendre à Versailles.

Il partit le 28 avril par une journée rendue maussade de toute la pluie déversée dans la nuit. Réunis sur le perron du château, tous les membres de la maisonnée avaient tenu à lui faire leurs adieux.

— Sois digne de ton rôle, mon fils, dit le baron en lui serrant la main avec force. Au cours de ta délégation, souviens-toi toujours de l'espoir mis en toi par les petites gens de notre province. Surtout, reste mesuré dans tes propos et ne t'emballe pas ainsi qu'un cheval sauvage.

— Je vous promets de faire un effort, monsieur Gabriel.

Guillaume s'approcha du fauteuil de Victoire et baisa le bout de ses doigts.

— Prends soin de toi, lui dit-elle à mi-voix.

Elle essuya furtivement une larme dans un coin de paupière.

— Oui, protège-toi, mon grand frère, ajouta-t-elle.

— Toi, répondit-il, veille sur Alexandre et surtout sur Namadie. Je te les confie.

Dame Jeanne l'embrassa comme du bon pain et détourna vite la tête pour cacher son émotion. Ferrebœuf, le cuisinier, était là lui aussi, de même que les jumeaux Pierre et Jacques et les servantes Muguette et Eglantine.

— Je vous dis à tous au revoir, mes amis, dit-il, debout sur la carriole menée par Alexandre qui devait le transporter à Riom afin de retrouver d'autres députés du tiers état.

Très sagement, Namadie était déjà installée sur le siège. Il finit par s'asseoir à son côté et l'équipage se mit en branle. Pendant tout le trajet, les trois passagers restèrent silencieux. Sans doute chacun avait-il trop à dire pour oser parler. Alexandre arrêta Sultane devant l'église Saint-Amable, lieu de rendez-vous des différents représentants du peuple. Certains, d'ailleurs, se trouvaient déjà là et faisaient les cent pas sur la place, devant le parvis.

— Il est l'heure de se séparer, mes enfants, décréta soudain Guillaume.

La gorge serrée, Namadie se cramponna à son siège tandis qu'Alexandre, qui voulait jouer à l'homme, s'activait autour de la voiture et manœuvrait la manivelle du frein. Soudain, la jeune fille se précipita dans les bras paternels.

— Père, dit-elle, des sanglots dans la voix, les fées m'ont dit qu'à Versailles il te faudrait être prudent. Veille bien sur toi et reviens-nous vite.

— Ne t'en fais pas, ma fille, j'ai ce qu'il faut pour me défendre !

Il montra l'épée qui pendait à son flanc gauche et dégagea de sa poche droite la crosse d'un pistolet.

— Tu vois que je ne suis pas dépourvu ! plastronna-t-il encore.

Il ébouriffa les cheveux d'Alexandre et souleva Namadie à la hauteur de son visage pour lui déposer deux baisers sonores sur les joues.

— Allons, décida-t-il soudain. Il est l'heure de ramener Sultane et la carriole au château. Soyez sages, surtout. Au revoir, mes petits. Portez-vous bien. Je serai bientôt de retour.

Il ajouta :

— Lorsque j'aurai dit ma façon de penser à Sa Majesté.

Mais ses enfants étaient loin déjà.

Chacun, à Portabéraud, avait fini par s'habituer aux lubies de Namadie quand elle prétendait parler à ses amies les fées. « Cette pauvre fille, entendait-on souvent, elle vit dans son monde à elle. Ne lui enlevons pas ses illusions. »

Alors, on feignait de la croire et abondait dans son sens quand, à la fin d'une journée où elle avait couru à travers bois, elle racontait sans rire des histoires abracadabrantes d'elfes et de lutins qui lui étaient apparus et lui avaient révélé leurs secrets.

Parfois, c'était Victoire qui recevait ses confidences.

« Toi, au moins, je sais que tu m'écoutes, lui disait-elle à voix feutrée. Les autres, et même dame Jeanne, ils font seulement semblant. »

Victoire regardait ce petit bout de bonne femme de tout juste dix-huit ans, pas plus haute qu'une enfant de dix ans. Puis elle se disait qu'à l'âge de Namadie elle avait, quant à elle, épousé le lieutenant Claude de Chardon des Roys, en une union éphémère qui lui avait apporté bien des tracas.

Ce soir-là, alors que la nuit tombait, Namadie surgit dans le boudoir. Victoire, un œil sur les aiguilles de l'horloge comtoise, parcourait sans vraiment les lire les poèmes de l'abbé Jacques Delille que lui avait donnés le père Decombas.

— Ah, enfin, tu es là, soupira-t-elle, soulagée. Je commençais à me demander si tu te déciderais à rentrer au bercail.

Namadie se hissa sur une escabelle et reprit son souffle. Les joues rosies par sa course, elle paraissait en proie à une étrange agitation.

— Victoire ! hoqueta-t-elle.

— Que se passe-t-il, ma chérie ? Te voilà toute retournée.

La jeune fille prit une grande inspiration et s'efforça de parler calmement.

— Si tu savais ! fit-elle. Je viens d'avoir comme une intuition.

— Une intuition ?

— Oui, c'était une voix qui me disait que père était en grand danger de mort à Versailles. Alors, j'ai questionné mes amies les fées et elles m'ont confirmé ce que je craignais. Il va falloir qu'il soit sur ses gardes, car l'homme qui a déjà voulu lui ôter la vie par deux fois se trouve dans ses parages.

Victoire, se rappelant la balle qui s'était logée dans l'accoudoir de son fauteuil lorsqu'elle était dans la carriole au côté de Guillaume, frissonna malgré elle.

— Tu te fais des idées, mon enfant, lui dit-elle, se voulant rassurante.

— Non, il faut me croire ! Je t'en conjure !

Namadie sauta de son escabelle et trépigna d'impatience.

— Si toi tu ne me crois pas, gémit-elle, qui me croira ? Je n'ai personne d'autre à qui confier mes tourments. Aujourd'hui, j'ai peur qu'il n'arrive un malheur à mon père. Je t'en supplie, ma Victoire, il faut faire quelque chose !

— Il faut surtout prier, ma fille, dit une voix derrière elles.

Victoire et Namadie sursautèrent en même temps. Dans l'entrée du petit salon se tenait dame Jeanne. Elle venait d'entendre les derniers propos de la jeune fille. De son visage illuminé émanait une grande foi, comme la certitude que seule la prière pourrait un jour sauver les hommes.

— Oui, mon enfant, aie confiance en notre Créateur, ajouta-t-elle en posant une main maternelle sur l'épaule de Namadie. Continue de prier avec ferveur, Dieu t'exaucera et, de la sorte, Guillaume nous reviendra sain et sauf.

— Mais, dame Jeanne, il y a quelqu'un qui veut le tuer !

— Raison de plus pour croire que grâce à tes prières, à celles de Victoire et aux miennes, Notre Seigneur, dans Sa grande mansuétude, le protégera.

Namadie leva ses grands yeux vers la baronne.

— Puissiez-vous dire vrai, dame Jeanne.

Dehors, un vent du sud s'était levé et secouait les volets sur leurs charnières.

Un grand soleil brillait sur Versailles. Guillaume était fier d'être l'un des mille cent trente-neuf mandataires de la Nation réunis par le roi. Lors de la convocation des états généraux, Louis XVI avait écrit : « Nous avons besoin du concours de nos fidèles sujets pour nous aider à surmonter toutes les difficultés où nous nous trouvons relativement à l'état de nos finances. »

Elles étaient dans une situation calamiteuse, ces finances, cela ne représentait plus un secret pour personne. La reine, certes, semblait, par ses frasques, quelque peu fautive. Mais Marie-Antoinette, « l'Autrichienne », ne pouvait être tenue pour seule responsable de ce désastre.

En ce matin du 5 mai 1789, Guillaume s'était levé de

bonne heure. Il logeait à une demi-lieue du château depuis une semaine. Son hôtesse, une jolie veuve aux appas qu'elle n'avait surtout pas pris la peine de lui celer, se pâmait de plaisir à héberger en sa personne un député du tiers état.

— Oh, que te voilà bien paré, mon mignon, lui dit la belle Elidie en lui rajustant aux épaules son pourpoint de velours grenat.

Elle se colla à son flanc et s'engagea dans des minauderies.

— Allons, ma douce, il n'est plus temps ! fit-il en la repoussant gentiment. Sa Majesté m'attend, et je ne saurais la mettre en retard.

Elle se mit à glousser et se serra plus fort contre lui.

— Et puis, n'as-tu pas eu ta part du gâteau la nuit dernière ? ajouta-t-il, l'œil égrillard. Si j'ai bien compté, nous avons toi et moi...

— Quand on aime, s'empressa-t-elle de dire, on ne compte pas !

Guillaume sortit de la demeure puis marcha d'un bon pas jusqu'aux grilles du château. Il avait encore sur lui le parfum un peu musqué de la jolie veuve. Le souvenir de leurs dernières étreintes lui raviva les sens, si bien qu'il accéléra encore son allure.

Des calèches, des carrioles, des fiacres et toutes sortes d'autres attelages avaient créé sur la vaste esplanade d'accès un grandiose embarras. Ce n'étaient que des cris de cochers, des exclamations bruyantes, des clameurs qui enflaient, tout un hourvari amplifié par les hennissements des chevaux et scandé, de-ci de-là, par les coups secs d'un fouet qui fendait l'air.

Muni de son laissez-passer, Guillaume remonta la

longue allée puis fit une pause devant la statue équestre de Louis XIV. Le Roi-Soleil, du haut de sa grandeur, paraissait défier le temps et narguer les pauvres hères qui continuaient de défiler sous ses pieds de bronze.

— Il a du plomb dans l'aile, le vieux temps de la monarchie absolue ! clama Guillaume suffisamment fort pour être entendu.

— Ne vends pas la peau de l'ours avant de l'avoir tué, compagnon, fit une voix dans son dos.

L'homme était déjà d'un certain âge et avançait péniblement, muni d'une canne qu'il tenait dans sa main droite.

— On est là pour que ça change, non ? reprit Guillaume, qui ne voulait pas abandonner la partie aussi facilement.

Mais déjà l'on se bousculait près de la salle dite des « menus plaisirs » où allait se tenir la séance solennelle des états généraux. Etroite, la porte ne pouvait laisser entrer que deux hommes de front et une file d'attente commençait à grossir à ses abords.

Avec difficulté, Guillaume réussit tout de même à se faufiler et à pénétrer dans l'enceinte. Dénicher sa place ne fut pas non plus une mince affaire. Enfin, après bien des hésitations, des marches à grimper et d'autres à redescendre, il finit par s'asseoir au milieu de la galerie, à proximité immédiate de plusieurs représentants d'Auvergne, dont certains avaient fait avec lui le voyage jusqu'à Versailles.

Le brouhaha s'amplifiait de minute en minute. En levant la tête, Guillaume pouvait apercevoir en hauteur, bien au-dessus des députés, des centaines de paires d'yeux, tous braqués sur la tribune centrale où avait été installé le trône. Mais le roi et la reine tardaient à venir, si bien que la rumeur enflait, des quolibets fusaient, dirigés souvent contre « l'Autrichienne ».

— As-tu vu le comte de Mirabeau qui siège avec nous sur les bancs du tiers ? demanda le voisin de Guillaume en le poussant du coude.

— Mirabeau ? fit Guillaume. Non, je ne le vois pas.

Il finit tout de même par le reconnaître, au premier rang de l'assistance. Sa figure de lion, surmontée d'une crinière elle-même léonine, se remarquait par sa laideur étrange, presque repoussante. Pourtant, le regard ne pouvait faire autrement que de revenir sur ce personnage à la forte stature, qui semblait capable à lui seul de sauver la France.

Enfin apparut le roi ; les députés se levèrent comme un seul homme. Guillaume écarquilla les yeux. Louis le seizième n'était-il donc que ce petit bonhomme rondouillard, aux joues pleines et au double menton, flasque comme de la gélatine ?

Des applaudissements discrets montèrent des travées mais cessèrent dès que Marie-Antoinette, l'air dédaigneux et le regard terne, fit son entrée.

Elle était vêtue d'une robe de soie rose, aux plis onduleux mettant en valeur son teint, qu'un peu de rouge aux joues avait coloré. Elle s'assit près de son auguste époux et s'apprêta à écouter les discours, mais, au vu de sa physionomie, on devinait qu'ils lui paraîtraient pesants et ennuyeux.

Louis XVI ouvrit la session. D'une voix monocorde et mal assurée, il énonça des poncifs que Guillaume, tendant pourtant l'oreille, eut du mal à entendre.

Puis le ministre Necker se fendit d'un long discours

sur les finances du pays, pathos qu'il ne comprit pas davantage. Sa déconvenue était grande. Il s'était tellement imaginé pouvoir exposer au grand jour les doléances de ses compatriotes et avait tant espéré que le roi en tiendrait compte ! Au lieu de cela, c'étaient des laïus n'ayant d'autre raison d'exister que celle d'endormir les consciences en oubliant l'essentiel !

Au bout de cinq heures, la séance fut levée. Necker avait parlé de banqueroute, d'intérêts communs aux trois ordres, de levée d'impôts, de réaction nécessaire pour ne pas sombrer, tout un tas de salamalecs qui lui écorchaient les oreilles alors qu'il franchissait en sens inverse la porte de la salle des menus plaisirs.

— Des mots, rien que des mots, tout cela ! fit une voix haut perchée.

Guillaume tourna la tête et reconnut le même homme, appuyé sur sa canne, qui l'avait apostrophé ce matin même dans le parc du château.

— Parole de vieux briscard, reprit le député, ne t'avais-je pas conseillé, compagnon, de ne pas vendre déjà la peau de l'ours ?

Guillaume dut en convenir. Il haussa les épaules et chemina, tout pensif, en direction de la demeure de sa logeuse, la si accueillante Elidie.

Le lendemain, 6 mai, consigne fut donnée aux députés du tiers d'occuper la grande salle. A leur suite s'engagea la foule qui, depuis des heures, s'impatientait derrière les portes.

— Cette fois-ci, c'est parti pour le conflit contre les tenants des privilèges ! clama quelqu'un.

Tandis que les représentants de la noblesse et ceux du clergé se réunissaient à part, l'on commença à vitupérer contre leur absence, considérée comme un véritable affront au peuple.

« C'est une honte ! » entendait-on de droite et de gauche.

« A bas les curés ! »

Pourtant, certains députés du bas clergé, bravant les ordres de leur hiérarchie, vinrent se réunir au tiers.

Guillaume observait tout cela en se demandant comment allaient tourner les choses. Plus le temps passait, plus il se disait que le baron Gabriel Mercier avait vu juste en prédisant pour la France des jours difficiles.

Un de ses voisins de siège, nommé Gaultier de Biauzat, représentant du tiers de Clermont, parlait haut et fort, pourfendant la noblesse et affirmant que le peuple, assurément, vaincrait.

— Les charges qui pèsent sur les petites gens sont écrasantes ! hurla-t-il en se dressant tout soudain. Il faut que cela cesse immédiatement !

Il ajouta en se rengorgeant :

— J'ai rédigé à ce sujet un mémoire que j'ai envoyé au roi. Quel scandale, lorsqu'on pense que Sa Majesté n'a jamais pris la peine de me répondre !

Guillaume considéra que le compagnon était quelque peu bellâtre, aussi entreprit-il de lui tourner le dos. Son regard se porta sur la galerie centrale, où était amassée la foule populaire, le menu fretin des couches sociales sans importance. Derrière lui, de sa voix rauque, continuait de glapir le sieur Gaultier de Biauzat :

— Je vous le dis, mes chers condisciples, ce n'est pas

par le mépris – fût-il royal ! – que l'on pourra résoudre les problèmes qui agitent notre pays. En Auvergne, par exemple, je suis à même de vous affirmer que...

Le cœur de Guillaume, tout soudain, cessa de battre. Là-haut, appuyé à la balustrade et le mangeant des yeux, se tenait le gars Auguste, l'assassin de Dumeil ! Instinctivement, Guillaume mit la main à la poche intérieure de son pourpoint. Tudieu ! Il avait laissé son pistolet chez sa logeuse ! S'il prenait à l'autre l'envie de l'attaquer, il serait lui-même dans l'incapacité de se défendre !

Lui revint brusquement en mémoire l'avertissement proféré par sa chère Namadie au moment du départ. « Les fées m'ont dit qu'à Versailles il te faudrait être prudent », l'avait prévenu la petite.

Les fées ! Ces pauvres fées ! avait-il pensé alors. On leur fait raconter n'importe quoi. D'abord, il n'y a bien que Namadie pour croire qu'elles existent.

Du haut de la galerie, Auguste ne put soutenir le regard de Guillaume plus longtemps. Alors, il s'éclipsa et se fondit dans la masse anonyme des petites gens qui composaient l'auditoire de la salle des menus plaisirs.

Tout près, la voix du député auvergnat Gaultier de Biauzat continuait de tonner :

— Faisons front, mes compagnons, contre cette coalition des nantis qui n'ont même pas le courage de siéger avec nous, représentants du tiers, et...

Guillaume se leva. Le monde extérieur n'existait plus pour lui. Il n'y avait de présent à son esprit que ce bandit d'Auguste. Auguste, le meurtrier de Jean Dumeil. Auguste qui, par deux fois, avait tenté de l'assassiner, lui, Guillaume. Auguste qu'il avait embroché, qu'il avait bien cru avoir occis. Et qui, par on ne savait quel miracle, se trouvait encore sur son chemin.

Guillaume entendit une fois encore la voix fluette de Namadie. Elle disait : « Père, à Versailles, il te faudra être sur tes gardes. »

A Portabéraud, la vie suivait son cours. De loin en loin, on percevait les échos des événements qui avaient cours là-haut, à Paris et à Versailles.

Le mois de mai laissait éclore ses fleurs, striduler ses grillons et s'égosiller ses oiseaux. Pourtant, en dépit de ce temps printanier, Namadie semblait avoir perdu toute joie de vivre et rien, semblait-il, ne pouvait la dérider ni lui enlever cet air soucieux qui l'accompagnait désormais du matin jusqu'au soir.

Dame Jeanne aussi bien que Victoire la questionnaient souvent.

— Qu'as-tu, ma pauvre enfant ? disait la baronne. Ne dirait-on pas que tu portes toute la misère du monde sur tes épaules ?

— Es-tu souffrante ? As-tu mal quelque part ? renchérissait sa fille.

— Je me languis de père, ne faisait-elle que répéter. Je voudrais tant qu'il revînt bien vite. J'ai si peur qu'il lui arrive quelque chose de fâcheux.

— Allons, jeune fille, grondait le baron. Il faut raison garder et laisser Guillaume accomplir pleinement son devoir de député. Quand on est comme lui investi de ces lourdes responsabilités, il ne peut rien survenir pour empêcher qu'on les assume.

Alors Namadie partait s'isoler près du bassin. Elle

s'asseyait sur un banc, feuilletait un livre sans parvenir à se concentrer sur sa lecture. Un matin, elle retrouva Pataud, son poisson favori, flottant le ventre à l'air. Elle fondit en larmes et vit dans cette mort brutale un mauvais présage.

— Ma chérie, essaya de la consoler Victoire, il était bien vieux et il fallait bien qu'un jour il mourût. Tu sais que nul, ici-bas, n'est éternel, Pataud pas plus qu'un autre.

Namadie décida ex abrupto qu'il fallait l'enterrer. Alexandre, son frère, creusa un trou au pied de la statue de la négrillonne et, avec tous les honneurs dus à un poisson rouge, elle anima une petite cérémonie au cours de laquelle elle demanda à ses amies les fées de prendre en charge l'âme de la bestiole. Lorsque le curé Decombas eut vent de la chose, il piqua une colère noire, s'en prenant même aux dames du château.

— Vous êtes les complices de cette enfant hérétique ! asséna-t-il à la baronne et à Victoire, qui avaient assisté l'une et l'autre aux « obsèques » de Pataud.

Il ajouta, en tapant du pied :

— Au Moyen Age, certains se sont retrouvés à rôtir sur un bûcher pour moins que cela !

— On dirait que vous regrettez ce bon temps, mon père ! lança Victoire en arborant un sourire angélique.

Il rugit et sortit de la pièce en claquant la lourde porte en chêne massif.

Mais Namadie restait triste. Elle avait aussi perdu tout appétit, si bien qu'il fallait la forcer à avaler son potage. Le vieux cuisinier Ferrebœuf s'ingéniait pourtant à élaborer les mets les plus délicats, auxquels elle ne touchait quasiment pas. Pour de vrai, la petite s'étiolait et il ne fallait pas être devin pour se dire que si elle continuait ainsi elle ne tiendrait guère plus longtemps.

— Mange un peu, mon enfant, la suppliait dame Jeanne.

— Que dirait ton père s'il te voyait ainsi ? grognait le baron.

Les yeux de Namadie s'embuaient.

— Mon père, disait-elle. Est-ce qu'il reviendra un jour ?

Puis ce qui devait arriver arriva : Namadie tomba réellement malade. Un matin, elle ne se leva pas. Une sorte de langueur l'avait saisie, son petit corps frêle allongé dans ce grand lit faisait peur. Il fallut aller chercher le docteur Boulanger. Le vieux médecin l'ausculta longuement.

— Je ne comprends pas, fut-il contraint d'avouer au baron Mercier, à dame Jeanne et à leur fille. La demoiselle ne souffre d'aucune lésion physiologique et aucun de ses organes ne semble touché.

Il réfléchit un instant.

— Non, je pense que son mal est d'origine mentale, dit-il. Elle souffre dans sa tête et il faudrait lui éviter si possible toute émotion forte qui serait susceptible de déclencher une nouvelle crise d'épilepsie. Soyez vigilants, c'est malheureusement tout ce que je peux vous conseiller.

Aussi, de ce jour, dame Jeanne et Victoire se relayèrent-elles régulièrement au chevet de Namadie. Les fées et les lutins n'avaient plus auprès d'eux leur petite compagne de jeux. La vie au château et à ses abords était devenue bien morne depuis que la demoiselle ne l'égayait plus de ses courses entre les grands arbres et parmi les prés, les champs et les fleurs sauvages.

Guillaume n'avait plus revu le gars Auguste ; il restait néanmoins sur ses gardes, tout en continuant de siéger avec ses collègues, députés du tiers. Chaque jour l'assemblée espérait que la noblesse et le clergé les rejoindraient sur les bancs, mais les deux autres ordres, entêtés, avaient décidé, une fois pour toutes, de ne pas se mélanger aux manants.

Début juin, Guillaume reçut un courrier.

— Tiens, c'est pour toi, cela vient d'Auvergne, claironna la belle Elidie en lui tendant la missive.

C'était une lettre de Victoire. La jeune femme se disait très préoccupée par l'état de santé de Namadie.

« Ta fille, mon cher Guillaume, ne quitte plus sa chambre. Une sorte d'alanguissement ou de consomption l'a frappée et il nous est très difficile, à ma bonne mère et à moi-même, de lui faire prendre le moindre aliment. Je ne te cacherai pas que nous sommes l'une et l'autre très inquiètes, de même que ce brave docteur Boulanger, qui ne sait plus quoi prescrire pour redonner à notre petite Namadie un peu de son allant », écrivait-elle.

Guillaume demeura fort marri de la nouvelle. Que devait-il faire ? Rentrer de toute urgence à Portabéraud et laisser en plan l'énorme chantier des doléances que les députés du tiers, jour après jour, s'efforçaient de rendre présentable au roi ? Ou bien rester à Versailles en espérant que Namadie finirait, là-bas, par guérir ?

Elidie semblait s'être attachée à lui. Aussi se fit-elle

plus câline encore que de coutume afin de le garder près d'elle quelques jours de plus.

— A quoi te servira de retourner tout de suite en Auvergne ? Tu es député, ne l'oublie pas. Les gens de ton pays t'ont élu pour que tu les représentes. Ils ne comprendraient sans doute pas que tu les lâches ainsi.

Il se laissa convaincre, car la jolie logeuse avait des arguments d'une éloquence extrême lorsqu'elle collait au sien son corps de braise.

Ce matin-là, il quitta la demeure de la belle et chemina d'une démarche assurée en direction de la grande salle des « menus », ainsi que tout le monde l'appelait à présent. Il y avait pris ses habitudes et aurait pu y retrouver son siège les yeux fermés. A mi-parcours, environ, il devait traverser un quartier sordide, où des immondices s'entassaient de chaque côté d'une venelle obscure. Ce passage, véritable coupe-gorge, lui était chaque jour un réel supplice. Aussi accélérait-il l'allure en se retenant de respirer à cet endroit.

Il enfonça la tête dans les épaules et s'engagea carrément dans ce pandémonium. Des enfants crasseux comme des poux, vêtus de haillons, se lançaient des pierres d'une extrémité à l'autre de la rue en poussant des cris stridents.

— Oh, les gamins, laissez-moi passer, les fustigea-t-il.

Les gosses interrompirent un temps leurs jets de projectiles puis recommencèrent sitôt qu'il eut tourné à l'angle. Deux ou trois le bousculèrent en se poursuivant et maculèrent ses chausses en sautant dans le ruisseau d'eaux usées.

— Les vauriens ! grogna-t-il. Vous allez voir, si je vous attrape !

Il obliqua à droite et se retrouva au départ d'une allée un peu plus large. Au-dessus de lui, une fenêtre s'ouvrit. Le canon d'un mousquet apparut alors dans l'encoignure.

— Salut à toi, compagnon député, fit une voix grasseyante qu'il ne reconnut que trop bien.

La figure hirsute d'Auguste s'encadra entre les vantaux et un méchant rictus lui déforma la mâchoire tandis que sa veine foncée, au milieu du front, brunissait encore.

— Je crains fort, compagnon, que tu ne puisses siéger aujourd'hui. Tant pis pour le tiers état, il sera obligé de se passer de tes services.

Il pointa son arme, visa, tira. Guillaume eut le réflexe de plonger sur sa droite dans le ruisseau d'eaux sales. La balle lui érafla l'épaule. Il allait se relever et se mettre à l'abri quand une seconde décharge le cloua sur place, l'atteignant en pleine poitrine.

— Cette fois, je crois que tu as ton compte ! s'esclaffa Auguste.

Par précaution, il voulut tirer une autre balle sur le corps étendu de Guillaume, inerte au milieu de la rue. Il rechargea son mousquet, mais pas suffisamment vite : les détonations avaient alerté la populace.

— C'est là-haut, à l'étage ! cria un quidam. Voyez, c'est lui qui a tué notre député. Empêchons-le de fuir !

Auguste jugea préférable de prendre la poudre d'escampette. Quatre à quatre, il grimpa jusqu'aux combles de l'immeuble, souleva une lucarne, se retrouva sur le faîtage. En bas, la foule s'était amassée et vociférait à qui mieux mieux. Une balle siffla à ses oreilles avant de s'écraser sur une cornière. Il se baissa et se mit à courir sur les tuiles. Soudain, il glissa, voulut se redresser mais perdit complètement l'équilibre.

Le toit était en forte pente. Il essaya de s'agripper aux moindres aspérités. Rien à faire, il ne pouvait plus éviter la chute. Sans aucune prise nulle part, il partit à la renverse et dégringola dans le vide.

Pantin désarticulé, son corps s'écrasa trois étages plus bas, à seulement quelques mètres de la dépouille de Guillaume.

Un grand silence s'était fait dans la rue. Les enfants ne jouaient plus à se lancer des pierres.

10

1789, suite et fin

Une lettre à l'adresse de sa logeuse fut retrouvée dans le pourpoint de Guillaume. Aussi fut-il transporté chez elle. La belle Elidie poussa les hauts cris à la vue de son corps ensanglanté.

— Doux Jésus ! se lamenta-t-elle. Ils me l'ont tué !

Mais Guillaume n'était pas mort et respirait faiblement. Elle appela un vieux médecin de sa connaissance qui avait assisté son mari, l'année passée, pour ses derniers instants.

— La balle n'a atteint ni les poumons ni le cœur, constata-t-il. C'est déjà cela.

Toutefois, il se montra soucieux.

— Hélas, elle s'est logée quelque part vers les vertèbres, prions pour qu'elle n'ait pas touché la moelle épinière, fit-il en terminant son auscultation sommaire.

Il se releva, referma sa trousse médicale et dit :

— Il va falloir procéder à l'extraction de ce corps étranger. Je ne vous cacherai pas que c'est une opération à risque.

Il réfléchit quelques instants.

— Quoique, au point où il en est... conclut-il.

Puis, se tournant vers Elidie :

— C'est votre nouveau mari ? demanda-t-il.

Elle se sentit rougir jusqu'aux oreilles.

— Non, Monsieur est député du tiers état. Je me contente de lui donner le gîte et le couvert.

Le médecin se prit à sourire, ce qui n'échappa point à la logeuse.

— Alors, il faudrait alerter sa famille.

— Sa famille ? Oh, elle est loin, très loin même. Dame, l'Auvergne, c'est pas la porte à côté !

— Je m'engage à revenir visiter votre blessé dès demain matin, décréta l'esculape. Mais, vu son état, je ne suis pas certain de le retrouver en vie. Enfin, vous avez toujours la possibilité de faire brûler un cierge pour le repos de son âme. A vous revoir, belle dame.

Et il s'en fut sans autre forme de procès.

Durant toute la soirée et une partie de la nuit, Elidie demeura au chevet de Guillaume. Il avait une respiration hachée, gémissait souvent et grommelait parfois des phrases inintelligibles. Alors, elle lui prenait le poignet, passait sur son front brûlant un mouchoir humide, parfumé à la lavande. Il gardait les paupières closes, des tics nerveux s'en venaient lui tirer la bouche vers le bas ou lui contracter les doigts de la main. Un peu après minuit, il parut s'apaiser et son souffle devint plus régulier. Vaincue par la fatigue, Elidie s'assoupit à son tour et dormit sur sa chaise, les bras repliés au-dessus de la couche de celui pour qui elle s'était prise d'un sentiment étrange.

Elle se réveilla soudain, les membres ankylosés. Sur

une tablette, près du lit, la chandelle finissait de se consumer.

Elle se leva, s'approcha du blessé. Un temps, elle crut qu'il avait cessé de vivre tant il paraissait figé. Elle colla une oreille contre sa poitrine. Un souffle ténu s'en échappait, son pouls était aussi très faible.

— Sainte Vierge, sauvez-le, implora-t-elle en levant les yeux vers une image de la mère de Dieu accrochée au-dessus du lit, qu'éclairait faiblement la petite flamme fumante.

Elle se dit qu'il y avait longtemps qu'elle n'avait pas prié. Alors, tout en fixant intensément la gravure, elle récita une dizaine d'*Ave* et autant de *Pater*.

Les premières lueurs de l'aube vinrent se poser sur le visage de Guillaume. Il respirait de nouveau par saccades et semblait beaucoup souffrir. Toutes les deux ou trois inspirations, il geignait, comme s'il avait eu des sanglots dans la gorge ou qu'il n'eût pu juguler une douleur trop forte.

Elidie revint s'asseoir près de lui et épongea la sueur qui dégoulinait de son front. Enfin, à huit heures sonnantes au clocher de l'église toute proche, le médecin revint.

— Il n'a toujours pas passé l'arme à gauche ? claironna-t-il. Hum ! C'est plutôt bon signe. Mais maintenant, il va falloir extraire la balle. Je vous préviens : ou bien ça le guérit, ou bien ça l'achève.

Il s'installa sans façon sur un tabouret puis, se tournant vers l'hôtesse :

— Vous êtes prête à me seconder, ma petite dame ? interrogea-t-il en la regardant au fond des yeux.

Le cœur battant à tout rompre, elle fit signe qu'elle acceptait.

— Alors, allons-y. Je compte sur vous, n'est-ce pas ? Ça n'est pas le moment de flancher. Tenez-le ferme, surtout.

Un cri horrible, qui dut s'entendre dans toutes les maisons alentour, déchira la quiétude de ce petit matin de fin de printemps. Le médecin brandit la pince sous les yeux de la logeuse. Il venait d'ôter la balle. Guillaume avait perdu connaissance. Elidie sortit pour pleurer. Et aussi pour vomir.

C'était un hurlement comme jamais elle n'en avait entendu. Victoire, allongée dans son lit, essaya de se redresser sur son séant. Des bruits de pas précipités dans l'escalier des chambres parvinrent à ses oreilles.

— Namadie ! suffoqua-t-elle. Il est arrivé quelque chose à Namadie !

Cela faisait maintenant deux jours que la petite refusait de s'alimenter. Jusqu'à présent, à force de persuasion, on avait réussi à lui faire prendre quelque nourriture, un bouillon ou un bol de lait. Mais, depuis l'avant-veille, c'était devenu peine perdue. Et, ce matin, ce cri effroyable ! Mon Dieu ! Que s'était-il passé ?

La servante Eglantine pénétra, affolée, dans la chambre de Victoire. Elle ouvrait de grands yeux blancs et, sans arrêt, passait ses doigts dans ses cheveux crépus.

— Madame, madame ! hoqueta-t-elle. C'est la petite mam'zelle. Elle a c'ié, et voilà qu'elle est comme mo'te dans son lit.

— Porte-moi jusqu'à mon fauteuil et emmène-moi auprès d'elle, ordonna Victoire.

Lorsque la jeune femme arriva au chevet de Namadie, dame Jeanne s'y trouvait déjà, ainsi que le baron Mercier. Elle fut étonnée de la pâleur cadavérique du visage de la petite et elle pensa tout de suite qu'elle avait cessé de vivre. Mais, en y regardant de plus près, elle aperçut que le drap qui la recouvrait montait et s'abaissait, suivant le rythme de sa respiration.

— Dieu merci, elle n'est pas morte, soupira-t-elle.

— Non, mais c'est tout comme, ma pauvre enfant, enchaîna Gabriel. Regarde-la donc, elle n'est plus consciente et ne nous entend certainement pas.

— Qui sait ? fit dame Jeanne, qui prit dans les siennes la main droite de Namadie, comme si elle avait voulu lui insuffler de l'énergie et la faire renaître au monde qui l'entourait.

Après avoir poussé ce hurlement, qui eût pu faire croire qu'on lui avait arraché un œil ou qu'on avait troué sa peau, la demoiselle était tombée en léthargie et ne semblait plus concernée en rien par l'agitation extérieure. Victoire lui prit un bras, le souleva et le lâcha. Il retomba aussitôt, comme une chose flasque et inerte.

Appelé au château, le docteur Boulanger ne put, à son tour, que constater l'état de langueur extrême de la jeune fille.

— Je n'y comprends rien, soupira-t-il. Je n'ai jamais vu cela. C'est vraiment un cas d'école. Il faudra que j'en réfère à la faculté de médecine. Je serais curieux de connaître le point de vue de mes confrères sur la question.

Les jours passèrent. Namadie ne donnait plus un seul

signe qui eût pu faire espérer une amélioration de son état. Parfaitement immobile, les yeux clos, les lèvres entrouvertes, elle semblait attendre on ne savait trop quoi, un événement qui viendrait, ou qui ne viendrait pas, la fin du monde ou l'avènement d'un autre.

L'été arriva. Elle restait dans le noir. Désespérément seule.

Quand elle avait crié, c'était son père, Guillaume, qui lui était apparu. Il était étendu sur une couche ensanglantée. Un homme d'âge mûr s'était approché de lui. Tout à côté se tenait une femme. Elle se voulait encore belle, même si elle n'était plus de la première jeunesse.

L'homme – ce devait être un médecin – avait approché d'une flamme la lame d'un scalpel. Puis il avait tranché à vif dans la peau du blessé. A l'aide d'une pince, il avait farfouillé dans les chairs sanguinolentes. Puis, au bout d'un certain temps, il avait extrait, d'un geste vif, un objet tout dégoulinant.

C'est à ce moment qu'elle s'était mise à hurler. Comme si c'était de son être intime qu'on avait ôté ce corps étranger. Le cri avait fusé, lui déchirant les cordes vocales. Et, tout de suite après, le silence. Un grand silence sidéral. Comme si elle était soudain devenue sourde. Ou qu'elle était incapable d'entendre les sons de l'univers.

Ensuite, elle ne savait plus très bien. Sans doute avait-elle plané dans un espace éthéré, au milieu de brumes de vapeur blanche qui filaient sous elle à toute vitesse. A leur contact, elle sentait sur sa figure la présence de milliers de gouttelettes, et c'étaient comme des larmes qui roulaient sur ses joues.

Oui, elle était triste, car elle savait que son père souffrait. Probablement, d'ailleurs, souffrait-elle autant que lui. Mais ça n'était pas une douleur physique. Plutôt une affliction interne, un mal plus insidieux, qui ne voulait pas dire son nom de peur qu'on ne le reconnût et ne le révélât.

Elle percevait parfois qu'autour d'elle on s'agitait. Des ombres fugaces passaient qu'elle voyait se pencher sur sa propre enveloppe charnelle. Mais déjà, elle n'était plus ce minuscule corps frêle qui n'avait jamais voulu grandir et s'était révélé la cause de tant de ses tourments.

Quel improbable événement la ferait renaître un jour à la vie ? Du moins, à ce que tout le monde supposait être la vie ? La vraie vie elle-même n'était-elle pas plutôt sur cette face inconnue du miroir, dans ce nulle part où elle nageait en ce moment ?

Des pensées pour Guillaume revenaient sans arrêt. Ainsi que des vagues qui assaillent la côte rocheuse, elles sapaient sa volonté de poursuivre à tout prix son parcours. « Père ! Père ! Il ne faut pas t'en aller. Si toi tu t'en vas, je n'aurai plus d'escale où me reposer, je serai comme l'oiseau traversant l'océan et qui cherche en vain le mât d'un navire pour délasser ses ailes. »

Ces paroles semblaient lui venir toutes seules, s'imposaient à elle. Elle n'avait aucun effort à fournir pour aligner ces phrases que, parfois, elle trouvait harmonieuses, bien qu'elles la troublassent fort.

La souffrance morale resurgissait. Dieu ! Que c'était épuisant ! Combien elle eût aimé être en repos ! Dormir. Dormir. Mais, dans son état, ce verbe n'avait aucun sens. Il était même idiot d'avoir une telle intention. Pouvait-on dormir lorsqu'on n'était plus rien, qu'on n'avait plus de réalité concrète ?

Le silence des espaces infinis où elle voguait était effrayant. Quand donc ce voyage s'arrêterait-il ? Mais s'arrêterait-il un jour ? Son histoire aurait-elle une fin ?

Le 17 juin, après une ultime sommation, le tiers état résolut de se passer du clergé ainsi que de la noblesse et se proclama « Assemblée nationale ». Guillaume, hélas, n'en ferait pas partie. Mais les événements s'accéléraient. Le roi, ne pouvant laisser les choses en l'état, ordonna de fermer la salle où se réunissaient les députés. Qu'à cela ne tienne ! Les représentants décidèrent qu'en quelque lieu qu'ils se trouvassent ils s'appelleraient toujours « Assemblée nationale » et ils firent le serment, dans le jeu de paume où ils étaient alors, de ne se séparer jamais.

Elidie suivait de loin en loin les épisodes du conflit. Lui parvenaient parfois aux oreilles les rumeurs de la rue, quelque manifestation sauvage dont les clameurs montaient jusqu'à ses fenêtres. Elle soignait Guillaume de son mieux, toujours attentive à une amélioration qui, pourtant, ne venait pas.

Il y avait deux semaines, jour pour jour, que le chirurgien avait extrait la balle de son organisme. Depuis deux semaines, il n'avait toujours pas donné signe de vie. Resterait-il longtemps ainsi ?

Alors, elle le faisait boire puis, avec des trésors de patience, elle s'occupait de son hygiène corporelle.

— Pour de vrai, lui dit un jour le médecin, on croirait

presque que vous êtes tombée amoureuse de ce moribond !

— Ce n'est pas un moribond, docteur ! s'insurgea-t-elle. Je ferai tout ce que je pourrai pour le sauver, n'en déplaise à certains.

— Il n'empêche que vous êtes amoureuse.

— Cela suffit !

Juin s'écoula, avec ses journées à rallonge. Il faisait bon, le soir, s'accouder à la croisée et respirer un air enfin tiède après les heures de canicule.

C'était le 1er juillet. Le soleil, couleur d'orange sanguine, s'enfonçait derrière un horizon de toits de tuiles rouges. Haut dans le ciel, des martinets imprimaient de larges ellipses montantes et descendantes. La rue était calme ; c'était l'instant qu'entre tous Elidie préférait.

Elle emplit goulûment ses poumons d'une grande bolée d'oxygène. Une brise légère lui rabattit les cheveux sur le front et elle exposa son visage au zéphyr. Qu'est-ce qui, soudain, avait déclenché chez elle ce sentiment de bien-être et de sérénité ? Pouvait-elle envisager qu'enfin Guillaume sortirait du néant ?

Brusquement, mue par une sorte d'intuition, elle se retourna. Son regard alla tout de suite vers le lit, dans le fond de la chambre.

Seigneur, Marie, doux Jésus ! Guillaume venait d'ouvrir les yeux et les fixait intensément sur elle !

Elle se précipita à son chevet.

— Oh ! Guillaume, mon petit ! souffla-t-elle. Ça y est, tu es revenu dans le monde des vivants ? Merci, mon Dieu !

Il eut un imperceptible mouvement des paupières, ses

lèvres esquissèrent un très léger sourire. Puis il voulut soulever un bras, mais son effort fut vain et il le laissa retomber sur sa couche. De nouveau, il ferma les yeux.

Des larmes de joie coulèrent de ceux de la belle logeuse. Des larmes qui auraient pu faire dire au vieux médecin : « Vous êtes amoureuse, madame ! »

Oui, pour de vrai, c'était une phrase qu'il eût pu prononcer. Et qu'elle eût pu entendre sans rouspéter, tant elle était heureuse.

Il se disait dans Paris que la ville était cernée par des régiments allemands. N'allait-ce point être pour la population une nouvelle disette épouvantable ? La rumeur enflait ; les mécontents, de plus en plus nombreux, descendirent dans la rue.

A Versailles, Elidie observait de sa fenêtre les troupes royales qui se déployaient en direction du pont de Sèvres. Il y avait là des cavaliers en habit gris perle avec des passementeries d'argent sur les épaulettes. Un officier cria à la cantonade :

— On s'en va estourbir les rebelles de la capitale ! Qui m'aime me suive !

Des rires gras fusèrent de la cohorte d'estafiers qui défilaient. Une femme, outrée, poussa des cris de paon à leur passage car l'un d'entre eux l'avait bousculée sans aucun égard pour son sexe dit faible.

D'autres chevau-légers fermaient la marche. On les repérait de loin avec leurs beaux habits vert pomme à larges brandebourgs et à boutons dorés.

Elidie s'adossa à l'embrasure, soupira, puis finit par refermer les battants.

— Si cela n'est pas malheureux ! gronda-t-elle. Voici le roi à présent qui envoie ses soldats tirer sur son peuple !

Guillaume eut un mouvement des paupières, entrouvrit la bouche, mais aucun son ne sortit de ses lèvres.

— Oh, mon Guillaume, fit-elle en s'approchant du lit. La France est dans de beaux draps avec tous ces désordres. Toi qui espérais tant faire entendre ta voix aux états généraux ! Oh, mon pauvre ami, nous sommes bien malheureux en face de cette chienlit.

Soudain, elle se ressaisit.

— Mais toi, mon cœur, dit-elle, comment te portes-tu, ce matin ? Pourras-tu enfin me parler ? Pourras-tu te lever, faire quelques pas dans la chambre ?

Elle lui prit la main, qu'elle serra contre sa poitrine.

— Il faut que tu guérisses, entends-tu, Guillaume ? Il le faut, je le veux !

Le médecin s'en venait tous les matins s'enquérir des nouvelles du blessé.

« Sans doute est-il tiré d'affaire et pourra-t-il vivre, avait-il affirmé. En revanche, je crains fort que la moelle épinière n'ait été atteinte et qu'il ne faille renoncer à le voir remarcher un jour.

— Mon Dieu ! Mais c'est horrible !

— Que voulez-vous, la période où nous vivons est rude, belle dame. Estimez-vous heureuse que votre amoureux ne soit pas à cette heure sous trois pieds de terre. Quant à vous, essayez de bien vous porter et continuez de lui prodiguer tous vos soins. »

Le vieil homme, qui n'avait pas perdu, en dépit des années, son esprit carabin, avait cligné de l'œil et souri.

« Grâce à l'amour, peut-être accomplirez-vous un miracle. Il suffit d'y croire, n'est-ce pas ? »

Ce jour-là, assise près de Guillaume et lui tenant la main, la jolie logeuse était à l'affût du moindre signe qui eût pu laisser supposer que le député était sur la voie de la guérison.

Elle s'approcha de nouveau de la fenêtre. Tout au bout de la rue, la queue de la troupe de cavaliers était sur le point de disparaître dans la direction du pont de Sèvres et de Paris et les clameurs les accompagnant allaient en diminuant.

— De l'eau, articula soudain Guillaume dans son dos.

— Il parle ! Mon Dieu, il parle !

Alors, sans pouvoir réprimer son émotion, Elidie se mit à pleurer. Elle pleurait toujours en faisant boire Guillaume. Dehors, les rumeurs s'étaient tues.

— Ils ont pris la Bastille ! Ils ont pris la Bastille !

Un groupe de jeunes gens en guenilles couraient dans la rue pour annoncer la nouvelle : la vieille forteresse, aux murs épais de trente ou quarante pieds à la base, symbole de la monarchie absolue, venait de céder sous l'assaut de la populace. Le gouverneur de Launay avait été décapité et l'on avait promené sa tête au bout d'une pique.

— Entends-tu, Guillaume ? s'exclama Elidie. Ils ont pris la Bastille !

Il secoua le chef de bas en haut, puis de haut en bas.

— C'est bien, dit-il en essayant de se soulever sur l'oreiller.

Un sourire triste se dessina sur ses lèvres.

— C'est bien, répéta-t-il.

— Es-tu content, au moins ?

Il fit signe que oui. Mais une lueur désenchantée avait envahi sa pupille. Cela faisait cinq jours qu'il savait, de la bouche même du chirurgien, qu'il ne retrouverait pas l'usage de ses jambes. Parfois, il se prenait à envier le sort d'Auguste, son agresseur, dont Elidie lui avait raconté la fin tragique lorsqu'il avait dégringolé du toit après avoir commis son forfait.

Il avait aussi quelques difficultés à s'exprimer et les mots paraissaient parfois accrochés dans le fond de sa gorge, comme si sa langue s'était engluée ou que, par lassitude, il n'avait plus envie de rien dire.

— La Bastille... c'est bien, insista-t-il pourtant.

Dehors, les clameurs se faisaient plus virulentes. Elidie s'approcha de la fenêtre et constata que les groupes se dirigeaient vers le château. C'était à présent une galopade d'un bout à l'autre de la rue, une sorte de marée montante qu'aucune force au monde n'eût pu arrêter, ou simplement freiner.

— Ils sont heureux, articula Guillaume en s'efforçant de sourire.

— Bien sûr qu'ils sont heureux ! confirma la logeuse. Ils ont remporté la plus belle victoire qu'on pût imaginer. La victoire sur tous les privilèges et sur l'absolutisme.

Il opina de la tête tandis qu'une larme se formait et grossissait, lui embuant la vue. Comme il ne pouvait remuer un bras, elle finit par rouler sur sa joue rêche et sèche comme une râpe.

Ses yeux d'herbe fanée fixèrent les solives du plafond.

Au loin s'estompaient peu à peu les cris et l'on n'entendait plus qu'une sorte de houle marine.

— Heureux, fit Guillaume d'une voix plus assurée.

Elidie revint vers lui et lui caressa le front.

Pataud, le poisson rouge, l'avait attirée dans ses profondeurs aquatiques. Depuis, Namadie nageait dans une eau verte. Elle y croisait parfois quelques algues ou de longs filaments semblables à des chevelures brunes. Tout cela défilait sous elle, la frôlait, la caressait. Elle ne s'en était pas aperçue, bien sûr, mais elle était devenue une sorte d'ondine, créature sans plus de consistance qu'une méduse.

Où était-elle ? Qui était-elle ? Que faisait-elle ? Où allait-elle ?

Mais Pataud lui montrait la voie et elle devait se fier à son panache érubescent, qui filait devant elle au milieu d'une explosion de bulles opalines. Alors, elle s'enfonçait plus loin encore, les eaux céladon devenaient glauques, puis carrément érugineuses. Bientôt, elle accosterait à des rivages obscurs.

Soudain, le rêve reprenait à son commencement. Pataud, avec sa bonne grosse tête bouffie, lui faisait signe de le suivre. L'onde était redevenue une émeraude brillant de mille feux sous les rayons du soleil qui en transperçaient la surface. D'un coup de reins, en trois brasses, elle se retrouvait vers lui.

Mais, de nouveau, il filait vers des abysses effrayants. Elle ne voulait pas le perdre de vue et la voilà qui nageait plus vite. Elle dégringolait, dégringolait…

Où était donc Pataud ? Au moment où elle désespérait

de le revoir jamais, brusquement il réapparaissait dans un liquide nourricier qui s'éclaircissait enfin.

Alors renaissait son illusion. Cela aurait-il une fin ? Serait-elle obligée de nager ainsi jusqu'à la fin des temps ?

Au mois d'août, Elidie s'arma de courage et installa Guillaume dans un fauteuil, face à la fenêtre grande ouverte sur la rue. De là, il pouvait observer les allées et venues des passants, les mouvements de foule, parfois des galopades de gamins insouciants dont il entendait les criailleries longtemps après qu'ils avaient disparu de son champ de vision.

Il avait retrouvé l'usage de la parole et pouvait s'exprimer à présent presque normalement, même si son élocution était parfois quelque peu hachée. Hélas, celui de ses jambes ne reviendrait jamais et le vieux médecin qui s'était occupé de lui avait confirmé son diagnostic de base : il finirait sa vie dans un fauteuil roulant.

Comme ma petite sœur Victoire ! avait pensé Guillaume en souriant amèrement. Oui, tout comme elle, et malgré des raisons différentes, il serait désormais dépendant du bon vouloir de son entourage pour se déplacer d'un point à un autre.

Souvent, face au ciel d'azur de cet été, il revoyait les êtres qu'il aimait et qu'il avait laissés là-bas, en Auvergne. Comment se portait sa petite Namadie ? S'était-elle remise de cet état de langueur qui l'avait accablée, ainsi que le lui avait expliqué Victoire dans un de ses récents courriers ?

Le 3 août, il reçut de Portabéraud une nouvelle

missive : « Notre chérie est au plus mal, écrivait dame Jeanne. Le baron, ma fille et moi-même nous attendons au pire. Je ne sais si votre désir est de revenir ici. Si tel en est le cas, faites vite, les jours de Namadie sont comptés. »

— Il faut que je reparte chez moi, dit Guillaume à sa logeuse.

Elidie détourna la tête, sa vue s'embua.

— Je comprends que tu veuilles revoir ta chère enfant, lui dit-elle. Mais n'est-ce pas présumer de tes forces que d'entreprendre ce long voyage ?

Il ébaucha un vague geste de la main. Mais le visage de la femme s'éclaira.

— Et si je t'accompagnais ? dit-elle brusquement, animée par un espoir insensé.

Elle insista :

— Oui, je saurais t'aider lors de chaque étape et tu pourrais te reposer sur moi pour…

— C'est cela, tu serais en quelque sorte le bâton de l'infirme que je suis devenu.

Il laissa fuser un rire sarcastique.

— Je t'en prie, gémit-elle. Permets-moi de venir avec toi.

Ils décidèrent de partir le surlendemain, 5 août. Dans la nuit précédente, « la nuit du 4 août », à deux heures du matin, l'Assemblée nationale, à laquelle Guillaume n'appartenait plus, votait l'abolition des privilèges. Le pays venait de tourner une page importante de son histoire.

Le désordre était total dans les campagnes. On disait que des bandits de grands chemins semaient la terreur, dévalisant les voyageurs, violant les femmes, tuant tout quidam qui eût fait acte de résistance.

Délaissant son épée qui ne lui était plus d'aucun secours depuis qu'il était immobilisé, Guillaume gardait à portée de main ses deux pistolets. Ils étaient face à lui sur un siège de la calèche. Elidie priait avec ferveur pour qu'il n'eût pas à s'en servir, mais frissonnait à chaque fois que l'équipage traversait un sous-bois.

L'homme qui menait l'attelage était un Picard de forte corpulence qu'Elidie avait recruté pour son physique de colosse. Bien téméraire eût été celui qui se fût risqué à le provoquer.

L'on fit des étapes de quinze lieues environ. Au passage dans les ornières, Guillaume serrait les dents pour ne pas hurler. Au nord de Montargis, il y eut une alerte, lorsque trois hommes armés tentèrent d'arrêter le cheval en se campant en plein milieu de la chaussée. Le cocher fit siffler son fouet et passa en force, blessant au passage l'un des brigands d'un coup de lanière en pleine figure.

A Gien, l'aubergiste les mit en garde contre une bande qui sévissait sur les bords de la Loire, aux environs de Briare. Il fallut faire un détour et obliquer plus au sud, en délaissant la route de Nevers, pour prendre par La Chapelle-d'Angillon et atteindre la ville de Bourges.

L'on resta trois jours pleins dans la cité de Jacques Cœur car Guillaume, à bout de forces, ne se sentait plus en état de se remettre en marche.

— Il faut te reposer, mon ami, insista la logeuse. Ce serait d'une imprudence folle de repartir tout de suite.

— Oui, mais il y a ma fille ! objecta-t-il faiblement.

— Nous ne sommes plus à deux ou trois jours près. La raison commande que nous restions ici jusqu'à ce que tu te sentes mieux.

Ce que l'on fit avec sagesse, et l'on fit bien. Le 15 août, l'équipage se remit en branle. A proximité de la forêt de Tronçais, il fallut redoubler de vigilance. D'autres coteries étaient signalées entre Saint-Amand-Montrond et Vallon-en-Sully. Le postillon évita les vallées encaissées où coulait le Cher et, le soir même, tout ce beau monde couchait à Montluçon.

— Nous sommes bientôt rendus, constata Guillaume avec soulagement. Une fois passé Marcillat, nous serons en Combraille et, de là, la route ne sera plus très longue pour redescendre dans la plaine.

Le temps s'était remis à la pluie. L'on fit étape au pont de Menat, dans une hostellerie qui surplombait la rivière Sioule.

— Si tout va bien, s'exhorta Guillaume, nous arriverons demain à Portabéraud.

— Puisse Dieu t'entendre ! souffla Elidie, toujours aussi craintive.

Il faut croire que Dieu entendit sa supplique. Au matin, quatre cavaliers armés jusqu'aux dents escortèrent l'attelage. Ils étaient porteurs de nouvelles d'importance émanant de l'Assemblée nationale à destination du tribunal de haute justice de Clermont-Ferrand et acceptèrent de faire route avec Guillaume.

A l'air peu engageant de ces hommes, on devinait que quiconque eût osé s'approcher s'en fût aussitôt repenti amèrement. Or donc, en cette soirée du 18 août 1789,

Guillaume vit par la vitre de la portière se profiler la silhouette familière du beau château de Portabéraud.

Il était six heures du soir quand la calèche fit son entrée entre les grilles du portail en fer forgé qui délimitait la propriété au sud. Après la journée pluvieuse, le ciel se dégageait du côté du couchant. Au loin, dans les pâtures, s'entendaient des meuglements de vaches. Guillaume pensa que les bêtes se plaignaient et qu'il était temps que quelqu'un s'occupât d'elles pour les traire.

L'équipage remonta toute l'allée et s'arrêta au bas du perron. Le premier à réagir et à courir derrière la voiture fut Alexandre.

— Père ! Père ! criait-il de toutes ses forces.

Il ouvrit la portière.

— Père, enfin, tu es là !

Mais il eut un mouvement de recul en s'apercevant que Guillaume demeurait figé dans le fond de son siège.

— Eh oui, mon fils, mon destin était écrit quelque part et je n'ai pas su le lire.

Il passa la main sur la tête d'Alexandre.

— Mais je compte sur toi pour me transporter jusqu'au château.

Il se tourna vers sa compagne.

— Avant toute chose, laisse-moi pourtant te présenter cette gente personne sans qui je ne serais certainement pas là aujourd'hui. Elle s'appelle Elidie et je serais fort aise que vous fussiez amis.

Le baron apparut à son tour sur le seuil au moment où Alexandre montait les marches avec son père dans les bras.

— Guillaume ! s'écria-t-il. Qu'est-ce que...

— Navré de vous contrarier, monsieur Gabriel, fit Guillaume en s'efforçant de sourire, mais je crois bien qu'il me sera désormais difficile de galoper dans les allées du parc.

Au salon se tenaient dame Jeanne et Victoire. Elles parurent effondrées à la vue de Guillaume dans son fauteuil roulant que poussait Alexandre.

— Toi aussi, mon ami ! articula Victoire avec des sanglots dans la voix.

— Mon Dieu ! Sainte Vierge ! fit la baronne.

Mais, pour Guillaume, il était urgent de prendre des nouvelles de la santé de sa petite Namadie. Chacun baissant piteusement la tête dans son coin, ce fut Alexandre qui prit sur lui d'en donner.

— Ma sœur reste couchée à longueur de journée, dit-il. Elle ne réagit plus, elle est comme morte. On dirait qu'elle est devenue étrangère à tout ce qui l'entoure.

— Mon enfant, soupira Guillaume. Ma pauvre enfant.

Alexandre véhicula le fauteuil dans la chambre. Une chandelle de suif, posée sur une table, y épandait une lueur blême. Par les interstices des persiennes parvenaient les derniers rayons du soleil déclinant. L'un d'entre eux éclairait la partie haute d'une grande armoire de frêne.

— Laisse-moi seul avec elle, mon fils.

Alexandre se retira, refermant sans bruit la porte derrière lui.

— Mon enfant, répéta Guillaume.

Il prit la main de la petite dans la sienne. Elle était

froide comme la mort et, pendant un bref instant, il se demanda si Namadie n'avait pas cessé de vivre. Mais non, bien qu'il fût très lent, le pouls était encore perceptible à son poignet.

— Il faut vivre, ma chérie, lui souffla-t-il à l'oreille. Tu vois, je suis revenu pour toi. Rien que pour toi. Il faut me croire, ma petite fille que j'aime, et te dire que la vie est belle et lumineuse, qu'il y a de la joie et du bonheur autour de toi, et puis aussi que...

Guillaume parlait, parlait. Il était devenu un véritable moulin à paroles. Les mots sortaient de lui et s'épandaient sur le lit de Namadie ainsi que des bulles de savon qui se seraient écrasées sur l'écran de la conscience endormie de la jeune demoiselle.

A un moment, il s'arrêta et se rendit compte qu'il était en train de pleurer. Les larmes coulaient de ses yeux, lentement, l'une suivant l'autre, et allaient se perdre dans les poils de sa barbe, qu'il n'avait pas rasée depuis le départ de Versailles.

— Fais-moi un signe, mon enfant, reprit-il soudain. Montre-moi que tu m'entends et que ton plus grand désir est de renaître à la vie. Namadie, je t'en supplie, fais cela pour ton père. Je t'aime et ne veux pas te perdre.

— Je suis sûre qu'elle a compris que tu étais revenu, fit brusquement la voix calme et douce de Victoire, derrière lui.

Il se retourna. Victoire souriait. Il émanait de son regard une confiance absolue, presque une certitude, celle que Namadie allait redevenir la jeune fille enjouée qu'elle était voici quelque temps encore.

— Il faut y croire, mon Guillaume. Il faut y croire très fort.

Elle déplaça son fauteuil roulant près du sien et lui serra la main. Immensément seule dans ce lit bien trop grand pour elle, Namadie laissa soudain fluer un imperceptible soupir.

Un rai de soleil couchant vint lui caresser une boucle de cheveux. La nuit n'allait plus tarder. Et son cortège d'ombres.

Enfin, il est revenu. Peut-être que je ne serai plus morte. Que je n'aurai plus à chercher dans des eaux sombres ce brave Pataud qui me fait sans cesse faux bond.

J'ai un peu froid. Il y a longtemps que je n'ai pas éprouvé cette sensation. Comme c'est bizarre ! Revenir à la vie, c'est peut-être cela : avoir froid de nouveau. Ou chaud. Ou être bien, être mal. Enfin, rien n'est parfait.

Progressivement, les pensées de Namadie se remettaient en place, ainsi que les éléments d'un puzzle. Comme autrefois, comme avant, elle avait conscience de son corps et n'était plus cet être éthéré naviguant dans le glauque et l'intemporel. Elle avait envie de bouger : soulever une paupière, battre des cils, ouvrir la bouche, lever un doigt, un bras, une jambe. Mais le blocage semblait trop intense et sa volonté devait abdiquer devant une force majeure qui l'immobilisait.

Elle essaya, mentalement, de se raccrocher à quelque chose. Mais ne se dressait face à elle qu'une paroi lisse et d'une hauteur vertigineuse. Aucune aspérité à quoi pouvoir agripper ses ongles. L'espace infini d'une nuit sans lumière. L'angoissante intuition qu'elle était la seule dans un univers qui n'existait même pas.

Il est revenu. Il ne me laissera pas, cela n'est pas possible !

Elle voulait crier, l'appeler.

Père ! Père ! Aide-moi !

Mais ses lèvres restaient closes, son corps entier s'était tétanisé.

Soudain, elle le revit. Il était penché au-dessus d'elle et lui chuchotait à l'oreille des paroles douces, des mots empreints de tout son amour paternel. Les phrases qu'il prononçait étaient harmonieuses, on aurait dit une musique, une suave mélodie qui déclenchait de belles lumières colorées en bleu, en jaune, en vert.

Oh oui, père, j'ai envie de revenir vers toi.

Elle restait figée au milieu de son lit. Pour combien de temps encore ?

Mais la notion de temps avait-elle un sens pour elle ?

Les jours passaient. A Portabéraud, l'on se relayait au chevet de Namadie. Chacun espérait un signe, un geste, un simple soupir. Mais non, la petite était semblable à la surface d'une mer étale et sa respiration chancelante réussissait tout juste à mouvoir le drap qui la recouvrait.

— Tu peux repartir à Versailles si tu le souhaites, déclara Guillaume à Elidie. Je te remercie pour tout ce que tu as fait pour moi, car sans toi il est fort probable que je ne serais plus de ce monde.

La jeune femme détourna la tête, puis lui tourna le dos. Il devina alors, à ses épaules animées d'un tremblement bizarre, qu'elle luttait pour ne pas pleurer.

— Elidie ? Qu'as-tu ? Pourquoi ces larmes ?

Pitoyable, elle se replia sur elle-même et ne répondit pas.

— T'ai-je dit quoi que ce soit qui t'ait froissée ? reprit-il. En ce cas, je te prie de me pardonner, car cela n'était pas dans mon intention.

Alors, elle éclata carrément en sanglots puis sortit de la pièce en courant.

— Qu'est-ce que ça peut être idiot, un homme, quand ça ne veut pas comprendre ! ironisa Victoire qui venait d'apparaître dans l'encadrement de la porte.

Tout penaud, Guillaume cherchait une explication à cela.

— Tu ne vois donc pas que ta jolie logeuse de Versailles n'a qu'une envie, celle de rester auprès de toi ?

Victoire éclata de rire, ce qui ne lui était pas arrivé depuis longtemps.

— Allez, don Juan, viens donc avec moi au chevet de ta fille.

De conserve, par l'action de deux paires de bras sur les roues, les deux fauteuils roulants prirent la direction de la chambre de Namadie.

L'on arrivait aux premiers jours de septembre. Parvenaient en province des nouvelles de la capitale. Il se disait que le roi avait commandé au régiment des Flandres, qui lui était loyal, de prendre la route de Versailles et d'investir le château. Mais Guillaume suivait d'une oreille distraite des événements qui, à présent, lui étaient étrangers. Il avait fait amende honorable pour ce qui concernait Elidie et avait accepté l'idée qu'elle demeurât auprès de lui et le secondât dans tous les actes de la vie.

Il passait chaque jour de longues heures au chevet de Namadie. Seul ou en compagnie de Victoire, il était à l'affût du plus imperceptible cillement de paupières qui eût laissé entrevoir une issue heureuse à l'état de prostration de sa fille bien-aimée. Mais plus le temps coulait et plus son espoir s'amenuisait.

— Je crois bien, confia-t-il un jour à dame Jeanne, qu'il n'y a malheureusement plus rien à faire. La pauvre petite ne remontera pas la pente et je...

— Veux-tu bien te taire ! gronda la baronne.

Il était rare pourtant qu'elle haussât le ton. Son discours n'en eut sans doute que plus de portée.

— Vous n'avez pas le droit, Guillaume, le sermonna-t-elle en adoptant de nouveau le voussoiement, de baisser les bras ainsi que vous le faites. Priez, mon ami, et ayez confiance en notre Mère. La prière a une force que vous ne sauriez imaginer. Je vous engage à la pratiquer à toute heure du jour et de la nuit.

10 septembre... 15 septembre... 22 septembre et l'équinoxe d'automne... Les jours étaient plus courts ; les feuilles des arbres, se fripant, commençaient à voltiger au gré des brises frisquettes.

Ce jour-là de début octobre, Victoire et Guillaume, après avoir passé plus de trois heures dans la chambre de Namadie, avaient dirigé leurs fauteuils sur la terrasse exposée au sud. Il allait être midi et un plein soleil chauffait les frondaisons cuivrées du parc. Tous deux pouvaient apercevoir, au bout de la grande allée, Alexandre qui s'activait dans le jardin potager. Légèrement sur sa droite, Jacques ramassait des pommes reinettes. Muguette traversa l'espace gravillonné, longea le perron et orienta ses pas vers la buanderie d'où elle ressortit peu après avec une corbeille de linge à la saignée du coude.

— C'est tout de même beau, ces gestes de la vie, pensa tout haut Guillaume. Ah, si ma petite fille pouvait voir cela !

— Un jour viendra, fit Victoire. Il suffit d'y croire.

— Tu as raison, il suffit d'y croire.

Elidie pointa son museau inquiet par la porte du petit salon puis marcha vers eux sur la terrasse.

— N'as-tu besoin de rien, mon Guillaume ?

Elle était toujours aux petits soins pour lui et se montrait heureuse de devancer le moindre de ses désirs. Elle se pencha sur son fauteuil, rajusta le col de son manteau pour qu'il ne prît point un mal de gorge et attendit qu'il daignât lui répondre.

Il secoua la tête, semblant redouter que Victoire ne se moquât de lui à cause de l'afflux d'attentions de sa logeuse versaillaise.

— En passant devant la chambre de ta fille, dit tout à coup Elidie, j'ai entendu un son étrange.

— Que dis-tu ? fit Guillaume.

— Oui, c'était comme si elle s'était mise à pleurer, ou qu'elle se plaignait tout doucement. Alors, je suis entrée pour voir. Mais non, elle continuait de dormir tranquillement. Peut-être ai-je rêvé et...

Un hurlement s'éleva soudain.

— C'est Namadie ! s'exclama Guillaume. Vite, il faut aller voir !

Dame Jeanne se trouvait déjà au chevet de la petite. Elle lui caressait le dos de la main et murmurait de douces paroles afin de la rassurer. Namadie ouvrait de grands yeux, cherchant à reconnaître la pièce où elle était couchée. Elle vit alors entrer son père, dans un fauteuil roulant poussé par une femme qui lui était inconnue. Durant quelques secondes, elle essaya de comprendre les raisons de sa présence en ces lieux et pourquoi Guillaume ne se tenait pas debout. Etait-il, tout comme Victoire qui venait à son tour de pénétrer dans la chambre, paralysé suite à un accident ?

Des idées folles lui traversèrent la tête. Et aussi des images, toutes celles des rêves dans lesquels elle avait été plongée au cours de ces dernières semaines. Elle revit ce monde inquiétant et glauque dans lequel elle s'était anéantie. Depuis combien de temps ce cauchemar durait-il ? Etait-ce enfin terminé ? Allait-elle retrouver une vie normale ? Comme avant, reverrait-elle ses fées, ses lutins, ses mirages ?

— Ma petite fille, hoqueta Guillaume. Enfin, tu es revenue.

— Père, dit-elle, que t'est-il donc arrivé ?

— Plus tard, ma chérie, je t'expliquerai plus tard. Toi d'abord. Je suis si heureux de te retrouver.

La petite ferma un instant les yeux, aspira une longue goulée et, se passant la langue sur les lèvres :

— J'ai un peu soif, dit-elle.

Elle hésita.

— J'ai un peu faim, aussi.

Guillaume se tourna vers dame Jeanne. La baronne, auprès de qui son mari venait de s'asseoir, était rayonnante.

— Il suffisait d'y croire très fort, clama-t-elle avec conviction.

Et, plus bas, afin que seul Guillaume pût l'entendre :

— Et aussi de prier avec ferveur la très sainte Vierge Marie, souffla-t-elle.

Guillaume eut envie d'ajouter : « Ainsi soit-il. » Mais il se tint coi, se contentant de manger des yeux sa petite Namadie, enfin ressuscitée.

Epilogue

Pour fêter la « résurrection » de Namadie, le baron Mercier donna un grand dîner. Y furent conviés des notables, mais aussi tous ceux et toutes celles qui le souhaitèrent, à la condition qu'ils fussent résidents sur la paroisse de Mozac.

A Versailles, l'on disait que les femmes du peuple avaient investi le château malgré le régiment des Flandres, censé protéger le roi. Elles criaient : « Du pain ! Du pain ! » et réussirent le tour de force de revenir à Paris avec Louis XVI et sa famille, désormais prisonniers des révolutionnaires.

Gabriel clamait partout :

— Je ne ferai pas comme Sa Majesté, qui a vu son palais envahi par des manants. Ici, dans ma modeste demeure, c'est moi qui convie. Qu'ils soient riches ou pauvres, tous les paroissiens seront les bienvenus pour festoyer en l'honneur de Namadie.

Alors, on avait mis les petits plats dans les grands et Ferrebœuf s'était démené ainsi qu'un beau diable à ses fourneaux afin de satisfaire les appétits les plus voraces.

En ce dimanche matin d'octobre, le marmiton avait

préparé dès potron-minet aloyaux de bœuf et fricassées de poulet. Sur des broches tournaient des cochons de lait et des agneaux. Tous les quarts d'heure, l'homme venait vérifier la cuisson et perçait les viandes qui se mettaient alors à dégorger du sang clairet se déversant puis crépitant sur les braises.

A dix heures, une messe fut célébrée en la chapelle du château. Le curé Decombas y alla de sa diatribe contre les gens sans foi ni loi qui entraînaient le royaume dans des gouffres insondables. Guillaume fut tenté un instant de délaisser l'office et d'attendre dehors que le *Ite missa est* final fût prononcé. Il se contenta cependant de déplacer ostensiblement son fauteuil afin de ne plus avoir l'orateur dans son champ de vision.

Vers midi, la foule afflua. Des paysans décharnés, pouilleux et loqueteux, arrivaient en famille. Pour la plupart, ce festin serait le plus plantureux qu'ils eussent connu et connaîtraient jamais. Dès lors, il fallut s'attabler et manger jusqu'à s'en faire péter les boyaux.

Elidie ne quittait pas Guillaume des yeux, icelui faisant de même avec Namadie. Mais la demoiselle ne pouvait demeurer éternellement derrière son assiette. Aussi, profitant d'un moment où les uns et les autres se goinfraient de potée et de ragoût, s'esquiva-t-elle subrepticement de la grange où se déroulaient les agapes et courut-elle jusqu'à son cher bassin, où régnait naguère en maître ce brave Pataud.

Elle était habillée ce jour d'une robe safran pâle ornée de longs froufrous de dentelle écrue, toilette qui avait fait dire à son père, le matin même : « Tu es une véritable fée, ma fille ! »

Alors, reine de la fête, Namadie avait présidé la tablée,

assise entre le baron Gabriel et dame Jeanne. Mais cela faisait plus de deux heures que cela durait ! Il était temps qu'elle partît se dégourdir les jambes !

L'automne était fastueux. Marchant sur les feuilles de l'allée, la jeune fille s'emplissait les narines de toutes les odeurs fongiques qui montaient du sol en une lente consécration. A travers les houppiers des grands arbres, les rais d'un soleil déjà bas traçaient des diagonales chatoyantes où se suspendaient des poussières blanches.

Arrivée près du bassin, elle s'arrêta et s'assit sur un banc.

— Serez-vous là, aujourd'hui ? soupira-t-elle, sans savoir exactement à qui elle s'adressait.

Depuis qu'elle était sortie de sa léthargie, Namadie, en dépit de ses appels réitérés, n'avait pas revu ses amies les fées ni ses compagnons les lutins.

Je suis peut-être trop vieille, pensa-t-elle. Trop vieille et trop grande.

Mais l'emploi de ce dernier adjectif déclencha en elle une crise de fou rire.

— Trop grande ! cria-t-elle en renversant la tête. Je suis trop grande, la la la lère ! J'attends que quelqu'un me dise le contraire !

La petite revint vers la terrasse. Au loin, par l'ouverture du portail en fer forgé, commençaient de repartir chez eux des paysans repus. Ils avaient fait le repas de leur vie, dont on parlerait longtemps dans les chaumières, et ils béniraient de toute leur force ce bon baron, si prodigue de ses biens.

Namadie s'assoupit. Quand elle rouvrit les yeux, c'est d'abord le docteur Boulanger qu'elle aperçut. Le vieux médecin, auprès de qui se tenait Gabriel, était en discussion avec deux hommes d'âge portant perruque poudrée. L'un jouait avec une badine à pomme argentée tandis que l'autre fixait ses prunelles de lamproie sur la jeune fille.

— Je vous assure, disait Boulanger, que cette jeune personne est restée en léthargie pendant quasiment trois mois.

— Sans boire ni manger ? fit l'un des messieurs.

— Sans manger, mais pas sans boire, mon vénéré confrère, rectifia le praticien. Car ces dames du château lui faisaient avaler tous les jours un peu d'eau et parfois quelque potage.

— Curieux, curieux ! dit le second en se grattant le menton. Un cas remarquable de catalepsie, si j'en juge par ce que vous nous en dites. Serait-ce dû au nanisme ? Il pourrait être intéressant d'examiner plus précisément cette personne afin de...

— Non ! hurla Namadie. Laissez-moi tranquille. Je ne vous demande rien, moi !

La demoiselle s'était dressée, agressive, face aux messieurs de la Faculté qui, surpris par la violence de l'assaut, venaient d'amorcer un retrait prudent. Le docteur Boulanger jugea donc opportun de saluer l'amphitryon et de tirer ses grègues de là au plus vite.

— Je crois bien que tu leur as fait peur, ma chère enfant, sourit le baron en suivant des yeux les trois médicastres qui grimpaient lestement dans leur phaéton, garé au bas des marches.

Il posa une main affectueuse sur l'épaule de Namadie. Au fond de l'allée du parc, les derniers commensaux, la panse bien garnie, quittaient le château.

— Cela restera une journée mémorable, soupira Gabriel Mercier.

Poussé par son fils Alexandre et escorté par Elidie, Guillaume fit irruption sur la terrasse, bientôt suivi de Victoire, que les jumeaux Pierre et Jacques accompagnaient. Dame Jeanne, en grande discussion avec le curé Decombas, arriva à son tour.

Le baron se posa sur un siège et regarda avec un bonheur apparent chacune des personnes autour de lui. Derrière les courbures replètes des volcans d'Auvergne, le soleil d'octobre se couchait. Dans un flamboiement de lueurs sanguines, l'astre, inexorablement – quasi dramatiquement –, s'enfonçait jusqu'à la ligne fatidique où on ne le distinguerait plus.

Gabriel éprouva une sorte d'angoisse à suivre des yeux ce lent effondrement. Pourquoi ce soir – justement ce soir ! – revoyait-il les images de sa vie à Portabéraud, toutes ces années passées, avec ses moments d'allégresse et ses moments de peine ? Tout cela défila dans sa tête avec une incroyable véracité, comme si chacun des instants qui avaient jalonné son parcours se posait là, devant lui, en cette soirée d'automne.

Brusquement, le curé Decombas rompit le silence :

— Vous avez eu bien tort, baron, de donner un festin à cette horrible populace.

Gabriel laissa couler quelques secondes.

— En quoi ai-je donc eu tort, l'abbé ?

— Ces gens-là sont de la même engeance que ceux qui viennent d'emprisonner notre roi bien-aimé en son château des Tuileries, après l'y avoir conduit manu militari. C'est vous que ces manants, que vous avez nourris grassement ce jour, emprisonneront très bientôt si vous n'y prenez garde.

— Allons, mon père, cessez de jouer les oiseaux de mauvais augure. La charité chrétienne, que vous proclamez en chaire à chacun de vos offices, trouverait-elle à se plaindre de mon initiative ?

Piteux, le curé fit le dos rond, tourné vers l'occident où le soleil venait de disparaître entièrement derrière la ligne d'horizon. Des couleurs de pêche rose, changeantes de seconde en seconde, préparaient la lente apparition des ténèbres.

— Rentrons maintenant, fit Victoire en remontant son châle sur ses épaules.

— La nuit sera fraîche, constata dame Jeanne, qui frissonna.

— Eh bien, oui, rentrons, acquiesça le baron. De toute façon, il fera jour demain.

Namadie vint se placer près de son père.

— Peut-être que demain je reverrai mes fées, murmura-t-elle en posant sa tête sur sa poitrine.

L'étoile du berger, la belle Vénus, venait de se lever et brillait d'un éclat particulier.

— Mais oui, ma chérie, souffla Guillaume, les yeux fixés sur la planète. Tu les reverras, tes fées, car elles sont en toi. J'espère que tu les garderas toujours.

— Moi, j'espère que le roi ne se laissera pas faire ! fit le curé.

— Oh, vous, l'abbé ! dirent en chœur le baron, Guillaume et... dame Jeanne, dont le visage devint aussi rose que le ciel du ponant.

Rose. Puis rouge sang. Comme la Révolution qui se levait là-haut, tout là-haut, à Paris.

Note de l'auteur et remerciements

Pour écrire cette histoire, j'ai utilisé les noms de cinq personnages ayant réellement existé : le baron Gabriel Mercier, seigneur de Portabéraud ; sa femme, Jeanne-Marie Catherine de Frétat ; leur fille, Amable Victoire, qui épousa Claude de Chardon des Roys, écuyer, lieutenant au régiment d'infanterie d'Orléans ; et Guillaume, fils de Gabriel, né « hors mariage ».

Il n'en demeure pas moins que ceci est une fiction. Aussi, tout en m'efforçant, au long de cet ouvrage, de respecter une certaine réalité historique, ai-je usé de ma totale liberté de romancier. Il sera donc parfaitement vain d'essayer de savoir si les faits que je relate se sont réellement produits.

La famille Mercier s'est éteinte avec Amable Victoire, morte sans enfants en 1773 (alors que dans le roman elle est toujours vivante en... 1789 !). Depuis, le château de Portabéraud, « petite folie » du XVIIIe siècle, a changé plusieurs fois de propriétaire. Je remercie très sincèrement les possesseurs actuels, madame Bouët-Willaumez Brady et son frère, monsieur Gérard Brady, pour leur chaleureux accueil, et pour avoir permis que cette histoire voie le jour.

Un grand merci, également, à Pascal Piéra, des « Amis du Vieux Riom », dont l'étude *La Folie Mercier, ou château de Portabéraud, à Mozac* m'a été très utile par la richesse de sa documentation et la précision des détails architecturaux qu'il y développe.

Enfin, le mémoire de Céline Bidon, de l'université Blaise-Pascal de Clermont-Ferrand, intitulé *Les Mercier de Portabéraud. L'ascension d'une famille riomoise à l'époque moderne (fin XVIe-fin XVIIIe siècle)* et mis à ma disposition par le « Club historique mozacois » et son président, Jean-Marie Pérona, a été pour moi riche d'enseignements. Qu'elle en soit aussi remerciée.

Composition et mise en pages : FACOMPO, LISIEUX

Imprimé en France par CPI
en décembre 2015

Dépôt légal : janvier 2008
N° d'impression : 132486